JN137535

人民の名のもとに

【上巻】

（原著名『人民的名義』）

周 梅森 著
岩切沙樹 訳

グローバル科学文化出版

登場人物

侯（ホウ）**亮平**（リャンピン）　H省検察院腐敗賄賂防止局長
沙（シャー）**瑞金**（ルイジン）　H省委員会書記
李（リー）**達康**（ダーカン）　H省京州市委員会書記
高（ガオ）**育良**（ユーリャン）　H省委員会副書記兼政法委員会書記
祁（チー）**同偉**（トンウェイ）　H省公安庁長
陸（ルー）**亦可**（イーカー）　H省検察院腐敗賄賂防止局捜査一課長
高（ガオ）**小琴**（シャオチン）　山水集団代表取締役
季（キー）**昌明**（チャンミン）　H省検察院検察長
陳（チェン）**海**（ハイ）　H省検察院腐敗賄賂防止局前局長
陳（チェン）**岩石**（イエンシー）　H省検察院前常務副検察長
趙（ヂァオ）**東来**（ドンライ）　H省京州市公安局長
蔡（ツァイ）**成功**（チャンゴン）　大風服装工場経営者
鄭（ヂォン）**西坡**（シー）　大風服装工場労働組合長
趙（ヂァオ）**立春**（リー）　H省委員会前書記、現副国級（国家級副職）指導者の一人
趙（ヂァオ）**瑞龍**（ルイロン）　趙立春の息子

劉（リュウ） 新建（シンジェン）　H省石油ガス集団代表取締役兼総裁

鐘（ヂョン） 小艾（シャオアイ）　侯亮平の妻

欧（オウ） 陽菁（ヤンジン）　H省京州都市銀行副頭取、李達康の妻

呉（ウー） 慧芳（ファイ）　高育良の妻

梁（リャン） 璐（ルー）　祁同偉の妻

高（ガオ） 小鳳（シャオファン）　高小琴の妹

趙（ヂャオ） 徳漢（ダーハン）　国家某部・委員会プロジェクト課長

丁（ディン） 義珍（イージェン）　H省京州市副市長

孫（スン） 連城（リエンチャン）　H省京州市光明区長

田（ティエン） 国富（グオフー）　H省規律検査委員会書記

呉（ウー） 春林（チュンリン）　H省委員会組織部長

易（イー） 学習（シュエシー）　H省呂州市ハイテク産業開発区委員会書記兼管理委員会主任

鄭（ヂォン） 勝利（シエンリー）　鄭西坡の息子

王（ワン） 文革（ウエンガー）　大風服装工場警備隊長

張（ヂャン） 樹立（シュウリー）　H省京州市規律検査委員会書記

肖（シャオ） 鋼玉（ガンユー）　H省京州市検察院検察長

陳（チェン） 清泉（チンチュアン）　H省京州市中級人民法院副院長

劉（リュウ） 慶祝（チンジュ）　山水集団財務責任者

一

侯亮平は飛行機が飛ぶ目処が立っていないと知って、いてもたってもいられなかった。もともと最終便に乗ってH省に向かい、京州市副市長である丁義珍逮捕の指揮をとるつもりだったが、これで計画がすべて水の泡になった。女性係員が中国語と英語で繰り返しお詫びの放送をしている。空港上空一帯に雷警報が出ていて、乗客の安全のため運航を見合わせているらしい。額を汗がつたう。かつて経験した空港に取り残される苦しみを、今また味わっている。

テレビの大画面に天気図が映し出されている。渦を巻いた分厚い雲の塊は極めて危ない状況だ。字幕で運航状況が表示されている。落雷は飛行機の安全を脅かす。雷警報が出ている地区に迷いこみでもしたら、事故につながる恐れがある。だが、これだけでは決して、乗客たちの焦る気持ちを落ち着かせることはできまい。待合室全体が巨大な蜂の巣のように、いたるところでブンブン騒がしい。乗客は各々のフライトの出発予定時刻を聞いたり、埋め合わせ案を問い詰めたりと、係員を囲んで大騒ぎしている。侯亮平はこれに乗じない。雷雲は空港上空を覆っていて、どのみちどのフライトも運航は不可能だ。

侯亮平は足早に空港の待合室を出た。静かな場所を見つけ、携帯に登録されている番号に片っ端から電話をかけていく。H省検察院検察長の季昌明は携帯の電源を切っていた。腐敗賄賂防止局長の陳海もだ。もちろん、こんな大事な時に行方をくらましているのではなく、緊急会議に出席しているのだとわかっている。H省で政法業務を担当している省委員会副書記の高育良に、丁義珍の事件についての報告をしている最中で、会議出席者は携帯の電源を切ることがきまりになっている。それでも、わざとそうしているとしか思えなかった。最高人民検察院（最高検）腐敗賄賂防止総局捜査課の課長として、丁義珍を逮捕してから会議を開くようにH省の同僚を何度も説得した。この丁という苗字の副市長は重要人物だ。解決したばかりの趙徳漢の収賄事件の鍵を握っている。情報が漏れて、逃亡されようものなら、H省官界の秘密の多くが明かされないままになってしまうだろう。侯亮平は大学時代の同級生でもある陳海にとりわけ不満を抱いていた。報告をするのは丁義珍を逮捕してからするようにと、わざわざ言い聞かせたのにもかかわらず、小心者の陳海はお茶を濁し、やはり先に報告することを選んだ。時間が長引くと状況が不利になることを恐れた侯亮平は、趙徳漢の逮捕後すぐに夜のフライトでH省に向かう予定だったが、あいにく雷警報が出てしまった。

侯亮平はふと気づいた。外は風も吹いていなければ、雨も降っていない。静かだ。バタバタしていた乗客たちの騒がしい声もいつのまにか消えていた。雷は？雷警報が出ているはずだろ？外に出て夜空を仰いだ。雲が空を覆い、月も星も見えない。けれども、稲妻も見えなければ、雷鳴すらも聞こえない。飛行機が飛べないのは何かの間違いじゃないのか？近くを通りかかった係員を引き止め、胸の中に渦巻く疑問をぶつけてみた。年老いた係員は意味深長に侯亮平を一瞥し、なにやら哲理的な話をした。

「物事を見る時は表面だけを見てはいけません。それでは雲の上の世界を見ることができないでしょう。静けさの裏側にはいつだって雷が鳴り響いているものです」

その年老いた係員の後ろ姿を呆然と見つめた。何らかの隠喩を聞いたような気がして、いろいろな考えが次から次へと頭に浮かんできた。

侯亮平はH大学政法系卒業で、教授や同級生はH省官界に集まっている。これがH省を特別気にする理由になっていた。各地で反腐敗運動がますます強化されていく一方で、H省の平穏さは異常で、最近次々と耳にする噂のほとんどはすべて噂にすぎなかった。当然これが見せかけであることはわかっている。H省はまさに肉眼では見えない雲の上の世界であり、太陽の光の下に隠された暗闇でもあるのだ。丁義珍が偶然のように水面に浮かび上がり、世間を震撼させた趙徳漢の大事件に巻き込まれていなかったら、こんな短期間で確たる証拠を押さえることは難しかっただろう。捜査課長は潮時の重要性をよく理解している。最後の肝心な段階がいつも命運を分ける。しかし、焦ったところでどうすることもできない。空港上空の雷警報が立ちはだかっている。

再度セキュリティーチェックを通り、待合室へと戻った。待合室は未だ騒々しい。気持ちを落ち着かせ、冷水機の水を何口か飲んだ。空いている席を見つけて腰を下ろし、目を閉じて気を休めた。逮捕された時の趙徳漢の姿が目に浮かび、思わず昨晩のことを思い出した。昨晩、趙徳漢が炸醤麺（ジャージャーメン）を堪能している時、古びた木製のドアがぎしっと音を立てながら開いた。侯亮平が運命に成り代わって、腐敗官僚宅のドアを叩きに来たのだった。

この腐敗官僚は温厚篤実（おんこうとくじつ）で、どう見ても一機関の幹部には見えなかった。田んぼから帰ってきたばかりの農民みたいだ。落ち着いていて、メンタルが強く、どんな事態にも慌てずに対応する。これは長い間握っていた権力が作り上げた優勢な有様だと、侯亮平は一目で見抜いた。もちろん、このような日が来ることを早くも予想していて、心の準備をしていたのかもしれない。ただ、まさか数千万元もの賄賂を受け取ったとして、実名で告発された国家部委員会プロジェクト課の課長がこのような場所に住んでいるとは思いもしなかった。

趙家はよくあるおよそ七十平方メートルの古びた房改房だ。[1]家具は趙徳漢が結婚当初に購入したもののようで、古臭い。ソファの隅はボロボロ剥がれ落ちている。玄関には破れた靴が何足も放置されている。街に捨ててあっても誰も拾わないだろう。トイレの便器から二、三秒に一回、ぽたぽたと水が漏れる音が聞こえる。キッチンの蛇口からも水が漏れているみたいだ。しかし、それは水が漏れているのではなく、むしろ工夫して水を溜めているようだった。蛇口の下には洗面器が置かれ、清水が半分ほど溜まっている。

侯亮平は家の中を見渡しながら首を振り、苦笑いした。この課長は本当に一般庶民ですらない。趙徳漢は残された自由時間で最後の炸醤麺を噛み締めながら、侯亮平の考えていることに注釈をつけるかのように、不満そうに切り出した。

「腐敗官僚を逮捕する腐敗賄賂防止総局がどうして私のところに？あぁ、そうか。ここに腐敗官僚が住んでるんですね。ここは七階建ての、エレベーターもない古いアパートだ。もし腐敗官僚がみんなこん

1　中国では私有化された公房は「已購公有住房」と呼ばれ、通称「房改房」。この住宅の私有化を行うことで、従業員個人がその住宅の建物と土地使用の所有権を持つことができる。

な生活をしてるなら、国民は爆竹を鳴らして祝わなければならないですね」

　のどに麺を詰まらせながら、むにゃむにゃと呟いた。

「趙さん、炸醤麺が夜ご飯なんて随分と質素だ」

「私は農民の子なのでこれで十分なんです」

　趙徳漢は美味しそうに食べて続けている。

「趙さんは課長じゃないか」

「北京だと課長は何にもなりませんよ。レンガ一欠片でも倒せるくらいですよ」

　趙徳漢は自嘲した。

「確かにそうかもな。だが、それはどの課に所属しているかにもよるだろう。趙さんの課は権力を握っている。聞いたところによると、以前部長に昇任しなくてもいいと言っていたそうだな」

「権力があってもなくても、どちらにしても人民に奉仕するためです。権力を持つ者は必ず腐敗するのでしょうか。この暮らしぶりを見たでしょう。時間の無駄ですよ」

　趙徳漢は真面目な態度で言った。

　捜査では何も得られなかった。確かに時間の無駄だった。

「そこまで言うなら、やっぱり私が間違っていたのかもしれない。ここは清廉政治の模範となる家だった」

　侯亮平は笑いながら趙徳漢に謝った。

　趙徳漢は洒落っ気たっぷりに、まん丸な手を伸ばした。

「侯課長、ではさようなら」

　侯亮平も同様に洒落っ気を交え、その手を掴んだ。

「いやぁ、趙課長。わざわざここまで来たのに、もうお別れとは名残惜しい。じゃあ、次の場所に移動しましょうか！」

侯亮平は、趙家のテーブルにあった小物入れから白色のカードを取り、趙徳漢の上着のポケットに入れた。

「こ……これはなんだ」

趙徳漢は慌ててそのカードを取り出した。

「帝京苑にあるあなたの豪邸の鍵だろう！まだ私たちの公務に付き合ってもらうぞ！」

趙徳漢のユーモアが一瞬にして消え、力なく床に崩れ落ちた……。


侯亮平は、はっと目を開けた。待合室が急に騒がしくなった。大勢の乗客たちが異なる搭乗口にそれぞれ集まり、長蛇の列ができている。飛行機が飛ぶと思った侯亮平は人を押しのけ、急いで自分の搭乗口へ向かった。しかし結局のところ、地上係員が遅延したフライトの乗客に弁当を配っていただけで、素晴らしい勘違いだった。食欲がなかった侯亮平は腹を立てながらさっき座っていた場所へ戻った。

その時携帯の着信音が鳴り、一目見て目が輝いた。陳海からだ。

「報告は済んだか？動くんだろ？」

「まだだ。上司たち間で意見の食い違いがあって、新任の省委員会書記に報告してるところなんだ……」

「陳海、陳大局長、いいか？趙徳漢は逮捕されると、賄賂を贈ってきた百人以上もの相手を全員白状したんだ！丁義珍は一千万元を超える賄賂を紹介しただけじゃなく、丁義珍自身が受け取った賄賂の総額も多額であることがわかってるんだよ！」

侯亮平は声を張り上げた。

「俺にはどうすることもできないよ、俺なんかに。それに、おまえら腐敗賄賂防止総局だって、まだ丁義珍の逮捕状をこっちまで持って来てないじゃないか！」

「手続きはすべて終わってるんだよ！逮捕状は俺のかばんの中だ！」

侯亮平はじだんだを踏んだ。

「なら早くこっちに来いよ！もう空港についてるんだろ？サル[1]、おまえがいないと逮捕できないんだ！」

侯亮平はめまいがした。

「雷警報ってやつを知ってるか？おまえの頭上を覆っているが、実際には見えも、聞こえもしない。いや、もういい。あぁそうだ、丁義珍は今どこで何をしてる。会いたいんだ。担当は誰だ」

「丁義珍は今、京州国賓館で光明湖事業調整会議を開いているところだ。今晩パーティーがある。じきに酔っ払うだろう。一番有能な女性捜査課長を送り込んであるから、あとは省委員会が決定を下せば、電話一本で丁義珍を取り押さえられる……」

陳海は暗唱するように報告すると、声を低くして続けた。

「あ、ごめんごめん、サル。高書記が新書記に指示を仰いだところなんだ。また会議が始まる！」

そして、慌ただしく電話を切った。

会議、会議って、何が会議だよ……。侯亮平は悪態をついたことで、心が少し落ち着いた。同級生の

1　侯亮平のあだ名。中国語で「侯（ホウ）」と「猿（ホウ）」は同じ発音。猿は中国文化においてめでたい動物の象徴であり、中国語圏文化では、知恵と勇敢さの化身。

陳海は真面目で、確実に物事をこなす。腐敗賄賂防止局長の役職についてから数年が経つ。経験も豊富な方だ。

「あぁ、いつになったら飛ぶのかしら……」

近くに座っていた女性がため息混じりに言った。

考え事をしていた侯亮平は話す気分ではなかったので、上を見て目を閉じた。

すると、無残にもまた趙徳漢の姿が目に浮かんだ。

この腐敗官僚は忘れたくても忘れられない。帝京苑の豪邸での捜索はとても衝撃的だった。これまでの経験と想像をはるかに超えていた……


二人の警官に豪邸に押し入られ、趙徳漢のすべてが崩壊した。中はからっぽだった。ソファやダイニングテーブル、イスはない。ベッド、棚、調理器具などもない。分厚いカーテンが外からの光を遮り、床を薄いほこりが覆っている。ここに人が住んでいないのは明らかだ。趙徳漢はここで一日を楽しむよりは、むしろ古くて狭苦しいあの家で過ごすほうがマシなのだろう。ならば、ここはなんのために使われているのだろうか。侯亮平の視線が壁際に堂々とそびえ立つ鉄の棚を捉えた。趙徳漢が鍵を渡し、警官が順番に扉を開けていった。そして、クライマックスは突如訪れた——

そこには、束ねられた古いお札や新札が、丁寧に積み重ね並べられ、棚にぎっしり詰まっていた。風も通さないほどの鉄壁を作り上げている。この景色は大手銀行の金庫の中か、もしくは三流映画のシーンでしか目にしないだろう。これだけの現金が集まっていると、人を震撼させる。ハリケーンが襲来した時のように、どうしてもその衝撃に抵抗することができない。侯亮平と警官は呆然と立ちつくした。

侯亮平は趙徳漢の前にしゃがみ込み、皮肉ではなく心から尋ねた。

「趙徳漢、金を不正蓄財していると予想はしていたが、まさかここまでだとは思ってなかったよ。本当に参った。あなたのような課長がこんなに多額の金をどうやって手に入れた?さぞいい方法があったんだろうな」

趙徳漢はこれからの自分の身を案じ、罪悪感を感じ泣いている。

「侯課長、私は一銭も使っていないんです。使うのがもったいないし、ばれるのも怖かった。た……ただよく見に来ていただけなんです」

侯亮平は犯罪容疑者の心理に好奇心を覚えた。

「毎日これを見て楽しんでいたのか?」

趙徳漢は夢幻を見るような眼差しを鉄の棚へと向けた。

「楽しい、とても楽しいんです。子供のころは田舎に住んでいて、畑が豊作になっている様子を見るのが一番好きだった。よくへりに座って、午後の間中ずっと見てた。炸醤麵を食べるのも好きだったが、畑に育っている小麦を見るのはもっと好きだった。麦が発芽して、成長して、黄金に光り輝く麦の穂が熟れる……それを見ているだけでお腹いっぱいになった」

趙徳漢は農民の子だ。代々農民の家系だったため、もう貧しい思いはしたくなかった。金を眺めていると、小麦を見ている時と同じように、心が落ち着き、満足した。そして、黄金色に輝く小麦が浮かび上がってきた……。

こいつは本当に変わったやつだ。貪欲さをも田園の詩情に変えてしまうなんて。

侯亮平はふと、趙徳漢には田舎に独りで住む、八十歳過ぎの母親がいることを思い出した。

「母親への仕送りは？」

「毎月三百元を送ってます」

このたった三百元でもよく妻と喧嘩をすることがあり、この家の秘密は知られていないようだ。母親には市内に住んで欲しいと思っていたが、この豪邸のことを伝える勇気もなく、ここを金庫として使っていた。今住んでいる家は小さすぎて、金を置く場所がなかったらしい。母親は市内での生活が苦手らしく、見に来ただけですぐに帰ってしまったという。

「毎月三百元で十分なんだ」

趙徳漢は自分を慰めるように呟いた。

侯亮平の怒りがついに爆発した。

「これだけの金を貯めておいて、母親には毎月たった三百元の生活費しか仕送りしていないのか！こんな豪邸を使わず、母親にも住まわせないなんて！母親が苦労して育てくれたのに、なんでこんな運命をたどらなければいけないんだ！自分は農民の子だと何度も言ってるが、農民は不運だな！おまえみたいな息子しか育てられないなんて！」

「私が間違っていたんです。とても大きな過ちを犯してしまった。党、人民のみなさんごめんなさい。組織の教育に背いてしまった……」

趙徳漢は悔やんだ表情で、涙と鼻水を流している。

「いい加減にしろ！組織はこうやって大金を手に入れるよう教育したのか？これだけの金をどうやって手にいれたのか言ってみろ」

趙徳漢はかぶりを振った。

「実は正確には覚えていないんです。一度受け取ると、やめられなかった。この役職について四年。麦の穂を摘むように、金があれば受け取った。見渡す限り黄金色に輝く麦穂が広がる夢の中にいるような感覚だった……」

侯亮平は鉄の棚を指差した。

「あそこにいくらあるんだ？」

「二億三千九百五十五万四千六百元です」

「百の位まで正確に覚えてるなんて、記憶力がとても良いようだ」

趙徳漢の肩を軽く叩いた。

「記憶力がよくても、記録をつけておくに越す事はありません。侯課長、私は記帳するのが好きで、誰からいつ、どこで、どのくらい受け取ったかすべて記録していました。帳簿一つ一つはっきりと覚えています」

侯亮平は目が瞬時に輝いた。

「その帳簿はどこにある」

趙徳漢は少し躊躇い、天井を指差した。

「寝室の天井裏です」

警官の韓が速やかにその場を離れ、間もなく帳簿が入ったポリ袋を抱えて戻って来た。

侯亮平は帳簿をめくりながら驚嘆した。

「これはすごい！会計を専攻していたのか？」

「い、いいえ。専攻は採鉱学でした。会計は独学です」

趙徳漢は涙声で答えた。

「完璧だ。趙さん、独学でよくここまで！正直あなたには感謝してるよ！」

「侯課長、じゃ……じゃあ私の自白は功を立てられましたか？」

「それは法院が判断することだ。趙さん、どうしてこんなことになったんだ。どうしてこんなに貪欲になれる？」

「京州副市長の丁義珍を告発します！彼は計六回、賄賂を持ってやってきました。合計一千五百三十二万六千元です。最初に五十万元が入ったあの銀行カードを贈ってこなかったら、こんなことにはならなかったのに！侯課長、紙とペンをください。この重い教訓をありのままに書き記させてほしいんです。警告させてください。今後、同僚が私と同じような間違いを犯さないように。いや、同じ罪を……」

「留置所に入ったら書く時間はたっぷりある」

侯亮平は帳簿を閉じ、次の段取りに移った。令状を取り出し、部下に向かって言った。

「よし、この麦の穂積み野郎を逮捕しろ！」

警官の韓と劉（リュウ）は趙徳漢を引き起こし、サインをさせてから手錠をかけた。趙徳漢は手錠をかけられたまま力なく床に座り込んでいる。顔色は死人のように蒼白だ。

侯亮平が部下に鉄の棚を片付けるように指示すると、リビングの中央に瞬く間に札束の山ができた。それから、キャッシュカウンターを何台か持って来るよう、銀行に連絡させた。急な手配だったにもかかわらず、銀行は十二台のキャッシュカウンターを運んできた。その十二台のうちなんと六台が処理能力の限界を超え、焼損した。

交代の警官がすぐに到着した。侯亮平は韓と他の警官に、趙徳漢を護送するよう命令した。

趙徳漢は韓に引っ張られ、ふらふらと立ち上がり玄関に向かって歩き始めた。すると、突然振り返り、侯亮平に向かってもの悲しげに言った。

「侯……侯課長。この家をも、もう一度見て回ってもいいですか?もう戻ってこられないだろうから」

「わかった、最後に一目見てこい!」

侯亮平は呆れ、頷いた。

趙徳漢は手錠をかけられたまま、名残り惜しむように豪邸をゆっくり回った。すべての細部を脳に刻むかのように。最後に、リビングの中央にある札束の山に——もしかするとそれは記憶の中の黄金色に輝く麦の上に、声をあげて見苦しく泣き崩れた。手と身体をぶるぶる震わせながら、手錠がかかったままの手で、札束を一つ一つ撫でた。人生における失敗とは手に入れたもの全てを失うことだ。手に入れるために道徳心、良心、人格的代価を払ったが、結局その全てが水泡に帰す。どんなに傷つくことだろう。

趙徳漢の切ない泣き声に鳥肌が立った。それは豪邸に長い間、繰り返し響き渡った……。


早朝四時になり、ようやくラジオから良いニュースが伝えられた。北京上空の落雷警戒区域が解除されたため、飛行機がやっと飛べる。侯亮平は大勢の乗客たちと共に搭乗口へと向かった。やっと一息つける。

事はすべてなるようにしかならない。北京の落雷警戒区域は解除された。H省には落雷していないだろうか。H省での反腐敗運動の嵐が、当時の教授や同級生を巻き込んでいくかもしれない。丁義珍の噂を発端に、Ｈ省に次々流れている噂が現実になるのではないか。次は噂では済まないかもしれない……。

二

丁義珍はこの大事件の鍵だ。丁義珍の逮捕はとても重要なのだ。陳海はこの重要性に気づいているが、季昌明検察長は理解していないようだ。あるいは、事は物事の全局に関係するため、理解してはいるがとぼけているのだろう。

「侯亮平が腐敗賄賂防止総局を代表して出した逮捕命令を無視できません。万が一、問題が起こった場合の責任は、私たちＨ省の腐敗賄賂防止局にあります！」

陳海は直属の上司に懇願した。

しかし、季昌明はまず省委員会副書記兼政法委員会書記の高育良に報告しようとしている。はっきり言って、省検察院は省委員会の管轄だ。証拠もなく庁局長級の幹部を逮捕しろと指示すること自体ふさわしくない。まして最高検の逮捕状もないのに、電話一本で行動を起こさせようとするなんて、サルはとてもいい加減だ。

季昌明は侯亮平のことをよく知っている。口々にサル、サルと言うのを陳海はおもしろく思っていなかった。捜査一課長の陸亦可に、捜査班を率いて丁義珍の監視を命令することしかできなかった。

省委員会副書記兼政法委員会書記である高育良は、検察院のこの報告を非常に重視しているようだ。関係幹部に連絡し、その晩に自分のオフィスで会議を開くことにした。季昌明、陳海が急いで省委員会大院二号棟にかけつけると、建物の電気はまだついていて、昼間のように職員が出入りしている。オフィスに入ると、高育良の他にもう二人、超大物人物の姿が目に入った。省委員会常務委員、京州市委員会書記である李達康と、省公安庁長の祁同偉だ。季昌明は、この状況でこんなデリケートな事件を報告したくないとでも言うかのように、陳海に目で訴えた。

「先生、こんばんは！」

陳海は前に出て高育良の手を握り、小声で挨拶した。

高育良はもうじき六十歳を迎える。健康に気をつけているためか、健康的で顔色が良く、いつも笑顔だ。太極拳に長ける官界のベテランに見える。実際は学者タイプの幹部で、法学者だ。以前はＨ大学政法系の主任だった。つまり陳海の先生ということだ。公安庁長の祁同偉と、遠く北京にいる侯亮平は先生のお気に入りの教え子だった。高書記、あるいは高先生の教え子は全国にいる。

季昌明は要点をつかんで状況を報告した。高育良と李達康は真剣な表情で聞いている。空気が重い。上司の胸中にはそれぞれ、人には言えない悩みや問題があるが、表面上は千篇一律で、それを表情に出したりしないだけだと陳海はわかっていた。陳海が政治に特別慎重になっているのは、父である陳岩石の一生の教訓を学んでいるからだ――老革命家[1]の父は、省人民検察院前常務副検察長であり、ニックネー

1　延安時代から革命に参加していた人。

ムは「年老いた岩」だ。趙立春省委員会前書記と共に生涯の大部分を闘ってきた。その結果、定年退職する時もまだ局長級幹部だったので、結局副省長級の待遇を受けることができなかった。その上、趙立春は北京へと転任になり、党と国家指導者の仲間入りを果たした。父が家庭で国家政権について気ままに語っていたせいで、H省の基本的な政治方針を自然と理解していくことになったのだ。例えば、目の前にいる李達康は趙立春の元秘書だ。秘書派という派閥の長だと噂されている。一方、高育良先生は政法派のリーダーで、政法組織の幹部たちとは密接な関係にある。陳海は父の覆轍（ふくてつ）を踏みたくなかった。不本意な事をするつもりもない。だから誰とでも一定の距離を保ち、高育良先生すらも敬遠している。くもりのない澄みきった鏡のような心を持てば、大きな過ちを犯すはずがないと思っている。

省都である京州の権力を持った副市長が失脚するとなれば、どれだけの人を巻き込む事になるだろう。H省と京州の官界をどれほど揺るがすのだろう。知るもんか！季昌明には何か考えがあるに違いない。以前からH省にいて、京州市で長年仕事をしていたことがあるのに、何も知らないわけがない。この件は実に厄介だ。

季昌明は一通り報告を終えると、言った。

「北京の方では既に証拠があがっているようです。丁義珍副市長に多額の贈収賄嫌疑がかかっています。私たちは具体的にどのような対処を行えば良いのか、指示をお願いします」

「丁義珍のことなんて、私たちの耳には入っていなかったのに、どうして北京の方がそんな情報を握っているんだ？」

高育良は眉をひそめた。

「そうですよ、昌明さん。一体どういうことなんですか」

李達康の顔色が一層険しくなった。

「国家部委員会の課長に賄賂を贈り、鉱物工場を買収しようとした福建省の投資家がいました。買収には至らなかったので、その投資家は賄賂の返金を要求しましたが、その課長が聞き入れなかったため、投資家が最高検腐敗賄賂防止総局に通報したそうです。その課長は逮捕されるとすぐに検挙され、丁義珍のことを報告した、ということです」

季昌明が補足した。

高育良は考えて、李達康に質問した。

「その丁義珍というやつはどんな業務を担当している?」

「すべて重要な業務ばかりです。都市建設、旧市街地の再開発、炭鉱資源合併など……言うならば、公には私が指揮をとっていることになっていますが、具体的なことはすべて丁義珍に任せていました」

李達康は沈痛な面持ちだ。

陳海は李達康の態度を理解した。そう簡単には丁義珍を引き渡さないはずだ。李達康はＨ省では革命荒武者(あらむしゃ)として有名で、度胸があり、硬派な人だ。「法律で禁止されてないことはすべて自由だ。禁止されていないことであれば、どんなことでもするし、どんな人間でも使う」という力強いスローガンを打ち出した。丁義珍は李達康が登用し、重用した幹部だ。現在は光明湖再開発事業の総指揮を任せていて、数百億元という資金を管理している。もし北京に連れて行かれたら、この市委員会書記は耐えられないだろう。

祁同偉が慎重に提案した。

「高書記、李書記。こうなったら先に、省規律検査委員会に丁義珍の双規を行わせるというのはどうでしょう。こちらから応援を送ります！」

これは折衷案だ。省規律検査委員会に丁義珍の事件を解決するという提案に、省委員会常務委員である李達康の険しい表情が少しばかり和らいだ。今後も相談の余地がありそうだ。陳海には祁同偉の考えがわかる。公安庁長は昇任したいのだ。すでに副省長の座に狙いを定めている。恩師である高育良も省委員会に祁同偉を推薦していて、あとは常務委員である李達康の一票が鍵を握る。祁同偉は当然、李達康の意見に従ってくるだろう。

「おお、祁庁長。それはいい考えだ。私たちが双規を行おう！」

案の定、李達康がすぐさま態度を表明した。

その口調はまるで省委員会を代表して、すでに決定を下している。副書記である高育良の意見を求めようともしない。高育良が何を考えているのかわからないが、無意識に指で机を軽く叩いている。李達康を見て、季昌明を見た。

「季検察長、君はどう思う」

陳海には先生の考えがわかった。先生は間違いなく李達康のせいで苦労をするつもりはない。丁義珍への双規は、北京側の意見に背く事になる。最終決定を下した者が、責任を負う。先生と李達康はかね

1　中国の「行政監察条例」には「監察機関は、事件を調査する中で、関係者に規定の時間、場所で調査事項に関わる問題の解釈と説明を命ずる権利を有する」とあり、規定の時間（決められた時間）と規定の場所（決められた場所）の、二つの規定に由来している。

てより不仲だ。これはH省官界ではほとんど公然の秘密になっている。先生は敵に責任を負わせてどうするつもりなのか。しかし、先生は先生だ。自分の考えを直接表明したりはしない。決定権を省検察院に委ねた。

「自分たちから報告に来たんだ。省検察院の意見をまず聞かせてくれ」

「高書記と省委員会の意見を尊重します！北京の捜査状がじきに届きますので、私たちが逮捕しましょう。ですが、先に双規を行っていただいても構いません。身柄を確保していれば、その後は何を行ってもうまくいくはずです！ですが、検察側からするとやはり先に逮捕することが司法順序的には妥当です」

あまりはっきりしない言い方だ。季検察長は口が達者だ。陳海の直属の上司はかねてから真面目に仕事と向き合ってきた。退職間近なので誰かに恨まれるようなことはしたくないのだ。しかし、立場を示せと言われたからには、立場を示さなければいけないので、結局最後は李達康の恨みを買ってしまう。陳海は腹の中で笑った。

「季さんの考えはわかった。逮捕した方が良いと思っているんだな」

高育良は頷きながらそう言うと、陳海を指差した。

「陳海！腐敗賄賂防止局長として、どう思う？」

陳海は呆気にとられ、つい立ち上がった。先生は手を動かして、座るよう促した。陳海はそれでも座らず、まっすぐ立ったまま、少しの間ぽかんとしていた――何も考えていなかった。人間観察に夢中になりすぎていた。急すぎて何を言えばいいのかわからない。陳海は慎重な人間だが、なんといっても根は真っ直ぐだ。こういうところはやはり父親に似ている。上司たちの顔をぐるりと見渡した。額に汗がにじむ。陳海は慌てて、単刀直入に言った。

「高書記、私も逮捕した方がいいと思います。丁義珍の犯罪事実は明らかです。ですので、北京側に逮捕を任せたほうが……」

「陳局長、もし我々が逮捕に協力したら、丁義珍事件の捜査権はH省から北京に移るんだろ?」

李達康が不本意に話を遮った。

「李書記、違います。この事件に捜査権の移動は存在しません。これはもともと私たちH省の事件ではなく、腐敗賄賂防止総局が直接捜査している事件ですので」

陳海は李達康の素人考えを指摘した。

李達康は興奮し、メガネの奥にある両目を大きく見開いた。

「あぁ、私が言いたかったことはまさしくそれだ!もし丁義珍の事件を私たちが捜査するのであれば、主導権は我々が握る。最高検腐敗賄賂防止総局に捜査を任せてしまったら、これから先の状況を予測することが難しくなってしまう。あ、みなさん。私は誰かを庇ってこんなことを言っているわけじゃありませんよ。これは業務のことを考えて……」

会議では徐々に意見が割れ始め、双方の意見が真っ向から対立している。

高育良は教え子が李書記と対立したことを咎めるどころか、その目には賞賛の余光すらかすかに伺える。

「そうか、意見が分かれたか」と、先生はやっと笑顔を見せた。弥勒菩薩のように無原則に折り合いをつけようとしている。高先生は、李達康の挫折を内心とても楽しんでいるかもしれない。この二人が呂州市で一緒に仕事をしていた時、書記だった先生は李達康市長に不満を抱いたことが多々あったそうだ。李達康は強大な勢力を持っており、市長になれば市長が、書記になれば書記が力を持った。李達康が強くなると、他の人たちが自然と弱くなり、ひどい目に遭った。恨みを持たない人などいただろうか。高育良だけじゃなく、李達康に恨みを抱いている人はかなりいるはずだ。もちろん、政治の競争相手として、多くの障害が現れるのは自然なことであり、他人の不幸を願うのは人間の道理だ。高先生、あるいは高書記は経験を積んでいる。決してそれを言葉や表情には出さない。逆に、李達康を贔屓する時すらあった。そうすることで、政治に対する姿勢を示しているのだ。

陳海は横から李達康を観察した。眉間にしわを寄せ、深い川の字が刻まれている。実を言うと、仕事ができて、強烈な個性の持ち主である李達康に、陳海は内心敬服するところがあった。例えば、社会文明が発展するにつれ、幹部のほとんどが禁煙や減煙をしていく中、李達康はパイプでタバコを吸う、秘書時代から続けている習慣を断固として守りぬいている。もちろん、会議中や人と話をしている時はタバコを吸わない。誰もいない時に部屋の隅で煙をくゆらせる。今、丁義珍事件は李達康を中心に動いている。丁義珍は彼の右腕だったのだ。縁を切ることができるのだろうか。きっと何とも言えない気分なのだろう。メガネをはずしては、何度もレンズを拭いている。人はメガネをはずすと本性が現れる。苛立たしさと心配げな表情を隠せていない。

高育良書記は咳払いをした。全員が耳を立て、ここにいるかじ取り役が下す決定を聞こうとしている。

「昌明さん、陳海たち検察院は、北京最高検の指示を実行しなければいけないが、H省の業務状況も考慮してもらわなければならない。北京側が突然丁義珍を逮捕してしまったら、京州にいる投資家たちが逃げ出す可能性もある。そうなれば光明湖事業はどうする?」

祁同偉は注意深く李達康を見て、すぐに調子を合わせた。

「そうですね。丁義珍は光明湖事業の総指揮であり、四百八十億元という大規模な投資事業を抱えていますし……」

「高育書記、これは小事ではありません。慎重にいきましょう！」

李達康は再度強調した。

高育良が頷く。

「沙瑞金さんは省委員会書記に着任したばかりで、各市と県の視察を行っているところだそうだ。だしぬけにこんな手土産を送るわけにはいかない」

今回先生が目的を達成するために普段とは異なる妙な考えを持ち出し、李達康にあんなに大きい人情を送るなんて、思いもよらなかった。高育良先生は本来ならば原則を重視する人だ。腹の中で何を企んでいるんだろう。

季昌明は内剛外柔（ないごうがいじゅう）な性格で、見た目は繊細だが、大事な時にはやはり自分の意見を伝える勇気がある。

「高書記、李書記、今は問題を話し合いましょう。では、検察長としての本音を言います。丁義珍の事件がH省に多大な影響を与えるとしても、今後守勢に立たされないように、私たちは最高検と捜査権争いをすべきではありません」

オフィスにいる人間を見渡し、しっかりとした口調で言った。

この発言はいささか含みがある。はっきりと利害を断言しており、陳海は先生への警告になるはずだと思った。ところが、先生はそれを受け取った様子もなく、ぼんやりとあたりを見ており、何を考えているのかさっぱりわからない。陳海は行動を起こすことで、自分の上司を支持しようと、急いでいるのだと伝えるように大げさに腕時計を見た。

しかし、李達康は少しも焦る様子を見せず、引き続き手前勝手な思惑を張り巡らせている。季昌明の考えには賛成せず、省規律検査委員会が先に丁義珍を双規にかけるという意見を依然として堅持している。理由は、こちらが双規を行えば、捜査ペースを主導的に握ることができるからだ。祁同偉は不和雷同し、李書記のこの考慮がとても周到であると称賛し始めた……。

陳海はとても聞いていられなくなった。祁同偉がくどくどと論じている最中に、ふーっと息を吐き、立ちあがった。

「わかりました、わかりました。ならば双規にかけましょう。どのみち誰かが丁義珍の行動を把握しておく必要がありますから……」

すると、意外なことに高育良が陳海を睨みつけた。

「陳海！何をそんなに急いでいるんだ。この事件は深刻だ。十分に話し合わなければいけないだろう」

高書記は時機が熟していないのに安易に行動を起こしてはいけない、と教え子を批判し、ついでに話題を変えて、自分の考えを口にした。

「こうなったら、ここは慎重に、省委員会書記の沙瑞金さんに指示を仰ぐべきだろう」

高育良はデスクに置いてある赤色の機密電話に手を伸ばした。

そういうことだったのか。先生はこの問題の判断を上に任せるつもりだったのか。なら、さっきの発言は李達康へのうわべだけの親切で、教え子を批判したことも義理一遍だったということだ。先生は優れた方だからこそ、H大学とH省官界のどんな状況でも自分の地位を保持する人にはなれたのだと、陳海は感嘆した。

会議の出席者はみな政界の人間なので、高書記が赤色の機密電話を手に取ったのを見ると、気を利かせてすぐにオフィスから出て行った。李達康はヘビースモーカーだ。今は最悪な気分なので、接待室で心ゆくまでタバコを堪能する。祁同偉はトイレに行き、季昌明はオフィスとトイレの間の廊下をぶらぶらしている。陳海は現場の様子を気にしながらも、この機会に電話をかけるために二号棟から出て行った……。

瞬く間に、大きなオフィスには高育良だけになった。

高育良は沙瑞金に電話をかけながら、無意識にこの詳細を記憶する。これから毎日、この時、この場面を思い出し、情報をリークした人間が誰なのか考えることになるのだ。この一件は確かに今後の鍵となった。

二号棟の中庭に出ると、陳海は胸いっぱい空気を吸い込んだ。内心がっかりし、悩んでいた。自分に満足などしていなかった。こんな重要な時にしでかしてしまった。まだまだ修行が足りない。しゃべっていたらつい、悪い癖が出てしまった。こんな報告会で、省委員会常務委員の李書記に逆らい、先生である高書記に批判された。上司に嫌われ、昇任できなくても構わないのか？困難にぶつかっても焦る事なく意見を述べ、他人の恨みを買わないように、苦心して自分を鍛え上げてきたのに。父と違う人間になるんだ。三つ子の魂百まで。だが、父から授かった熱血さが、いつもある特定の時になると湧き上がってしまう。

陳海は無尽蔵なこの会議に耐えられなかった。イライラしすぎて、一晩で口元にできものができた。万が一丁義珍を逃してしまったら、侯亮平に首を切られるかもしれない。同級生のサルは、花果山(かざん)にいる時の孫悟空と同じように、腐敗賄賂防止総局の捜査課長は強い力を持っている。省の腐敗賄賂防止局長として、陳海は総局に対して敬意の念を抱いている。そして、H省の上司たちの、あのだらだらとした仕事ぶりには不満を抱いている。

大事なのは丁義珍を見張っておくことだ。機密漏洩を防ぐために、二号棟を出た後、部下の陸亦可に電話をかけて状況を聞いた。陸亦可は、宴会はとても盛り上がっていて、丁義珍と乾杯しに来賓が一人一人やってきているので、もしも丁義珍が酔い潰れたら、今晩は万事めでたしめでたしだ、と報告した。陳海はしっかり見張るよう念入りに言いつけた。

会議中はずっと携帯の電源を切っていたから、サルと連絡を取ってみよう。それでやっと、侯亮平が空港で足止めをくらっていて、腐敗賄賂防止総局がすでに丁義珍の逮捕状を侯亮平に託しているということを知った――逮捕状があるなら、先に逮捕してから報告するというサルの考えを実行してもいい。陳海は迷わなかった。侯亮平との電話を終えた後、大胆な決断をした。省委員会の決定など待たず、まず取り調べという名義で丁義珍の身柄を拘束し、逮捕状が届き次第逮捕しよう！

陸亦可に指示を出した後、中庭で深く息を吸った。芝生は刈りたてで、濃厚な青草の匂いが充満している。陳海が一番好きな匂いだ。通路の両側に植えてある白楊（ドロノキ）は一九五〇年代のものらしい。ひと抱えほどの太さで、上を見ても木のこずえは見えない。葉っぱは子供が手を叩くようなリズムでぱらぱらと落ちる。陳海が一番好きな音だ。もっと成長し、完璧になりたい――それかもっと人当たりをよくしたいのに、優柔不断な性格のせいでなれない。何かを犠牲にしてでも人として物事を全うしなければならない。この点は、侯亮平を心から尊敬している。サルは孫悟空のような天をも地をも恐れぬ気概を持ち合わせている。

中庭にしばらく立っていると、少し気持ちが楽になった。夜空に浮かぶ雲がだんだん濃くなってきた。さっきまで地平線にかかっていた月も、もうその姿は見えなくなっている。雨が降ってくるのだろうか。空気は湿気を帯びていて、漆を少しずつ塗りたくったような黒色をしている。こんな時なら雨が降ってもいい。

再び二号棟へと戻った時には、陳海はすっかり落ち着きを取り戻していた。上司たちにゆっくり検討させせよう。問題を処理した後で報告すれば良い。そこまでひどい目に遭うことはないだろう。省委員会の最終決定が北京と一致することに思い切って賭けてみよう。陸亦可が行動を開始したころだろう。頭の中で時間を計算して、宴会の最中に丁義珍が逮捕される場面を想像したら、興奮せずにはいられなかった……。

高育良のオフィスにはほとんどが戻ってきていた。先生が二回咳払いをし、新任の省委員会書記からの指示を伝えた。

「現在の政治環境において、反腐敗は最も重要なことであるため、積極的に北京に協力していく、とのことだ。具体的な実施内容については、私が省委員会を代表して臨機応変な指示を出すよう、沙書記に一任された」

陳海、季昌明、祁同偉は高育良を見て、その指示を待っている。高育良は李達康がいないことに気づいた。

「あれ、達康書記は？」

首をかしげながら聞いた。

ちょうどその時、李達康が暗い表情で携帯を握りしめながら、向かいの接待室から慌ただしくオフィスに入って来た。

「ここです、ここです！育良書記、すみません。タバコを吸い過ぎまして……」

高育良は不満そうに眉間にシワを寄せた。

「みなさん、反腐敗においては少しの躊躇も許されない。必ず丁義珍を捕まえるんだ！逮捕状はまだなのか？」

「腐敗賄賂防止総局捜査課長の侯亮平が逮捕状を持って今こちらに向かっているところです！」

陳海がすぐに答えた。

「ならば法律を守って実行できるな。丁義珍の犯罪嫌疑には確実な証拠があり、最高検腐敗賄賂防止総局が直接逮捕する事件であるため、双規にかける必要はないように思う。やはり法律を守って事件を解決しなければならない。司法の順序に従おう！」

「これは丁義珍だけの事件ではありません。失敗すればすべてが崩れ堕ちます。京州光明湖の四百八十億元の投資はどうするんですか！」

李達康は失望したように高育良を見た。

「達康書記、気持ちはわかるが……」

高育良の目は同情で満ちている。

李達康は手を振った。

「いえ、大丈夫です。育良書記の指示に従います！」

高育良は陳海の方を向いた。

「陳海、待たせたな。行動開始だ！」

「高書記、すでに部下に行動を開始させています！今は良いニュースを待つだけです」

陳海は笑った。

しかしながら、予期していた良いニュースは来ず、代わりに不穏なニュースが飛び込んできた。丁義珍に目の前で逃げられ、逮捕は失敗に終わったと、陸亦可は電話で陳海と季昌明に報告した。

この予期せぬ出来事のせいで、その場にいた幹部たちは守勢に立たされてしまった。全員が気まずい思いをしていた。陳海はむしゃくしゃしていた。もしこの報告会がこんなにくどくなければ、丁義珍を逮捕できていたはずだ！報告、検討、指示！北京には協力せずに容疑者を逮捕するんじゃなかったのか！そこまで慎重になる必要があったのだろうか。この場にいる幹部ひとりひとりが責任を負うべきだ。

高育良は落ち着いている。この失態と責任のことなど考えていないようだ。咳払いをして口を開いた。

「検察院の事は、検察院に任せよう。陳海、季さん、仕事に戻ってくれ。報告を待っている。達康書記、祁同偉庁長、何か言うことは?ないようだな。じゃあ、解散だ！」

目的が無くなった今、会議はこのようにあっけなく終わった。高育良は、会議が終わった後の全員の様子を一所懸命記憶している。会議が終わり、陳海がオフィスを出ようとした時、ちょうど入ってくる秘書とぶつかりそうになっていた。だいぶ焦っているようだ。季昌明は慌てておらず、何か成算があって、すべてが手の内にあるかのようだ。李達康は失望しており、顔色が曇っている。メガネが鼻からずり落ちそうだ。一方、お気に入りの教え子である祁同偉は相変わらず明朗で、痩せた顔立ちは気力に満ちている。

高育良は祁同偉を呼び止めた。

「祁庁長、ちょっと残ってくれないか。話がある」

祁同偉は本来この報告会に参加するはずじゃなかった。検察院は省委員会の上司である高育良と李達康の二人に報告しに来たのであって、祁同偉に報告する予定ではなかった。たまたま今晩、高書記へ治安に関する業務報告があり、公安庁長と容疑者に接点があったため、残っていたのだ。高書記は祁同偉の大学の先生で、この二人の関係は陳海と先生の関係よりも親密だ。オフィスのドアを締め切って話すこともある。

デスクには電気スタンドだけが置いてある。二人は向かい合って座る。親しい雰囲気の中に多少の怪しさがある。先ほどの報告会、見かけはもっともらしく、みんな仕事は公正に処理しようとしているが、その背後には複雑な内情が隠れていて、謎めいている。官界はいつもこんな状態だ。表面上では事件について話し合いを行うが、裏では他人や他の事件を巻き込み、ひいては党派の背景、歴史のもつれなどと関係している。今はそれを整理しなければならない。

祁同偉は先生が何を考えているのか探りを入れた。

「高先生が今日、全省社会治安消防安全総合管理業務について報告に来るよう言わなかったら、こんな面白い事件にでくわせませんでした」

「そんなことはない。捜査が進めば多くの秘密が暴かれる」

「そうですね。それに今回もまた、北京が直接逮捕する事件ですし、何か影響がありそうですね！李達康書記のあの表情見ましたか。思い詰めたような顔をしてましたね！」

高育良は頷いた。

「丁義珍は李達康が重用していた人物だ、失策だったな」

祁同偉は自分の意見を一度飲み込み、先生の視点から、丁義珍の事件における李達康の責任は大きいことを指摘した。丁義珍は機嫌取りだ。どこへ行っても、自分は李達康の化身だと言っていた。今その化身に問題が起こったのだ、本物は焦って当然だ。あの二人の間にどれほど隠し事があるのだろうか。

先生は仕事の顔ではなくなっている。生徒を横目に見て、優しい表情で、悪辣なことを聞いた。

「こういう状況でもまだ捜査権を勝ち取るために李達康に協力するか？」

教え子は呆気にとられた。先生の不満そうな様子に気づき、言い逃れの言葉を探していると、頬をぶたれた。

「私心があるんじゃないだろうな？」

祁同偉の顔が少し紅くなり、認めた。

子を知ること父に若くは莫し。子供のことは誰よりも父親がよく知っているものだ。両親を除けば、先生は教え子の気性を操るのが巧い。長年一緒に仕事をしてきた上に、高育良が祁同偉を登用してきたのだ。教え子の気の小ささに気づかないわけがない。副省長になるために、省委員会常務委員である李達康の一票を当てにしている。見識ある人なら見ればすぐわかる。高育良はゆっくりと首を振り、自分はこの事件を楽観的には見ていないから、祁同偉もそんなに楽観的になってはいけない、と伝えた。祁同偉は李達康がこの大事な昇任に反対するかもしれないと少し心配になった。高育良は顔をあげ、自分の考えを口にした。

「李達康が昇任を阻止できるとは限らないが、新任の沙瑞金書記ならどうだ。同偉、考えてみろ。着任後すぐに幹部を抜擢できるのは誰だ。省委員会前書記は物事に慎重で、わざと配属させなかったのに、新書記が着任後すぐに配属すると思うか？そんな良い事はないだろう」

教え子が希望を失ってしまうと心配して、慰めるように言い聞かせた。

「もちろん、これも絶対じゃない。沙書記は今、各市で視察を行っている。配属されないとは限らないぞ！組織を信じて、あまり深く考えすぎるな！」

先生の言う通りだ。でも先生のポイントはこれではないはず。先生が言いたいのはおそらく昔から先生の敵である李達康の事だろう。そこで、大胆に探ってみることにした。

「高先生、先生はもしかして李達康書記がまさか……汚職していると思ってるんですか」

高育良は意外にも突如顔色を変え、厳しい表情ですぐに戒めた。

「何をばかなこと言ってるんだ。同僚の悪いところばかりを見るな！捜査権を得ようとしていたのは丁義珍を庇うためだとは思っていない」

「じゃあどうして?本当に仕事のためなんでしょうか」

祁同偉は理解できなかった。

高育良は昔の話をした。李達康が八年前に林城市委員会書記に着任していた時、林城副市長兼開発区主任が収賄容疑で逮捕された。一夜にして数十人もの投資家に逃げられ、いくつもの投資事業が停頓してしまった。それまで、林城のＧＤＰは省内で第二位だったが、瞬く間に五位まで落ちた。

この話は意味深長だ。祁同偉は悟った。もしあの時ＧＤＰが安定していたら、李達康は省委員会常務委員に名を連ねていただろう。八年前のもう一つの結果、それは高育良が書記を勤めていた呂州市のＧＤＰが省内で第二位まであがり、先生が一足先に省委員会常務委員会入りを果たしたということだ。

「劉省長はもうすぐ定年だ。李達康には業績が必要なんだろう」

「やっぱりそうですよね！沙瑞金と李達康のコンビの名が官界ではどんどん広がっています」

二人はしばらく黙り込んだ。祁同偉は先生にお茶を注いだ。

高育良はお茶を飲みながら、頭を働かせた。今日の出来事はどうもおかしい。ここで会議を開いている間、丁義珍を検察院の人間に見張らせていたのに、どうやったらあんなに突然失踪することができるのだろうか。もちろん、この会議が長すぎたせいもある。会議の出席者が出入りしたり、電話をかけたり――あの場にいた全員が、情報をリークするチャンスがあった。

「公安庁長としての勘ですが、情報をリークした人間がいます。会議の最中にきっと誰かが丁義珍にこっそり情報を提供したはずです」

祁同偉は端的に言った。

「誰なんだ?そんな度胸のあるやつは」

高育良はコップを揺らしながら、呟いた。

祁同偉は学んだ。お互いに利益を得る場合以外は、直接李達康の名前を呼ぶことをやめた方がいい。先生に顔を近づけた。

「高先生は省政法委員会書記です。僕なんかよりも現在の汚職の特徴をご存知です。一人捕まえたら芋づる式に悪事が暴かれていきます。どの事件もそうでしたよね」

あぁ、こうしてみると、丁義珍の逮捕にはもっと大きな意義があるのだ。高育良はソファで姿勢を正し、大きくよく通る声で言った。

「公安庁は検察院に協力し、公安の勢力を動かして密接に連携をとり、丁義珍が地の果てまで逃げたとしても捕まえ、法律で裁くのだ!」

「わかりました、先生!今晩から公安庁は当直で、この重大な指示を確実に実行します!」

祁同偉は背筋を伸ばして敬礼をし、颯爽とした男前さと勇ましさを示した。

高育良はソファの肘掛をポンポンと叩く。

「座れ座れ。黄埔(こうほ)軍官学校[1]のようにする必要はない。同偉、君と李達康が対立しているのはわかっている。それでも基本的な原則には従う必要がある。好き勝手に李達康をとやかく取りざたさないほうがいい。それから、私から一つ忠告しておかなければならないことがある。今晩の丁義珍のような事件に、今後おまえの名前があがることがあるかもしれない。疑いをかけられないように気をつけなさい！こういう時、おまえは悪目立ちする。私心があると疑われるぞ」

祁同偉は心から納得し、頭を下げた。

「はい、わかりました！先生、では失礼します！」

三

李達康はひどい心境だった。会議が終わると、急いで乗用車に乗り込んだ。携帯を握りしめ、まず市規律検査委員会書記の張樹立に電話をかけた。一日中何もせず、京州幹部陣が腐敗していてもおそらく気づかぬほど、警戒心がないと説教した。それから、光明区長で、光明湖事業の副総指揮を務める孫連城にも、「総指揮である丁義珍の腐敗に気づかなかったのか？何のために目がついている？もういい」

---

1 中華民国大総統の孫文が一九二四年に広州に設立した中華民国陸軍の士官養成学校である。

と叱り飛ばした。

電話越しで十分に叱責すると、二人を自分のオフィスに来させた。

携帯を閉じ、李達康は車の外を過ぎていく濃厚な景色を見ながら、しばらくぼんやりしていた。

今日は何曜日だ？木曜日か。ならブラック・サーズデーだな。今は疑いを晴らすことはできないだろう。丁義珍の事件は俺自身の警告になった。隠れている政治の敵は嬉しくて奮い立っているだろう。高育良は内心ひそかに喜んでいたにちがいない。祁同偉が声を出して笑い出すのではないかと心配していた。報告会はこの上ないほど不甲斐なく終わった。高育良と祁同偉は双規を行う意見を支持していたようだが、決定権は一瞬で新任の省委員会書記の沙瑞金へと渡り、巧みに否定された。だから、わざと時間をかけてタバコを吸い、わざと丁義珍が逃げる時間を稼いだ。他の人はどう思っているんだろうか。俺が丁義珍に情報を漏らしたと疑っているのだろうか。どんなつまらないことも問題に思えてきた……。

李達康はとても期待されていた。省委員会にとって大きな存在で、秘書たちのリーダーのような存在だった。何人もの指導者の秘書を務めたこともある。秘書たちを集め、H省政界にとって重要な派閥である「秘書派」を作り上げた。一方、高育良の部下や教え子たちは、ほとんどが政法組織の仕事をしており、「政法派」とみなされている。秘書派も政法派も幹部陣たちが使うひそかなあだ名にすぎなかった。しかしその人脈は自然と形成されていき、この二大派閥は紛れもない事実となった。

秘書派の第一人物として、李達康は高育良をあまりよく思っていなかった。政治のキャリアは高育良よりも長い。高は学院派で、李達康は実務家だ。いくつかの大都市を任されたこともある。業績も文句無し。全省が認める革命闘将だ。一方の高育良は、呂州市委員会書記を勤めたにもかかわらず、キャリアはまだこれからといったところだ。しかし結局のところ、高育良が一足先に省委員会常務委員会入りを果たし、省委員会副書記になった。今回もし沙瑞金が空から降ってこなければ、高育良が省委員会書記になっていたに違いない。聞いたところによると、趙立春省委員会前書記は中央政府に高育良を強く推薦していたらしい。李達康はと言うと、省長や副書記の職務を引き継ぐのではなく、H省を離れ、他の土地で職務に就くという噂があった。高育良とは、呂州で一緒に働いていた時に起こった対立は未だ記憶に新しい。ダメージを受けたのはやはり李達康の方だった。

しかし、その後の展開は予想外だった。中央は突然沙瑞金を派遣。高育良の省委員会書記になるという話は不思議にもおじゃんになった。事の真相は今でもわからない。それどころか、李達康はじき退職する劉省長に変わり、省長に昇任するかもしれないのだ。考えてみると、これも当然のことだ。李達康がいる京州はこの六年で、経済都市まであと一歩のところまで成長したのだ。李達康はその省委員会常務委員だ。省長になるのはごく自然な事だ。だが、その微妙な時期に、光明湖事業の責任者を任せていた丁義珍が落馬した。心が痛まないわけがない。

車が京州市委員会の敷地内に入ると、真っ黒な空からパラパラ雨が降ってきた。自分のオフィスがある建物の前で車から降りたが、急いで入らなかった。夜のとばりに顔をあげると、雨が顔を湿らせる。ひんやりとしたものが李達康の精神を大いに奮い立たせた。足早にオフィスへと入っていった。

張樹立市規律検査委員会書記と孫連白光明区長はすでに中で待っていた。意見を求める視線が一斉に向けられた。李達康は表情を曇らせたまま、二人を見たが、何も発しない。

張樹立は慎重に、とぎれとぎれに感嘆した。

「丁義珍の身に突然問題が起きるなど、本当に考えてもみませんでした。あの副市長は見た感じとても謙虚ですし、地位もずっと正しく得ていました……」

しかし、規律検査委員会書記は突然話の方向を変え、ぜんまいを巻くように丁義珍を猛烈に批判し始めた。

「ですが、彼は裏では何をするときも李書記の名義を使って、明らかに権力を一手に収めています。あちこちで李書記の化身だと言われています。金や利益は丁義珍が手に入れ、悪名は李書記に押し付けています。本当にろくでなしです」

李達康はそれをありがたいとは思わず、目の前にいる二人の部下を見て、冷ややかに言い放った。

「丁義珍の使いかたを間違えた。その責任は私にある。しかし君たち二人には責任はないのか？どうして私に注意を促さなかった？特に君だ、張樹立。君は規律検査委員会書記だろう。職務をおろそかにしているんじゃないのか」

「李書記、丁義珍の問題なら報告したことがあります。去年丁義珍の息子が結婚した時、好きに贈り物を受け取っていたこと。それから、投資家数名と不正な付き合いをしていると報告したのですが……」

張樹立は悔しくてやりきれない様子だ。

李達康は手を振った。

「わかった、わかった。君たちを呼んだのは責任の所在を追及するためではない。これからどうするか話し合うためだ」

そして緊急措置をとった。孫連城区長に丁義珍の仕事を引き継がせる。光明湖事業をこのせいで無駄にはできない。やらなければいけないことをやる。張樹立には光明湖事業の実情が掴めるまで、内情調査を行うよう指示した。気持ちを引き締め、落ち着いて調査し、絶対に投資家を逃がすことのないように、特別に言い聞かせた——八年前、林城の副市長が逮捕された時、投資家たちに逃げられてしまい、林城の経済は不景気に陥ってしまったからな。

「同じ過ちを繰り返してはいけない。当面の急務は投資家をなだめることだ。心を落ち着かせ、投資状況を落ち着かせるように……」

李達康は二人の部下に口調を強くして戒めた。

夜中まであれこれ仕事をして、三人はそれぞれ家路に着いた。

これで大丈夫だ。考えつくこと、できることはこれくらいか。大きな手ぬかりは何もないはずだ。それでも、トゲでも刺さっているみたいな不安がある。家に着いて、妻の欧陽菁を見て李達康は気がついた。そのトゲの正体は自分の妻だったのだ。妻は京州城市銀行の副頭取で、普段から丁義珍と交流があった。自分が違法行為をしているか、していないかは、名義上の妻であるこの女性と関係があったのだ。

李達康はリビングのソファに腰掛けると、どんよりと口を開いた。

「欧陽、これ以上光明湖事業に首をつっこむな。潰されないように気をつけるんだ」

「ねぇ、李達康。どういうこと?帰ってきたと思ったらすぐ説教?」

欧陽菁は腹を立てた。

「説教じゃない。忠告だ。丁義珍にもう関わるな!」

李達康はサイドテーブルを叩きながら叫んだ。

「私たちのことはあなたには関係ないでしょう?光明湖事業で私たち京州城市銀の六億元もの融資を使っといて、丁市長と付き合わず、あなたに従えって言うの?あんまりだわ!」

「俺は融資業務のことを言ってるんじゃない。あの事業には首をつっこむなと言ってるんだ!」

李達康はさらにはっきり指摘した。

欧陽菁はあっけにとられ、理屈を並べた。

「私は友人のためなら事業を紹介するわ。でも李書記はどう？いつ紹介したことがあるっていうのよ。あなたは私のことなんて見ていない。丁市長と口を利こうともしなかった」

「丁義珍に問題が起きたんだ！俺が巻き込まれてもいいっていうのか？」

書記である夫は冷たく言い放った。

欧陽菁は「えっ」と驚いて、しばらくの間、開いた口が塞がらなかった。

夜が更け、李達康と欧陽菁はそれぞれ自分の寝室で眠りについた。この夫婦間の感情は早い段階ですでに決裂しており、もう別居して八年が経つ。ベッドに横たわり、何度も寝返りを打った。眠りにつけない。頭の中である考えがぐるぐる回っている。離婚するか。断に当たって断ざぜれば、反って其の乱を受く。窓の外で鳴いている虫の声がとぎれとぎれ耳に入る。こんなに小さな鳴き声でも静かな夜だとはっきり聞こえる。晩秋だが、すでに秋の物悲しさが滲み出ている。実のところ、離婚するのもそんなに簡単な話じゃない。欧陽菁とは副県長をしている時に結婚して、二十年以上もの間、共に辛く苦しい困難に立ち向かってきた。俺の心は石の塊だが、暖かい。暗闇の中で目を大きく開いた。眠気はまったくない。思い切って起き上がり、タバコをくわえ、窓の前に立って一服した。もし離婚しないとしたらどうなる？妻の身にも問題が起こったらどうする？俺の政治生命はたった一度の核爆弾の攻撃でも耐えられないぞ。

李達康が気をもむ疑問が現れた——丁義珍に情報を漏らしたのは誰なんだ。この疑問は、今日の報告会に参加していた全員を苦しめているはず。巨大な陰謀に退路から背後を攻撃されている感じだ。反撃の方法が見つからなければ、奈落の底に落ちることになる。丁義珍はどうして逃亡できたのだろうか。

これであいつは第一容疑者だ。敵はこのことをよく理解している。よく考えてみると、誰かがわざと落とし穴を掘り、そこに落ちるのを待っているみたいだ。検察院が今も動いてくれている。丁義珍がなるべく早く捕まることを願い、李達康は星空を見上げ、ひっそりと祈った。吸い殻を捨て、ベッドに戻る。心臓がどくっと跳ねた。いや、違う。もし妻が本当に丁義珍と経済的利益関係にあって、丁義珍逮捕のせいで妻が巻き添えになったら、俺も捕まってしまうのか？いくら考えてみても、どうしたらいいかわからない。

丁義珍の失踪はますます怪しい。もしかしたらこの逃走の裏に、まだ何か隠されているのかもしれない……。

この夜、秘密裏に行われた逮捕劇には、最初隠密な兆候などなかった。捜査一課長の陸亦可が自ら国賓館太堂へと赴き直接指揮に当たっていた。捜査官の張華華に宴会場の入り口で丁義珍の一挙一動を見張らせた。もう一人の捜査官、周正をイヴェコ車のパトカーに配置し、国賓館の正門で待機させた。陸亦可は事件捜査における経験が豊富で、これまで大きなミスをしたことはない。張華華はヘッドセットを通して、何分かおきに陸亦可に報告した。簡単に言えば現場中継だ——丁義珍は酒杯を挙げ、スピーチを始めました。李達康市委員会書記のために大声で賛歌を歌っています。不動産の経営者たちが丁義珍と乾杯するために列をなし、ご機嫌を取っているところです。丁義珍は酒に酔い、ふらふらしていて立っていられないほどです……。

後になって考えてみても、落ち度はなかった。張華華が立っていた場所からは、丁義珍の後ろ姿しか見えなかった。丁義珍は湖の景色が一望できる床置き式のガラス窓の方を向いていた。主催者が座る席だ。張華華はまったく訳がわからなかった。丁義珍の席に、いつのまにか市政府オフィスの孫主任が座っていたのだ。孫主任と丁義珍は体つきが似ている。二人とも背が低く、太っている。この日、シルバーグレーのスーツを着ていて、後ろ姿はうりふたつだった。陸亦可に異常なしと報告した時には、すでに大きなミスをしていたのだった。

車中で待機していた周正が異常事態に気づき、陸亦可に報告した。

「丁市長のアウディが正門から出てきて、解放大道に向かって走って行きました」

陸亦可は愕然とした。

上司がまだ酒を飲んでいるのに、どうして運転手は勝手に離れたの?変だ。よりによってこんな時に、陳海局長から電話がかかってきた。省委員会の指示を待たずに丁義珍を逮捕するよう言われた。

陸亦可と張華華は宴会場に突入し、メインテーブルに近づいた時になり、あの後ろ姿は孫主任だったと気づいたのだ。

陸亦可は孫主任のそばに行き、丁義珍はどこに行ったのか訪ねた。

「先ほど副省長から電話があって、明日報告することがあるので、資料を準備すると言って部屋に戻りましたよ」

陸亦可は大変なことになったと気づいた。陳海にこのことを報告したあと、すぐにチームを率いて探しに行った。

丁義珍は国賓館に一年中部屋を借りている。光明湖事業の臨時オフィスといったところだろう。捜査官を連れて部屋に入った。デスクの上にあるパソコンはまだついたままで、書類もデスクに置かれている。丁義珍は本当に資料を準備していたようだ。それから、半分残ったレミーマルタンの瓶もサイドテーブルにある。丁義珍はまだそう遠くまで行っていないということだ。ホテルのスタッフにすべての部屋を開けさせ、一部屋一部屋探したが、結局見つからなかった。

冷や汗が下着に浸みた。今までこんな状況に出くわしたことはなかった。おかしい。丁義珍は手品でも使ったの?それともイリュージョン?三十歳を過ぎたこの女性は傲慢で、孤高だ。面倒なことには一切関わらず自分の保身だけを考えてきたせいで、今までずっと独身だ。そんな彼女でもこの予想外の打撃には耐えられないようだ……。


陸亦可からの電話で、陳海はすぐに国賓館へと車を走らせた。同時に、捜査班の第二班と第三班を動員し、丁義珍の家と市長オフィスを手分けして捜査させた。大雨が降っている。窓を開けて雨を拭った。前方はぼんやりとした暗闇で、まさに今の境遇と同じだ。事はもう取り返しがつかないところまできている。胸中にある一塊の鉛がずっしりと下へと下がっていく。この後悔は言葉では言い表しようがない。もし今夜、侯亮平の言う事を最初から聞いて、先に丁義珍を逮捕していれば、こんなことにならなかったのに!

どこに行けばあの忌々しい丁義珍を見つけられる?誰が情報をリークしたんだ?

国賓館に到着すると、陸亦可が最新の情報を報告してくれた。

「監視カメラの映像に、宴会場を出て、キッチンを通る丁義珍の姿がありました。料理長が丁副市長の知り合いだったそうで、料理長が証明しています」

陳海は内心やきもきしていたが、気持ちを落ち着かせた。急がなくていい、と部下を慰めた。

すると、全体出動していた要員から次々と報告の電話がきた。第二班からの報告によると、丁義珍は帰宅しておらず、妻もこの二日間は姿すら見ていないそうだ。第三班は市政府から電話をかけてきた。丁義珍のオフィスを捜査したが、価値のある手がかりは何もつかめず、今は公安に協力を要請して丁義珍を捜索しているそうだ。高育良に電話をかけようと思っていたところに、祁同偉先輩から電話がかかってきた。先輩は省の公安指揮センターで深夜の追跡逮捕の共同指揮をとろうと誘ってきた。その誇らしげ、得意げな口調を聞くに、すでに丁義珍の足取りをつかんでいるようだった。

陳海の身体中の細胞が奮い立った。すぐさま車を公安庁へと走らせた。H大学にいた頃、陳海と侯亮平、祁同偉は「政法系の三傑（さんけつ）」と呼ばれていた。みな良き友達だった。侯亮平とはかなり親しかった。サルには少し変な癖があるが、見る目は備わっていて、誠実な人間だ。祁同偉は見栄っ張りで、服装や振舞いも少しプレーボーイのような派手さがあったが、実は貧しい農村出身だ。学生時代の二人は負けん気が強く、勝気で、陳海はいつも仲裁役だった。大学三年の時には、政法系主席の座を争い、祁同偉と侯亮平はいつもしのぎを削っていたが、優劣つけられないほどだった。最終的に双方が妥協し、人の良い陳海を主席に推薦した。この三人は高育良の愛弟子で、これからはずっと先生の教示と贔屓を受けることになる。今日のように共同捜査できるこの縁は、とても大切だ。

あっという間に公安庁に到着した。陳海は車を停め、大股で指揮センターのホールへと足を踏み入れた。祁同偉が出迎えてくれた。陳海を指揮席に座らせると、淹れたばかりの熱いお茶を持ってきてくれた。前方の壁には大型の電子スクリーンがはめ込まれている。点滅が魚網のような全省道路図を移動している。祁同偉は大きなスクリーンの点滅を指差し、陳海に言った。

「海子、見ろ。あいつはあそこにいる！」

スクリーンを見てやっと気づいた。丁義珍はもう京州にいない。車は今京州から岩台にのびる高速道路を走っている。丁義珍は岩台出身なので、岩台に向かっているに違いない。陳海は内心ガッツポーズをした。岩台にはとっくに検問を敷いてある。あとは丁義珍が自らその罠に飛び込むのを待つだけだ。

「丁義珍の携帯を追跡している。もう釣り針からは逃れられないぞ」

祁同偉は続けて一言感嘆した。

「ハイテクノロジーってのはすごいな！」

スクリーン上の点滅がゆっくり移動する。もう双溝集を通りすぎている。祁同偉は柴城の出口を封鎖するよう命令した。警官はすぐに柴城公安局に電話をかけ、警察を配置し、柴城高速道路の出口を封じるよう要求した。警察は柴城の料金所で例の車を止めた。しかし、車の中に丁義珍の姿はなかったのだ。運転手に聞くと、丁義珍の母親が急病のため、運転手に岩台までお見舞いに行くよう頼まれたそうだ。母親に強壮剤を買うために、運転手に千元渡していた。

「丁市長は解放大道にいます」

運転手が呟いた。

現場の警官が、後部座席にある丁義珍の携帯を見つけた。携帯の電源はついたままで、マナーモードになっていた。ずる賢い奴だ。わざとダミー車を用意し、携帯を使って追跡者の注意を引くことで、本人はうまいこと逃げきった。

祁同偉は腹を立てた。警官に解放大道付近の監視カメラ映像を入念に調べ、丁義珍を探し出すよう命令した。すぐにスクリーン上に映像が映し出された。丁義珍は解放大道で車を降りた後、薄暗い胡同へと姿を消した。続けて、義府東路にまた現れ、そこでタクシーに乗り、空港高速道路の方向へと走っていった。

丁義珍、こいつはプロだ。胡同を通って二つ先の大通りまで出た。そこでタクシーに乗って、空港に向かった。そして我々を騙すために携帯を捨てた。

「すぐに京州国際空港に連絡しろ」

祁同偉は血相を変え、険しい表情で部下に命令した。

しかし、空港側からの情報に絶望した。丁義珍が今日、チケットを購入した記録もチェックインした記録もまったくないというのだ。

「周辺空港をもう一度調べよう！すぐに周辺の三つの空港に連絡を」

陳海は提案した。

ばたばたしていると、六番デスクにいるイヤフォンをした警官に突然呼ばれた。

「祁庁長、陳局長、いました。やっと見つけましたよ！京州空港の関税は我々が提供した丁義珍の写真をもとに、今日出国した乗客を再度調べた結果、丁義珍は名前をＴｏｍ Ｄｉｎｇに変えて、二時間ほど前にカナダのトロント行き２３４３２便の飛行機に乗ったようです！」

「なんだって？こいつは二時間前にはもう逃亡していたというのか？

陳海は愕然とした。

「そのようです。２３４３２便はすでに我が国の領空を出て、国際空域へと入りました。現在およそ東経九十九度、北緯四十七度……」

指揮センターの雰囲気が一瞬にして氷のように固まった。呼吸がしにくいほど空気が重い。

「なんてことだ。もう少しのところで取り逃がしてしまった！」

陳海はデスクに拳を叩きつけた。

夜が明け、高育良書記が状況を聞くために電話をかけてきた。陳海と祁同偉は一緒に先生の家まで報告に行った。高育良も眠れなかったようで、目は赤く、まぶたがむくんでいた。教え子二人が家に到着したとき、先生は朝食を食べていた。二人を座らせ、一緒に朝食を取らせようとしたが、二人は気がひけ、座れなかった。朝食なんてもっと口にできないし、たぶん消化できないだろう。報告を聞き終わると、高育良は食事が喉を通らなくなっていた。顔を強張らせ、半分飲んだ牛乳を傍によけ、昂然と立ち上がった。

「まったく。公安と検察二つの政法組織が協力しているのに、たった一人のターゲットも捕まえられないなんてな！祁同偉、公安庁長としてよくやっている。どんどん腕があがっている。陳海、腐敗賄賂防止局長も本当に見込みがある。ずっとおまえに注目しているが、期待を裏切らない」

「誰がこんなトラブルを予想していたでしょうか。高先生、反省しています！」

祁同偉は無理やり笑顔を作った。

「高先生？仕事の時は職務名称で呼びなさい」

高育良はテーブルを叩いた。

「高書記、これは我々腐敗賄賂防止局の責任です。反省しなければいけないのは私です」

陳海はすぐ職務名称で呼んだ。

高育良は表情を少し和らげ、しばらく考えてから口を開いた。

「昨晩の出来事はやや複雑だ。報告会が少し長引いたからな。内部に秘密を漏らした人間がいるはずだ。祁庁長、この件について詳しく調べてくれ！」

「高書記、私も同じように考えていましたので、さっそく調査の手配をします！」

高育良は頷いた。

「いいだろう！二人とも覚えておいてくれ。丁義珍を捕まえられなかったら、おまえたちを許さん！今後、私の教え子であると公言することを控えてもらう！」

「はい、高先生」

祁同偉と陳海はまっすぐ立ち、ほぼ同時に頭を下げた。

高育良先生の家を出ると、雨は止んでいて、東の空を朝焼けが染めていた。

陳海は祁同偉と別れて運転席に座ると、後悔が押し寄せてきた。何が起こったんだ。丁義珍はあんなに大勢の人間に監視されていたのに、その目を盗んでうまく逃げたなんて信じられない。腐敗賄賂防止局長は悔しくてたまらない。逮捕する前、季昌明はどうしても高育良に報告しようとした。そして高育良は京州の李達康と公安庁長の祁同偉にあの報告会のことを知らせた。このことはこの数人しか知らない。そのうち、陳海と祁同偉は高書記の教え子だ。腐敗賄賂防止局内部で何か問題が起きたわけでもない。昨日の午前中から陸亦可は丁義珍の監視を始めていた。もし陸亦可が情報を漏らしたなら、丁義珍は昼間のうちに逃げていたにちがいない。夜まで待つ必要なんてなかったはずだ。

H省の闇は深い。とても深い。丁義珍の背後には誰か大物が隠れているはずだ。

この時、陳海はふと思い出した。北京上空にあった雷雲はすでに移動している。侯亮平から早朝飛行機に乗る前にメッセージが届いていた。今は朝六時すぎ、侯亮平が乗った飛行機がもうすぐ着く頃だ。

陳海はアクセルを踏み、空港へと向かった。雨が降った後の野原は緑に満ち、道路脇にある草木は刈り込まれ、整えられている。高速道路の両脇に高くそびえ立つ、よく生い茂った喬木（きょうぼく）が互いに照り映えて美しい。陳海は車の窓をあけ、爽やかな朝の風を胸いっぱい吸い込んだ。スピードが気持ちを高ぶらせた。陳海はしばらくの間、心のもやから解放され、飛び立つような感覚になった。

この挫折はなんてことはない。陳海は自分に言いきかせた。本当の戦いは始まったばかりだ。丁義珍には逃げられてしまったが、あいつを逃した人間がまだいる。そいつはそれだけの技量があり、方法もある。大きな魚にちがいない。それはもしかしたらH省の幹部には想像できないほど大きい獲物なのかも……。

四

侯亮平は険しい表情で、かばんから丁義珍に関する資料ファイルを取り出し、陳海のデスクに放り投げた。腹を立てながらデスクの椅子に腰掛けると、陳海の上司さながら説教を始めた。

「陳海、陳大局長。逮捕状を持ってきたのに、おまえらが犯罪容疑者を見失うとはな！公務を原則に従って処理し、私情にとらわれないんだったよな？これがおまえらの法律に則った仕事の仕方か？」

「ごめん、サル。本当に申し訳ない！」

陳海は資料ファイルを受け取り、苦笑いしながら謝った。

「陳海、おまえの管理は一体どうなってるんだ」

侯亮平は指でコツコツとデスクを叩きながら叱責した。

ミスを犯してしまったことで、普段からお人好しの陳海がさらにお人好しだ。作り笑いのまま謝り、昨晩の省委員会の報告会で意見が分かれたこと、そして高育良書記の最新の指示について説明した。それから、省腐敗賄賂防止局は丁義珍の資料を用意し、インターポールの中国センターに赤手配書を出す用意を始めており、公安庁はすでに海外に向かい、追跡する準備もできている、と言った。

仕事の話が終わると、何も話すことがなくなり、侯亮平はそっけなく座っている。不測の失敗によりクラスメートとの長年の友情が引き裂かれてしまった。温厚な陳海は、いつもの笑顔のサルに戻り、重い精神的負担から解放してほしいと思っているだろう。

そんなことには気づいているが、絶対にそうはしない。陳海、こいつはとても腹立たしいやつだ。やっと炙り出した腐敗官僚をみすみす逃した。しかも、昨日の電話で逮捕するよう何度も頼んだのに、聞き入れなかった。だから、空港を出てから今まで、ずっと眉間にしわを寄せ、険しい表情でいる。まるで陳海との間に友情など存在していないかのように。この行為が陳海を苦しめているのはわかっているが、いい気味だ。このような冷遇を受けるべきだ。

陳海はオフィスで金魚を飼っている。それぞれ彩鮮やかで美しく、悠々と泳いでいる。陳海は父である陳岩石の趣味――花、鳥、虫、魚への特別な感情を遺伝、または受け継いでいる。部屋の隅にはホウライチク、ドラセナ・フレグランス、ホウライショウ、ポトスなどの植物が置かれている。これらの品種に深い意味はないが、鮮やかな緑が部屋に映える。

金魚鉢の前に立って、金魚を鑑賞していると、気持ちが徐々に落ち着きを取り戻していった。機嫌も多少良くなった。丁義珍はこれほど大きな犯罪を犯したのだから、何かしらの痕跡が残るはずだ。金魚鉢と陳海を眺めながら考えごとをしていると、ある考えが浮かんだ。

「腐敗賄賂防止局、それから規律検査委員会に何か手がかりはないのか。丁義珍を告発した人間は誰一人としていなかったのか？」

「丁義珍に関する告発は数件あった。でも全部匿名で、あまり気にかけてなかったんだ。でも実は、実名での通報もあったんだ……」

「誰だ？」

侯亮平はそこでやっと陳海を見た。

「父さんだよ」

陳海は窮屈そうに笑って続けた。

「おまえの知る、あの退職して長い元検察長の陳岩石だよ。でも、本当の告発者は父さんじゃなくて、大風服装公司の工員だ。父さんが代理で告発したんだ。告発内容を裏付ける信ぴょう性のある根拠が少なかったから、無視してしまったんだ……」

「無視した？おいおい、元検察長はおまえの尻を叩かなかったのか？」

侯亮平は目を見開いた。

「サル、気が済まないなら、父さんに代わって俺を殴ってくれ」

陳海は冗談を言って場を和まそうとした。続けて口にした。

「でも、父さんが最近どうなってるか知らないだろ。もうおまえの知ってる陳おじさんじゃないんだ……」

「そんなわけないだろ！よく知ってるよ！おじさんがどうしたんだ」

陳海はおじさんが最近起こしたおかしな事について話し始めた。庁局長級の房改房を三百万元ちょっとで売ると、その金をすべて寄付した。自分たちの金でおばさんと二人老人ホームに入った。これが社会の反響を呼んだそうだ。この行動は社会への不満を表す方法の一つで、今の腐敗官僚への皮肉だと言われている。おじさんはまだあちこちで敵――省委員会前書記の趙立春を罵っているそうだ。おじさんと趙立春は京州市で一緒に仕事をしたことがあった。趙立春は順風満帆に北京へと異動になり、順調に昇任していった。しかし、おじさんは本来享受すべき副省長級の待遇すら受けなかった。おじさんは退職後もずっと真理のために闘っている。あちこちで訴訟を起こす手助けをしているらしい。おじさんがいる老人ホームは、じきに「省第二人民検察院」と呼ばれるだろう。ベテランで、どんな訴訟でも引き受けているそうだ。だから、よく電話をかけてきては告発し、いつもどうしていいかわからないことをしでかすそうだ。

これを聞いて、侯亮平は俄然やる気がでた。

「行くぞ、おじさんに会いに。今すぐ！」

陳海は笑った。

「サルの鼻はよく効くな！老人ホームでご飯の準備をして、おまえがたかりに来るのを待ってるよ。行こうか、俺一人でおまえと向き合うのもしんどい。わざと困らせようとするからな」

大学時代の侯亮平は食欲旺盛だった。大きな饅頭（マントウ）を一口で二、三個食べた。大学の食堂は、ご飯の量が決まっていて、お腹いっぱいになることはなかった。だから、しょっちゅう陳海について家に遊びに行き、満腹になるまでご飯を食べた。当時、陳岩石はひげを生やしていたので、ひげおじさんと呼んでいた。家族のように親しかった。卒業後、北京に配属されてからは疎遠になっていたが、おじさんのことをよく考えていた。長い年月がひっそりと過ぎ、今日再会したおじさんは明らかに変わっていた。威風堂々と絡まったヒゲはなくなって、ひと回り縮み、痩せ、背が低くなり、独り言も多くなっていた。その姿を見て心が痛んだ。

陳岩石は老人ホームの三階の一間に妻と二人で住んでいる。ベランダ、トイレ、そして小さいキッチンがある。普段はレストランで食事をするが、自炊もするらしい。部屋に入ると、陳海の部下である女性課長の陸亦可が、奥さんのようにキッチンでばたばた、ガチャガチャと忙しくしているのに気づいた。部屋の真ん中にある円卓には料理がたくさん並べられている。陸亦可が出てきて、陳海は侯亮平に紹介した。

「こちらが、捜査一課長の陸亦可だ。おまえを招待するにあたって、料理を手伝ってもらおうと特別に呼んだんだ」

全員で円卓を囲み、食事を始めた。椅子が足りなかったので、陳海と陸亦可は床に並んで座った。

「政法系の三傑の一人、祁同偉が足りないな。なぁ、あいつはどうして来てないんだ？呼んでないのか？」

侯亮平は意味ありげに横目でちらっと見て、陳海に尋ねた。

「呼んだけど、来れないって。情報漏洩した事件のことで、通信会社との会議を開いてるらしい」

陳海はため息をついて続けた。

「あんなことになって、同偉とは一晩中目すら合わせられなかったよ。それに何度も叱られたし……」

「何か楽しい話をしましょう！」

陸亦可は短い髪の毛を揺らして立ちあがり、侯亮平にお酒を注いだ。

「サルと呼ばれてるそうですね。陳局長はお人好しですから、いじめたりはしてないですよね？」

「陸課長、俺たちのところにはこうやって上司に取り入ろうとする人間はいない！誰が誰をいじめるんだ？君の上司が俺をいじめてたんだよ。大学時代、俺がお茶に誘った女性と結局あいつが付き合う、っていうことがよくあったんだ……」

侯亮平は酒を飲み干し、不平を口にした。

今度は陳海が大声で訴え始めた。

「大学四年の時、サルはいつも二段ベッドの下の段で寝てたよな。あれは謙虚な気持ちで俺が下を譲ってたと思ってるのか？違うぞ、俺も下で寝たかった。でも眠れなかったんだよ！あの時のサルは元気が良すぎて、上の段でよく飛び跳ねてたからな。下の段で寝てたら、こいつのサルの習性が発揮されて、夢を邪魔されてばっかりだった。いつもこいつが帰ってくるまでは眠れなかったから、最後には自ら下の段を明け渡した。サル、お願いだから上で跳ねないでくれ。下の段で静かに寝てくれってな！」

みんなが吹き出して笑った。

「おまえたちは本当にひょうきん者だな」

陳夫妻は涙を流しながら笑った。

二人のお調子者は京州特曲酒を一瓶飲み干した。侯亮平は飲みすぎたせいで、感覚がなくなっていた。陳海は酒に弱い。それに昨晩まったく寝ていなかったせいか、めまいがするから、しばらく寝ると言って、床に張り付いていびきをかいて寝ている。陸亦可は手持ち無沙汰になり、別れを告げて帰っていった。

侯亮平はやっと陳岩石に、今回の来訪の目的を説明した。大風服装公司のあの告発に興味があったのだ。大風工場の蔡成功社長は侯亮平の幼馴染で、以前、騙されて株をすべて失ってしまったと電話をかけてきたことがある。侯亮平はただの経済紛争で、大事だとは思わなかった。しかし今日、おじさんがその件の告発書を提出したと知って、無視できなかった。

「そうだな、陳海は私の告発を重視しなかった」

陳岩石は吐き捨てた。

侯亮平はこの場で陳岩石に告発してもらうことにした。陳岩石は目を細め、懸命に思い出そうとしている。昔、大風工場は国営企業だった。陳岩石が京州副市長だった時、株式制度改革を取り仕切り、従業員に株を持たせた。その後、京州を離れ、省の検察院へと異動することになっても、従業員は何かあれば、すぐ陳岩石に報告していた。そして去年、経済紛争が起こった。蔡成功は大風工場の株式を抵当に入れ、山水集団から五千万元を借りた。期限になっても返済しなかったため、法院は株を山水集団のものにする判決を下し、大風工場の経営者が変わった。そして、現在は光明湖の地価が跳ね上がり、あの工場地帯は十数億元の価値があるそうだ。株を持っていた工員はストライキを行い、工場を占領し、山水集団の入居を拒絶している。大風工場の社長、蔡成功も北京に失踪しているらしい。

「でも、この事件と逃走中の丁義珍とはどんな関係があるんですか」

「丁義珍は光明事業のスーパーバイザーだ。山水集団の女社長、高小琴と手を組んでいる。株式を質入したのには裏があるんじゃないかって、工員たちは疑っているんだ——だから、丁義珍が高小琴と利益供与関係にあるかもしれないと思い、丁義珍を告発した。この件については私も腑に落ちない点がいくつかある。だから、京州市の幹部たちに法律に則って工員の権益を守ってほしいと思い、告発書に署名した。でも意味がなかった。市の幹部たちは重視しなかった。我が家の陳局長も同様、立件も捜査もしなかった。ただの経済紛争だと決めつけた。それに、私が大風工場と面倒ごとのために声を上げているのは、金をもらっているからだと疑う人もいる」

「何か具体的な手がかりを掴んでるんですよね？」

　陳岩石は首を横に振る。

「亮平、それはおまえたちが全力で捜査しなさい。事実、丁義珍は逃走中だ。何もないならなぜ逃げる。何としてでも丁義珍を捕まえろ。手がかりはまだまだあるはずだ」

「丁義珍は、陳家の陳局長が逃してしまったんでしょう」

　侯亮平は苦笑いをした。

　陳岩石は愕然とした。丁義珍を取り逃がしたのが自分の息子、陳海だと今知ったようだ。首を振り、ため息をついた。自分の息子、そして趙立春を罵った。おじさんはどんな回収が困難な不良債権も趙立春に関連づける癖がある、と陳海が言っていた。陳岩石はH省の党風や政府職員の仕事ぶり、社会の風潮はすべて趙立春が握っていると愚痴っている。趙立春が京州市長だった時、夏の暑さを嫌い、人混みから離れ、エアコンの効いた招待所 にこもって仕事をしていた。当時、陳岩石は京州の副市長兼公安局長で、趙立春と一緒に仕事をしていた。招待所に出向き、趙立春に自己批判するよう求めた。

　侯亮平は陳海からこのことを何度も聞いていたが、知らないふりをして聞き続けた。

「それで趙立春は自己批判したんですか？」

「あぁ、党指導部の反省会でな。真面目に取り組んでいたよ」

「真面目に？本当にそうなら、こんな仕返しはしないでしょう」

　侯亮平は笑った。

「まぁ、とにかく。趙立春はあの時、自己批判をしたんだ！亮平、あの時代がとても懐かしいよ。信仰心があって、精神論を重んじた。幹部陣は清廉だった。市政府の副秘書長がエアコン一台を受け取っただけで、免職処分、党籍を剥奪されたなんてこともあった。今なんて、貰いもののＢＭＷやベンツを走らせている官僚を民衆たちはみな清官だと思っている」

陳岩石は首を捻った。

「また不満ですか？ＢＭＷやベンツを受け取った人がいるんですか？教えてください！」

「口から出まかせだ。少し大げさだったかもしれない。でも今の腐敗は深刻だ！」

「だから私たちはしっかり反腐敗運動を強化しなければいけない。骨を削り、毒を抜く決断を……」

陳岩石には洗いざらい話せる相手があまりいない。また酒瓶を開け、侯亮平と自分に一杯ずつ注いだ。

「反腐敗を求める官僚は安心して暮らせない、と主張する幹部がいる。そんなことがあってはならない」

「そうですよ、汚職を放っておいたら国民が安心して暮らせない」

侯亮平は声色を変えず、おじさんと話をしながら、自分の酒と陳岩石の酒を飲み干した。

陳岩石は正義に満ち、意気軒昂に語り出した。

「改革開放初期、腐敗は経済成長の潤滑材だという人もいた。私は汚職に反対していたから、告発文書を書いたんだ。今見ても、腐敗は実際に社会を動揺させる導火線になっている……あれ、私の酒は？サル、おまえが飲んだのか」

「陳おじさん。もうやめておきましょう！飲み過ぎです。それに、陳海も俺もまだやらなければいけないことが山積みなんですから……」

侯亮平はてきぱきとコップを片付け、冗談を言った。

夕方、侯亮平と陳海は空港に向かう道中、腹を割った話をした。侯亮平はずっと胸に引っかかっていた疑問を包み隠さず打ち明けた——光明湖事業は今H省にとって最大の旧市街地再開発事業で、四百八十億元という金額が投資されている。この事業を任されているのが丁義珍だ。腐敗はここから始まったのだろう。丁義珍を裏で操る大きな勢力が存在しているのだろうか。誰かがわざと丁義珍の逃走の手がかりを断ち切っているのではないか。事実、丁義珍は未だ逃亡を続けている。だが、坊主は逃げられても、寺は逃げられない。四百八十億元の光明湖事業がまさしく最大の寺だ。今後はこの寺に注目して、利益相関者をあぶり出さなければいけない。

陳海はしきりに頷き、同意を示すが、多くは話さない。こいつと考えは一致している。もしかしたら、もうひそかにこの寺に狙いを定めているのかもしれない。

夕日が西に沈み、大地は黄金色に染まっている。フロントガラスを通してでも透き通った空が見える。真っ青な空だ。白い雲が悠々と漂い、羊や綿や雪山のようだ。飛行機は大空に舞い上がり、鋼鉄の巨大な鳥が静かな場面を打ち破る。迫力あるうなり声が遠のいていく。

別れ際、侯亮平はかまをかけてみた。

「陳海、何か俺に隠していることがあるだろ?」

「急に何だよ」

陳海は誠実なベビーフェイスをあげ、罪のない目でこっちを見ている。

侯亮平は陳海に顔を近づける。

「何か手がかりを掴んでるんだろ?思い当たる節があるんだろ?なぁ、教えてくれ。丁義珍の背後にいるのは誰だ?」

「サル。俺はおまえほど賢くない。おまえは神猿だからな!」

陳海はかぶりを振った。

「何が神猿だ。陳海、おまえは原則を重視しすぎるところがある。動かぬ証拠がないと無責任なことは言わない。だが、兄のような俺が頼んでいるんだ。何か噂話とかないのか」

侯亮平は折り入って頼み込んだ。

「侯課長、俺たちは噂話で事件を解決するわけにはいかない。失敗するの怖くないのか？」

陳海はきっぱり断った。

「おまえなんか、道教の僧のようになりたくて一日中修行して、経験を積んだ風に、警戒心が強い風にしているだけだろ！偉そうにするな！」

侯亮平は陳海を睨みつけた。車を降りて、ドアを勢いよく閉めた。

真面目な陳海は申し訳なく思い、車を降りて侯亮平を引き止めた。

「おい、サル。俺にかまかけるなよ。事件の突破口を見つけて、一番におまえに電話したんだ」

「あぁ、わかってる。あ、それと、おじさんの『第二人民検察院』のこともっと理解してやれよ。尊重しろ！」

侯亮平はやっと笑顔を見せ、手を振って足早に去った。

五

李達康は逆境をうまく処理できる人間だ。ゴムまりのように、力を込めて弾くほど、高く跳ねる。命知らずの三男坊ぶりは、全省幹部の中でもよく知られている。丁義珍の不思議な逃走以降、自分の周りが陰で覆われているのを感じる。疑惑、批判、皮肉はどこにでも存在する。陰から抜け出し、必ず突破口を見つけださなければ——光明湖再開発事業はその突破口だ。丁義珍が逃走した次の日、李達康は新都市計画の模型を自分のオフィスに運び入れ、用がなければ眺め、長いタバコの灰が模型に落ちても気づかないほど、我を忘れ見入った。湖に沿ってそびえ立つオフィスビル、ビジネスビル、高級マンションには李達康の夢と希望が詰まっている。この模型が現実になれば、陰を光の輪に変えることができる。

ここ数日、李達康は市委員会や市政府など各階級の会議をたて続けに開き、光明湖事業の重要性を主張した。市の幹部には手分けして、投資家業務を安定させるよう頼んだ。この関所を抑えれば、大規模な投資撤退は起こらないだろう。光明湖の未来は間違いなく光り輝くものになる。その時には、京州市のGDPと財政は新たな段階へとあがり、H省官界は刮目し、新任の沙瑞金省委員会書記にも強い政治存在をアピールできる。この努力は無駄にならなかった。投資家の不満も落ち着き、李達康は安堵した。

とはいえ、よく考えると、おかしな点がいくつかある。今まで、投資家は誰一人として、丁義珍へ賄賂を贈ったことを認めていない。張樹立規律検査委員会書記からの報告を聞いて困惑した。丁義珍が廉潔の手本になったとでも言うのか？もしかして北京側が勘違いしているのではないか。丁義珍が逃げたことで、誰もが自身の潔白を主張し、贈賄の事実をひた隠しにするつもりかもしれない。

「規律検査委員会監察員は内情調査を行いましたが、丁義珍が光明湖事業にどれだけの小細工をしていたのかはわかりません。明らかになったのは、すべて小事ばかりで、何も問題はありませんでした」

「どんな小さな問題でも見逃すことはできない」

「大風工場の蔡成功社長が丁義珍に賄賂を贈っていたと告発した人がいるそうです。この二人には曖昧な取引があったようです。しかし、今は確かな証拠がありません……」

張樹立は躊躇しながら報告した。

李達康は目を光らせ、すぐに指示した。

「調べろ、蔡成功をよく調べるんだ！」

規律検査委員会書記の張樹立が出て行くと、光明区長の孫連城が報告にやってきた。

孫連城には現在、光明湖事業の総指揮を任せているため、李達康にいつでも状況報告できるという特権がある。このオフィスはもう行き慣れた場所だ。孫連城は不安げな表情で上司を見て、ため息をついた。孫連城が報告する内容は立ち退きの現状だ。

「光明湖畔にある大風工場は一番硬い釘となっています。立ち退きにまったく応じません。抜くのはそう容易ではないようです」

「抜けない釘などない。君という総指揮がいるというのに、何をやっている？弱音を吐きに来たのか？」

李達康は腹を立てた。

もちろん孫連城はただ弱音を吐きに来ただけではない。さらに報告を続ける。

「山水集団が李書記に報告したいことがあるそうです。時間とれますか？」

山水集団は光明湖再開発事業にとってかなり重要な存在だ。首をかしげながら孫連城の意見を聞いた。

「李書記の後押しがあれば、大風工場は簡単に立ち退かせることができるかもしれません――具体的な方法は山水集団にまかせましょう」

李達康はしばらくうなり声をあげ、同意した。

その日の夜、李達康は孫連城と関係局長数人を引き連れ、山水集団の社長、高小琴と共に光明湖畔にやってきていた。今は九時くらいで、明月が空にかかり、湖面の光に映えた波が清らかである。鉄くずが撒き散らされているみたいだ。旧暦の七月は風がそよそよと静かに吹き、薄い霧が流れている。言葉にならない心地よさを感じられる。光明湖は京州市の西にあり、これまで市委員会の幹部が何人もこの湖沿いに新しい都市を創ろうとしてきた。しかし、資金などの条件に制限があったため、ずっと実現が叶わなかった。はっきり言ってしまえば、彼らは洞察力と能力に欠けていて、李達康のように勢いのある書記がいなかっただけだ。山の上に立ち、タバコに火をつけた。李達康の脳内に、あの模型にあるビジネスビルがとても鮮明に湖のそばにまっすぐそびえ立っている景色が浮かんだ。

その時、湖面に勇壮な歌声が響き渡った。「我々労働者には力があり、毎日仕事に勤しむ……」大風服装工場がスピーカーで流している歌だ。せっかくの気分が台無しだ。李達康は眉間にしわを寄せた。現実に引き戻された。光明湖畔の立ち退きはすでに半分完了している。大風服装工場は頑固な邪魔者だ。立ち退きが終わった広い廃墟の中に古い工場がそびえ立ち、まばゆい明かりを放っている。まるで魔物の城だ。これは挑発であり、威力を示しているのだ。勢いのある李達康に対する皮肉だ。都市最高指導者の気持ちが沈んだ。李達康は半分残ったタバコを地面に捨て、足で踏みつぶした。

高小琴が穏やかな声で話す蘇州の方言が耳元で聞こえる。彼女はスーツを身にまとい、李達康のそばに立っている。彼女はたおやかで美しく、垢抜けていて秀麗で、すらりとした女性だ。目は生き生きと輝いている。文化人の風格とたくましさが絶妙に混じり合い、群を抜いて優れている印象を受ける。高小琴の美しさ故、助けると決めたわけではない。これはあくまで自分の雄大な事業のためだ。

高小琴は李達康に詳しく説明した。

「腐敗分子である丁義珍は油断大敵です！蔡成功が不正な手段でどのくらいお金を受け取っていたかはわかりませんが、大風工場の工員たちは今でも山水集団の工場を不法占拠し、生産を続けています。本当に常軌を逸しています！丁義珍が逃げた今、蔡成功もどこにいるかわかりません。蔡成功と立ち退きの話し合いをするために探しているんですが、見つからないんです！電話をしてもつながらず、メールを送っても返信がありません。蔡成功は工員たちに工場を長期間不法占拠するよう煽り立て、工員を利用して政府につけこんでいます！丁義珍は蔡成功から利益を受け取っていたので、黙認しているんです」

李達康の眼球に月の光が揺れ動いている。

「それはどうしてですか？」

「蔡成功が借金の返済をしなかったため、法院は大風工場を山水集団のものにする判決を下しました。それから、市委員会と市政府の要求に基づいて、山水集団はすぐ区政府と立ち退きの合意に達していました。本来ならば、半年前には工場を立ち退くはずでした。ですが、工員たちが工場を占領し、丁義珍は注文があるからと立ち退かず、丁義珍と工員の仕事が終わるまで待つしかありませんでした。ですが、生産はまだ終わっておらず、蔡成功は次から次へと新しい注文を引き受け続け、半年が経ちました。工場を立ち退く様子はありません」

高小琴は激しく腹を立てている。

「私たちの工場なのに、私たちも政府職員も立ち入れません」

彼女はさらに続けた。

「あの判決は有効ですよね？私たちと政府がサインした合意書も無効にはなりませんよね？光明湖の新都市再開発事業を進めるんじゃなかったんですか？李書記、私たちはどうすれば良いのでしょう。私はもう……泣きたくても涙も出ません！」

高小琴は不満を口にした。

孫連城は李達康と高小琴の付かず離れずの場所にいる。李達康は険しい表情で、近くの幹部に一声かけた。

「おまえたちもこっちに来て聞け！」

幹部たちが近づいてきた。李達康は高いところから、山の麓の工場地帯を指差して、叱りつけた。

「あの古びた服装工場の不動産権利はとっくに移っているのに、半年間も立ち退きが行われていないとは一体どういうことだ。丁義珍は蔡成功から不正な金を受け取っていたのか。いくら受け取ったのか。これを重点的に調べろ。調べた後は法律に則って対処する。それから、蔡成功の背後にいる人物も調べる必要があるな。黒幕は誰で、一体何を企んでいるのか」

幹部たちはただ顔を見合わせている。

「李書記、ご存知ないかと思いますが、省の検察院前常務副検察長の陳岩石が、以前この件の担当者でした。当時は副市長で……」

孫連城は口籠りながら言った。

「担当者が誰だったとしてもやれ！高社長から話を聞いて、放っておくわけにはいかない。一週間以内に大風工場を立ち退かせろ。完成しない場合、私と市委員会で君たちを罷免にする！」

孫連城と官僚たちは頷き、声を合わせて返事をした。

「ありがとうございます！ありがとうございます、李書記」

美しい高社長の目には涙が溜まっている……。


それと時を同じくして、工員であり詩人の鄭西坡は光明湖畔をゆっくりと散歩していた。彼は覇気のある市委員会書記が今しがた、極めて大きな圧力をもって命令を下したことなど知る由も無い。ひいてはこれが鄭西坡や大風工場に、世の中を震撼させるほどの影響がある命令だとは知らない。自分をロマン詩人だと思い、詩情のない夢まぼろしのような月光水色に酔いしれていた。

若い時、鄭西坡の詩が北京や上海の新聞に七、八首載ったことがある。その後、地方新聞でも何度も取り上げられた。これにより鄭西坡は名誉を勝ち取り、大風服装工場の労働組合長に抜擢された。本名は鄭春来。北宋代の詩人、蘇東坡(スートンポー)の雅号から取り、鄭西坡と名乗っている。今となってはすべて無意味だ。雲烟のように目の前を通り過ぎた。肝心なのは今の身分だ――大風服装公司の臨時責任者に選ばれた。つまり、工員たちのリーダーということになる。

鄭西坡は工場内で高い信望を得ている。教養があり、傲慢な態度などとらない。同僚もみな彼の意見を聞きに来る。ユーモアがあり、最近は詩歌を発表していないので、「鄭主席、どうして近頃は詩を読まないのですか」と聞いてくる人もいる。その時はいつもまじめにこう答える。「今の世の中、詩人が餓え死にする時代だという話を聞いたことはないか？私は飢え死にしたくない」まるで自分がすごい大詩人だとでも言っているようだ。

鄭西坡は陳岩石の株制度改革を行っている時、専任の助手だった。昼夜問わずいつも一緒にいた。工員は四十九％の株主権を獲得し、株主会を設立した。鄭西坡はその株主代表に選出されたのだ。選ばれたからには工員の権利と利益のために闘う。そして知らない間に、今山の上から光明湖を視察し、命令を下したあの大物と直接対決することになるのだ。もしこの二人がこの時対面する運命だったら、この湖畔に立ってタバコを吸いながら未来のことをちゃんと話し合えたのだろう。そして、後に全国を驚愕させるような大事件は起きなかったに違いない。しかし皮肉にも、一人は山の上から、そしてもう一人は山の下で、同じような湖の景色を眺め、同じ月を観賞している。互いを知る機会は行き違いになった。

大風服装工場は今やもう弾薬庫だ——

工場へと戻った鄭西坡は、ヘルメットをかぶった。鉄の棒を持った工員が通用門を開け、中へと足を踏み入れた。工場区域内は厳重に警戒されていて、ほとんど軍事要塞だ。積み上げられた土嚢の後ろには腰の深さほどの塹壕が掘られている。足元にはドラム缶が並べられており、これが彼らの秘密武器だ。そして後の災いの元となる。スピーカーからは革命曲が繰り返し流れている。一晩中ずっとだ。工場区域内の一番高いところでは、大きな国旗が舞い上がる。そばには見張り台があり、工員が一人胸に望遠鏡をさげ、台の上から鄭西坡に向かって敬礼している。中庭を通り通り抜けると、パトロール隊の工員が鉄の槍棒を持ち上げ、挨拶をしてきた。会釈を返す。さながら軍事所長である。

洋服の生産は止まらない。夜空にガーガーと機械の音が響く。洋服を作る現場へとゆっくりと足を踏み入れた。夜勤の工員が平常通り生産ラインのそばでちゃんと仕事をしているか確かめた。スーツやジャケットが一着ずつ生産ラインへと次々流れてくる。鄭西坡は満足だった。こんな状況の中でも生産が続けられ、工場を占拠していた工員も落ち着いている。何事も起きていないみたいだ。

自分が重大な責任を負っていることをわかっている。工員は誰とも対抗する気はない。ただ自分たちの工場を守りたいだけなのだ。みんなこの大風服装工場に特別な親近感を抱いている。ここは彼らの家であり、彼らはここの主人なのだ。改革により工員は株主となり、この工場の四十九%の株を有している。主人というのは空言などではない。私はリーダーだ。主人たちの合法な権利を断固として守らなければならない。

大風工場の株を持つ工員たちはみんな陳岩石に感謝している。陳岩石が行った改革制度のおかげで株を勝ち取ることができた。二十年前、効率をあげるため、陳岩石は特立独行、公平を主張した。今は公平なんかじゃない。工員たちは訳がわからぬまま株を失ってしまった。そして退職金すらも受け取っていない。株式譲渡手続きをした際に、山水集団は工員たちの退職金として数千万元を蔡成功に渡したが、蔡成功が石炭事業で使い切ってしまったらしい。

しかし、蔡成功はそれをきっぱり否定した。工員たちは蔡成功と山水集団の高小琴の裏取引を認めず、株式譲渡は株主を保有している工員の同意が必要だと言い張った。退職金もそれ相応の金額を要求した。これは国家政策によって定められていることだ。この二点が解決されなければ、工場は立ち退かない。立ち退いてしまえば、彼らには何も残らない。

鄭西坡は社長オフィスへ戻った。蔡成功が逃げた今、私が主だ。ソファに横たわり、掛け布団をかぶって、明かりを消して眠りについた。もうどれだけ経ったのかもわからない。こうやって毎日夜を過ごしている。朦朧として眠りにつく前、心の中で詩歌の韻律が生まれた。もし青春がまだあったのならば、起き上がって筆を握り、さっと紙に書き留めただろう。今はただその詩を夢の世界へ持って行くことしかしない。

六

テレパシーでもあるのだろうか。侯亮平が光明湖事業に注目し始めた時、その当事者——幼馴染の蔡成功が自ら家までやってきたのだ。北京に帰ってきてから三日目の夕方だった。空が暗くなり、侯亮平が仕事を終えて団地の正門をくぐったとき、蔡成功がペットのように駆け寄ってきた——

「やぁ、相棒。会えると思ってたよ。北京まで直訴しにきたんだ。犬を連れて、鷹を放してでも、どこまでもおまえを探すつもりだったよ。サル、頼むから追い返さないでくれよ。俺は腐敗官僚を告発しにきたんだ。本当だ！」

腐敗官僚を告発すると言っているのに、この幼馴染は侯亮平を腐敗官僚にするつもりなのかだろうか。たくさんの人が注目する中、蔡成功と運転手はそれぞれ大きい蛇革のカバンを持ち、侯亮平の家がある棟へと入って行った。侯亮平は警戒した。何を持ってきたのかと問い詰めた。

「土産だよ、地元の」

十七階でエレベーターを降りようとした時、ちょうどエレベーターに乗ろうとしている腐敗賄賂防止総局の秦局長とばったり会った。そばに大きな疑わしい、土産の入ったカバンを二つ持っている人物がいるため、侯亮平は少し不自由だ。すれ違いざま、歯を見せてにっこり笑い、秦局長と挨拶を交わした。蔡成功と知り合いでないように装いたかった。だが、この悪徳商人は目障りな土産を家の前に置き、「サル」と呼んだ。これが秦局長の気を引いてしまった。秦局長は悪徳商人を見て、気軽に声をかけてきた。

「サル、お客さんか?」

「はい、地元の友人なんです。北京に用事があって」

侯亮平はやむをえず答えた。

家の中に入り、蛇革のカバンを開けると、そこには茅台酒二箱と中華タバコ一箱、それから灰色のスーツが入っていた。

「蔡包子[1]、俺たちの地元はいつから茅台酒と中華タバコを作るようになったんだ?おまえは本当に太っ腹だな、これをくれるなんて。どうした、俺を刑務所送りにしたいのか?こんな遠くまで俺を殺しにきたのか?俺たちは敵じゃないだろ」

侯亮平は腹が立ち、怒りを露わにした。

蔡成功は片方の手で額の汗をぬぐい、もう片方の手でシャツの襟をひろげ風を送って、気詰まりを隠そうとしている。

「サル、あ、いや。侯課長。よ……よくそんな……そんなことが言えるな!俺たちは誰と誰だよ?幼馴染だろ。一番純粋な小学校時代の友達じゃないか……」

侯亮平は無視して、蔡成功を問い詰めた。

「さっきの人が誰か知ってるか?俺たちの局長だぞ!」

「腐敗賄賂防止局のか?」

---

1 蔡成功のあだ名。小さいころ太っていた蔡成功は笑った時の目、眉毛、鼻が真ん中に寄って包子のひだみたいであることから、姓の蔡と包子を組み合わせて、蔡包子と呼ばれていた。包子は野菜や肉を小麦粉の皮で包んで蒸した食べ物。

「どう思う？」

「腐敗賄賂局かもな」

「あぁ、そうか。だからこんなおおっぴらに賄賂を渡しに来たんだな！わかった。おまえは度胸があって、気骨がある！」

蔡成功は仕方ないとでも言うように、首を横に振った。

「度胸だって？これは商売人が生きながらえるための正常な状態だ！俺たちの業界では、裏では、女、金、家さえあれば口説くことができるってよく言われてるんだよ。あ、サル。スーツ、タバコ、酒はそれに含まれないぞ。こいつらに説得力はない」

「じゃあ、俺も言わせてもらおう。脱税、納税漏れ、贈賄。政府はおまえを捕まえようとしている。蔡包子、出頭しろ。いつか捕まっても、助けてもらおうと俺をあてにするなよ」

侯亮平は顔を強張らせ、贈り物を指差した。

「それをもってさっさと出て行け、今すぐ！」

蔡成功は残念に思い、ドアを開けて首を伸ばし、大きな頭を出して外を確認した。

「サル、局長はさっき出て行ったよな。それに、カバンの中身は知らない……」

侯亮平はもう蔡成功を相手にせず、タバコの箱を自分で外に出し、そして酒を出した。蔡成功の贈賄は失敗に終わった。蔡成功は侯亮平を引き止め、運転手にタバコと酒を車まで運ばせた。そして、侯亮平と向かい合うようにソファに腰をおろした。

古い友人と対面する喜びは跡形もなく消え失せ、蔡成功は不安げな表情をしている。追い詰められていて、どうしようもないのだ。工場も、株も失い、死にたい願望だけがある。

「それほどのことじゃないだろ。ただ立ち退くだけだ。おまえの服装工場は光明湖には合わないんだ！」

「サル、まだわからないのか?これは単なる立ち退きだけの問題じゃない。大風工場の資産が山水集団に横領されたんだよ。やつらに汚い手口で騙し取られたんだ！」

蔡成功は膝を叩き、弱音を吐いた。

幼馴染は鼻の横に一つホクロがある。緊張している時は小鼻がピクピク動き、ホクロが跳ねる。侯亮平は小さい頃からこの顔をよく知っている。小学一年の頃から、二人はいつも一緒にいた。侯亮平は優等生で、蔡成功は劣等生だった。だが不思議なことにそんな二人は親友になった。蔡成功が金魚のフンのように侯亮平にくっついていた。宿題を丸写しし、侯亮平のおかげで威信を集め、同級生の間でも頭一つ抜き出ていた。小学生の頃は聞き分けがなかった蔡成功も、侯亮平の言うことだけは聞いた。これが侯亮平少年の虚栄心に大きな満足感を与えた。成長した蔡成功は商売を始め、侯亮平は政治に従事した。二人は疎遠になったものの、幼馴染への情はとても深いものだった。

「おまえは抜け目ないのに、どうして大風工場の株を失うことになったんだ」

侯亮平はここでやっと聞いた。

蔡成功はためらう事なくきっぱりと口にする。

「腐敗官僚だよ。腐敗官僚に騙されたんだ！」

蔡成功は竇娥（とうが）[1]よりも騙されているらしい……。

1　関漢卿によって書かれた元曲『竇娥冤（とうがえん）』の主人公で、元曲最大の悲劇とされている。竇娥は毒殺事件の犯人として無実の罪を着せられ、死刑になった。

蔡成功はその経緯を説明した。大風工場は、山水集団からブリッジローンとして五千万元借りていた。この金で銀行からの融資を返済して、銀行が新しい融資を承認するのを待つ。そしえ新しい融資でブリッジローンを返済するような仕組みだった。これは中国の特徴といってもいい。商業界では、新しい融資までのつなぎの間におこる問題を解決するため、全面的にブリッジローンを採用している。そこで今回、想定外の問題が起こってしまったのだ。銀行からの新しい融資が承認されなかったため、ブリッジローンを返済できなくなってしまった。融資を受けるために株式を質入れしていたため、法院は簡易的な手続きだけで、大風工場の株が山水集団のものになる判決を下した。蔡成功が言うには、まず株を質権に設定させ、融資を停止することで、山水集団はあらかじめ仕掛けておいた罠に蔡成功が自らかかりに行くのを待っていたのだそうだ。絶対に腐敗官僚が権勢を振るって操作したと主張している。そうでなければ、蔡成功のような世慣れた人間がこんなにもいい加減で惨めな負け方などしない。

辛抱強く蔡成功の話を聞きながら、大風工場の株争いのおおまかなアウトラインを頭の中で書き出した。

「よくある経済紛争じゃないのか?銀行が必ずおまえに融資をしなければいけない決まりなんてないだろう。工場の株を質入れしていて、返済できないなら取り上げられて当然だ。どおりで陳岩石が息子の陳海に報告しても、取り合わなかったわけだ。当事者の説明を聞いても、どこに腐敗官僚が関わっているのかまったくわからない。はったりをかまして、この腐敗賄賂防止総局捜査課長を混乱させようと思っているのか。おもしろい!」

ばかばかしい。蔡成功は、腐敗賄賂防止総局を侯家の自営業の店か何かと勘違いしているのか、密かに捜査し、腐敗官僚を捕まえ、大風工場の株を守るよう提案してきた。蔡成功からしてみれば、現在の中国に、腐敗をしてない官僚などおらず、この案件にも必ず腐敗官僚が関係していると言い張っている。

「本当に株を失ったんだ。千三百人もの工員が騒動を起こして、山水集団と高小琴を必死に探しだすかもしれない。危険な状況なんだ。大動乱がじき起こるぞ。導火線に火がついて、もうジリジリと燃え始めてる……」

　蔡成功は脅した。

「わかった、わかった。わざと大げさなことを言って脅すな」

　侯亮平は聞いていられなくなった。

　蔡成功は慌てて、目を大きく見開く。

「サル、どうしてそうなる?俺は腐敗官僚を告発するって言っただろ。腐敗賄賂防止総局の仕事は腐敗官僚を逮捕することだろ!そんな対応なら告発しない!」

「わかったから、告発しろ!一体誰なんだ」

「腐敗官僚を告発する!だが、秘密は絶対守れよ!」

　幼馴染はそう言いながら、あたりを見渡した。緊張しているようだ。

「ここは国家機関の家族用宿舎だぞ。壁伝いに盗み聞きしたりなんてしない」

　蔡成功は頷いて、人差し指を立てた。

「一人目は丁義珍だ!」

　丁義珍だと?侯亮平の心が動いた。面白い。

「丁義珍と知り合いなのか?それはよかった。話してくれ!」

　蔡成功の目をまじまじと見た。

「丁義珍は、茅台酒と中華タバコ数箱とは比べものにならないぞ。光明湖畔にある企業の立ち退きや事業工事の入札で、丁義珍が社長たちからどれだけ利益を受けていたかは計り知れない。例えば高小琴は、丁義珍に現金が入った箱を何度も渡していた。丁義珍は一日中、山水集団の会所に入り浸ってた。若い外国人女性を二、三人囲っていたんだが、支払いはすべて高小琴がしていた。商人たちはみな丁副市長の大胆さ、怖いもの知らずの性格を知っていた。大風工場の株が高小琴の手に入ったことで、丁義珍は最低でもその半分は得ただろう——陰謀の策略者はあいつのはずだ。あいつが捕まれば、謎に包まれたこの株問題の真相が明らかになる」

蔡成功は謎めいた事を言った。

「証拠は?蔡包子、何を根拠に丁義珍が株を半分受け取ったと言っているんだ」

蔡成功は手を振った。

「証拠は捜査課長が捜査しろ!調べもしないで証拠が見つかるか?昔、丁義珍におまえのことを話したことがあるんだよ。最高検腐敗賄賂防止総局のことを容赦なく力説といた。だから、丁義珍に今すぐ電話して捜査を始めろ!」

侯亮平は声色を変えずに聞いた。

「わかった、わかった。丁義珍の電話番号は?教えてくれ」

蔡成功は喜んだ。小さいメモ帳を取り出し、ページをめくって、それを手渡した。

「はい。これが携帯の番号で、これが家の番号だ」

「この番号はもう使えない。カナダの電話番号はないのか?」

侯亮平はそのメモ帳を捨てた。

「カナダ?え、丁義珍は今カナダにいるのか?どうやって国を出た?」

蔡成功は驚いたが、すぐに理解した。額を手のひらで叩いた。

「あぁ、逃げられたのか。問題が起きたとは聞いていたが、まさか本当だったなんて。サル、なんでやつを逃したんだよ」

「おまえの告発が遅すぎたからじゃないのか」

侯亮平は半分冗談を言いながら、蔡成功と自分にお茶を一杯ずつ注いだ。

「腐敗官僚は一人じゃないんだろ?続けよう、次は誰だ」

蔡成功は熱いお茶を何口か飲み、しばらく考えた。

「サル、省委員会の高育良書記は、おまえの大学の先生だったよな?お願いだ、彼に活路を開くよう頼んでくれ!」

蔡成功は侯亮平の胸に泣きついてきた。次の腐敗官僚の名前を言わず、代わりに頼み事をしてきた。

侯亮平は驚いて目を見張った。

「何を突拍子もないことを。高書記を告発する気か?」

蔡成功は顔をあげ、告発する勇気はないのか、事実だけを告げた。高書記は省政法派の最高指導者だ。彼が頷かなければ法院は大風工場の株主権を山水集団に渡すという判決を下すわけがないと呟いた。ここに驚くべき秘密が隠れていた——高小琴は高書記の姪だというのだ。高書記と高小琴が一緒に写った大きな写真が山水集団のロビーの正面の壁中央に飾られていて、とても親密で、まるで親子のようらしい。

蔡成功の話がおとぎ話のようにしか聞こえなかった。高育良は自分の先生なので、先生のことを理解しているつもりだ。先生は一人っ子だ。姪などいるわけがない。反駁はせず、幼馴染に話を続けさせた。

「三人目は？まだ告発したい腐敗官僚がいるんだろ？」

「いる。考えるだけで震える。今そいつは俺を探し出そうとしている。友人のスパイからの情報だと、その人は俺を監視するよう命令したそうだ。俺が不自然な死を遂げた時には、その人が手を下したということだと思ってくれ。冷酷無情な人で、妻は京州城市銀行の副頭取だ。大事な時期に融資を停止したのはその妻だ。融資停止という陰謀がなければ、大風工場の株は山水集団のものになるはずがない。だから高小琴は絶対にその夫妻に株を分け与えているはずだ。誰なのか聞くまでもないだろ？H省委員会常務委員、京州市委員会書記の李達康だ！」

どんどんおかしな状況になってきている。幼馴染のいつもの悪い癖だ。先生を巻き込むのは大した事ではないと思ったが、京州市委員会書記までも巻きこんできた。蔡成功の頭の中では、このような一般的な経済紛が、物事が錯乱していて見通しが立たないシャーロックホームズシリーズのように繰り広げられている。告発が文学味を帯びている。この幼馴染は小さいころ数日間小説に夢中になりすぎて、学校をさぼり、父親にこっぴどく叱られていたことがある。

蔡成功が語りを続けている時、あのスーツだけが持って行かれていないことにふと気がついた。スーツはドアの洋服掛けにかけてある。

幼馴染の話を止めて聞いた。

「蔡包子、なんで運転手にあのスーツを持って行かせなかった？」

「持って行ってもゴミになるだけだからな。サル、あれはおまえのサイズでオーダーメイドで作ってある！」

蔡成功は語りを中断して説明した。

「はぁ？いつ採寸したんだよ」

「おいおい、サル。去年の春節、おまえが戻ってきた時の同窓会で採寸したんだろうよ。うとうとするまで酒を飲ませて、工場の仕立て屋を呼んで採寸させたのさ。おまえに一着作ってやろうと思ってな！着てみろよ。海外のブランドだぞ。一着二、三万する！」

侯亮平は腹を立てた。こんなに気をつけていたのに、不注意にも悪徳商人を家に招き入れてしまうとは。仏頂面で、ドアを指差した。

「蔡包子、スーツを持ってさっさと出て行け！おまえが報告してくれた状況はわかった。関係各所に連絡して事実確認を行う。早く帰れ！」

蔡成功は立ち上がった。ほくろがひどく震えている。ドアの前まで行くと、急に侯亮平の手を引っ張った。

「サル、おまえが俺を悪徳商人だって怒っていることはわかっている。でも、悪徳商人でも罪は犯していない。善良な市民なんだ。侯課長、お願いだから助けてくれ。俺が言ったことはすべて事実だ！表向きでは高小琴が株を奪っただけのように見えるが、裏には得体の知れない黒幕がいる。俺のチーズが消えた、誰が盗んだかもわからない。おまえに告発した腐敗官僚たちは俺の命を狙っているはずだ。俺には後ろ盾がない。官僚をしている幼馴染しか、おまえしか俺を守ってくれる人はいないんだ……」

蔡成功が帰った後、侯亮平は夕飯を済ませ、いつものように散歩にでかけた。侯亮平が住んでいる場所は、北京にある部委員機関のアパートだ。五、六階建ての平屋根の建物がきれいに並んでいる。アパートの前後にはちょうどいい大きさの緑地がある。正門前と建物の後ろには小さな道が縦横に走り、あちこち車が停まっている。小商人が屋台を出し、おばちゃんたちが踊っている……侯亮平は街をぶらぶら歩いた。騒々しいのは嫌いじゃない。むしろ親密で心が温まる。家はこうあるべきだ。毎晩時間があれば散歩に出かける。身体が動けば、脳も動く。

H省の事件は複雑だ。丁義珍が逃走したのには一連の事件が関連しているということが、これまでの経験から容易に想像がつく。蔡成功の告発には証拠が無いにせよ、よく考えれば理屈が通っている推理もいくつかあった。

例えば、高小琴が株を横領した背後には確かに黒幕がいるのだろう。この黒幕はもしかしたら丁義珍かもしれない。それにしても、一体どうしたら高育良先生の「姪」が高小琴だということになるんだ。少なくとも山水集団に写真が飾ってあるというのは事実なのだろう。京州城市銀行の融資停止——これは結局、銀行がリスクを避けるための正常な行為だったのか、それとも幼馴染が推測するように陰謀だったのか。

散歩から戻ると、侯亮平は陳海に電話をかけた。蔡成功が会いに来たこと、蔡成功の告発内容を伝えた。もしかしたら丁義珍の事件の手がかりが掴めるかもしれないから、時間を作って蔡成功と話すよう提案した。

通話を終え、侯亮平が風呂に入っていると、妻の鍾小艾があのスーツを提げてやってきて、どういうことかと聞いてきた。蔡成功が家を出る時泣きついてきたのを思い出した——あの時は注意力が散漫で、持って帰らせるのを忘れてしまった。侯亮平は幼馴染の訪問の経過と自分の不注意を言葉にした。規律検査委員として働く妻はすぐさま清廉政治の授業を始めた。

「腐敗の始まりはすべて、このような親しい友人の名義から始まるのではないですか」

「鐘主任、ごもっともです。危ないところだったよ。速達で送り返しといてくれ！」

七

空がほんのり白み始めた頃、鄭西坡は王文革に叩き起こされた。王文革は工場警備隊長だ。普通の人より頭半分身長が高く、色黒で太っている。身体の筋肉は発達していて、まるで鉄塔だ。鄭西坡も身長は高いほうだが、やせ細っている。王文革と並ぶと、鉄塔のそばに立つ電柱に見える。

「今日の午前中に常小虎の地上げ屋が攻撃してくるようです！」

王文革は緊迫した様子で伝えた。

「慌てるな。ここ数日は何事もなく平穏無事だったんだ。地上げ屋が攻撃するからと言って、本当に攻撃してくるのかはわからないだろう」

鄭西坡はあくびをしながら、ソファから起き上がった。

「地上げ屋にスパイがいるんですが、夜明け前に電話がかかってきました。昨晩、市委員会の李書記が立ち退かせるよう常小虎に命令したようで、山水集団で徹夜で会議を開き、実行日時を確定したそうです。早朝から部隊を集合させているようですし、油断してはいけません！」

王文革は謎めいた事を言った。

鄭西坡はそれを聞いて驚いた。プラスチック製のスリッパを履き、中庭に出た。そして、足早に見張り台に登った。見張り台は工場の正門の方を向いている。視野は開けていて、じき戦場と化す景色を見渡せる。今戦場は湖面のように穏やかだ。鄭西坡は望遠鏡を覗いて繰り返し探した。まだ敵に動きはないようなので、王文革と食堂に行き、安心して朝食をとった。

ところが、八時を過ぎた頃、特殊警察と書かれた武装車両が一台、突然正門の入り口に止まり、十数人もの警察が防護盾を持って車から降りてきた。見張り台にいた哨兵がそれに気付き、警報を鳴らした。スピーカーから流れていた革命曲がぶつっと止まり、放送が流れた。

「工員のみなさん、山水集団が総攻撃を始めました。各自戦闘態勢に入ってください！」

そしてまた警報が鳴り始めた。一回一回鳴る毎にその音がけたたましくなっていく。そんな状況の中、男性工員も女性工員もみな銃や鉄の槍などの武器を持ち、車に向かって歩く。土嚢を積み上げた掩体壕の中から、工場警備隊員が一つ一つガソリン瓶を取り出し、一列に並べる。

「気をつけろ、雑に扱うな！」

鄭西坡はガソリンの瓶を指差し、王文革に忠告した。

「安心してください。やむをえない限り、私たちだって死にたくはありません」

鄭西坡はそれでも安心できなかった。ガソリンを甘くみちゃだめだ。危険すぎる。蔡社長の言うことには従えない！社長は大風工場を守るために大いに苦労していた。塹壕にあるガソリンは、社長が逃げる前に置かせたものだ。地上げ屋が大型機械を使って攻め入ってきた時に、それを防ぎ止めることができるのは火の海だけだと言っていた。鄭西坡は事故が起こることを心配し、ずっと片付けさせようとしていた。しかし王文革は耳を貸さず、みんなも怒りに燃えており、大事な時にはどんな武器も使わなければならないと呟いた。

王文革がいなくなると、鄭西坡は見張り台に登った。警察が持つ盾だけが見える。人壁を作り上げ、工場の正門を隙間なく塞いでいる。

警察車両のスピーカーから放送が流れてきた。

「山水集団の工員のみなさん。京州市光明区人民政府より公布された、二〇一四年第九号の命令では、この工場区の土地はすでに接収されています。すみやかに門を開けて立ち退きを行ってください……」

悪党どもめ！ここはまぎれもなく俺たちの大風工場だ。山水集団のでたらめだ！工員たちは怒りが湧き上がり、緊迫している。罵倒の声があちこちで上がり始めた。場の雰囲気は十分高まっている。しかし、実際はひどく恐れていて、みな顔色が悪い。副工場長はヘルメットをかぶり、片手にトライアングルを持ちながら、もう片方の手で即効性のある救心丸を口に詰め込んでいる。尤会計は慌てふためいている。何をしていいかわからない様子で、スマートフォンを手に、うろうろし歩き回ったり、ベンチの上に立ったり、床にしゃがみこんだりして、写真を撮る準備をしている。腐敗分子の強制的な暴行を世間の人に見てもらうために、尤会計は蔡成功からカメラで証拠写真を撮影し、それをネットで拡散するように言われていたらしい……。

その時、工場内の木に取り付けられた大きなスピーカーから、いつものように革命曲が流れてきた。そのあまりの音の大きさは、門の外から聞こえてくる放送の声を圧倒した。

「団結は力、団結は力！この力は鉄であり、鋼だ！鉄よりも硬く、鋼よりも強い……」

まずい状況になったと思った鄭西坡は、携帯を取りだし援軍を求めた。陳岩石は年の離れた友人だ。

大風工場と陳岩石は緊密な連絡を取り合い、陳岩石を通して成り立っていた。

「陳さん、大変です。山水集団が攻めてきました。警察車両も一台来てます！」

電話をかけ、急いで助けを求めた。

陳岩石もそれを聞いた途端、慌てふためいた。

「鄭詩人、待ってなさい。公安局に連絡して確かめてみる！」

陳岩石がすぐに折り返し電話をかけてきた。公安局に連絡したが、公安局は出動しておらず、そこにいるのはニセモノの警察で、市公安局の趙東来局長がすぐに本物の警察を送って現行犯逮捕してくれるそうだ。

「おい、みんな！怖がらなくていい。外にいる警察はニセモノだ！陳さんが調べてくれた。本物の警察がすぐに来てくれる」

鄭西坡は陳岩石に感謝する間もなく、携帯を掲げて叫んだ。

王文革はこれを聞いて俄然やる気がでた。腕を振り上げた。

「突進するぞ！あいつらを生け捕りにしてやるんだ！」

工場警備隊の工員たちが正門から出て行った。警官に扮していた敵は、化けの皮が剥がれたのだと悟り、「撤収！」と声をあげた。

偽物の警察たちは慌てて盾と棍棒を回収し、ぞろぞろと車に乗りこんだ。工場の門から出て行った工員たちは、警察車両に向かって石を投げつけた。警察車両は後ろから黒い煙を出し、逃げていった。

結局何事もなく、鄭西坡は見張り台から降りて、陳岩石に再度電話をかけて礼を述べた。

「やつらは逃げていきました！陳さんは本当に私たちの命の恩人です。陳さんの助けがなければ、大風工場はとっくに跡形もなく消えていたでしょう！」

「そんなことはない。政府がついに大風工場の問題を解決しようと動き出しているんだろう。鄭詩人、私の言う通りにしなさい。絶対に工員たちを工場の門から出してはいけない。できるだけ衝突を避けるんだ。これ以上事態を悪化させてはならん！」

「陳さん、約束します、約束します……」

鄭西坡は気を引き締めて言った。

こうして、運命の日——二〇一四年九月十六日が間近に迫ってきた。

二〇一四年九月十六日の夕方。鄭西坡はいつものように光明湖のほとりを歩いていた。初秋の夜の詩意が横溢した月が見たかった。だが、九月十六日は良くない日付とされており、天気も好ましくなく、分厚い雲が光を遮っている。残念に思い、引き返そうと振り向いた時、蔡成功社長のベンツが工場の正門のところに停まっているのが目に入った。

蔡成功は、夜のとばりに隠れながら、悪いことをしてびくびくしているみたいに、通用門から工場へと入っていった。その時ちょうど門を見回っていた王文革と偶然出くわした。しばらく失踪していた社長を見て王文革は興奮し、社長の襟を掴んだ。製造担当と工場警備の工員たちは社長が帰ってきたと知ると、ぞろぞろ集まり、蔡成功を囲んでがやがやと騒ぎ立てた。

「社長、探すのに苦労しましたよ！」

「どこに逃げてたんですか？」

「私は逃げてなどない。北京のある人を訪ねてきたんだ」

大げさに続けた。

「大風工場の現状を最高検腐敗賄賂防止総局に報告した。侯亮平という捜査課長が自ら事件を捜査してくれる」

「ふざけるな！俺たちの株をすべて売りやがって、金はどうした？金を渡せばどうだっていいんだよ。独り占めにしたんだろ。塹壕の中に埋めるぞ！」

「株は質権に設定されたんだ、売ったんじゃない！君たちに言ってもわからないよ。山水集団に騙された、高小琴に弄ばれたんだ。私自身の株も無駄になったしな……」

誰も蔡成功を信じなかった。せっかちな人が前にいる人の背中を押し、蔡成功は大きく前のめって地面にはった。額を石の階段に打ち付け、傷口から血が溢れ出た。

ちょうどその時、鄭西坡が散歩から戻ってきて、急いで工員たちを止めに入った。

「私が保証する。蔡社長も私たちと同じ、被害者なんだ」

そして蔡成功を責めるように聞いた。

「突然工場に帰ってきてどうしたんですか？」

「尤会計は？小切手を渡しに来たんだ。みんなへの手当だ。工場を守る兄弟たちに損させるわけにはいかない！」

蔡成功はハンカチで傷口を押さえながら、もう片方の手で上着のポケットから小切手を取り出した。

工員たちは少し感動した。

王文革が小切手を受け取った。

「私が尤会計を探してきます。汚れたハンカチで傷口を押さえない方がいいです。感染に気をつけてください」

鄭西坡は街路灯の下で蔡成功の傷口を見て驚いた。子どもの唇のように傷が大きく開き、血がだらだらとながれている。

「これは軽傷では済まないですよ、何針か縫わないといけないかも。行きましょう。私が病院に付き添います」

鄭西坡は蔡成功を起き上がらせた。

蔡成功は工場を離れる前、抱拳礼の姿勢で、四方に向かって礼をし、みんなに言い聞かせた。

「兄弟姉妹、工場をしっかり守ってくれ。ここは私たちの工場だ。任せたよ！」

蔡成功と工員たちの関係は良好だ。外で投機取引を行っているが、工員たちを手厚く待遇し、給料やボーナスを先延ばしにしたこともなかった。国有企業が改革を行った当初、重要な国有企業を選別し、その改革を進める一方で、それ以外の国有企業の統合再編などは市場競争に任せていた。大風服装工場のような競争が激しい分野の企業は、政府が主導で株を発行した。蔡成功は建築工事を請け負い、手元となる金を得て、その金で五十一％の株を買った。もちろん工員たちに工場を守ってほしい。この工場は工員だけではなく、蔡成功のものでもあるのだ……。

鄭西坡がもしこれから何が起こるかを知っていたら、社長を病院まで送って行ったことを、きっと悔やんでも悔やみきれないだろう。地上げ屋はまさにこの時、総攻撃してきていたのだ。常小虎の方も大風工場にスパイを送り込んでいて、工員が蔡成功を取り囲み、怪我を負わせたその一部始終をリアルタイムで把握していた。これは天に与えられし好機だ。常小虎は地上げ屋の生みの親だ。経験豊富。冷酷無情。京州市では名の知れた地上げ屋だ。今回の大風工場の立ち退かせは、山水集団から手厚い報酬が約束されている。政府のバックアップもある。行動が少し行き過ぎようと、問題にはならない。重要なのは期限だ。高小琴が決めた期限まであと三日。今夜必ず大風工場を落とす。常小虎には考えがあった。昼間に一度試しに攻撃し、工場内の防衛状況を確認した。そして英気を養い気力を蓄え、入念な準備を行った。

常小虎は中隊長三人を呼んだ。第一中隊は刺青の入ったガラの悪い用心棒の集まりだ。第二中隊は警察の洋服に着替え、警察車両を出動させる。夜の闇に隠れて再度警察になりすます。第三中隊は機械部隊だ。ブルドーザー、フォークリフトなどの大型機械の一切が揃っている。行動前、常小虎は隊長達にはっきり言い聞かせた。

「此度の任務ではできるだけ血を流したくない。やむを得ない場合は仕方がない。だが、一つだけ覚えておいてほしい。死人を出すことは許さない！」

月の光もなく、風が強い夜に地上げ屋は出発した。静かに大風服装工場へと近づいていった……。

見張り台にいた当直の工員が真っ先に敵の動きに気付き、王文革を呼んだ。望遠鏡を使わずとも、月の明かりで黒い大型機械が見えた。

「しまった、地上げ屋が攻撃をしてくるぞ！」

「緊急集合！戦闘準備！」

王文革が雷鳴のような怒鳴り声をあげた。

サイレンがけたたましく鳴り響き、恐ろしい雰囲気に変わった。スピーカーからは戦闘動員命令が繰り返し流れている。サーチライトを照らす工員たちの顔色は真っ青で、興奮と緊張で、狂人のようだ。

鄭西坡が現場にいないため、王文革は中心人物数人と慌ただしく話し合った。

「今回はもう最終手段を使わないと、やつらの攻撃を防げないかもしれない。決心しよう！」

いわゆる最終手段というのが、ガソリンに火をつけることだ。燃え盛る火の海だけが、大型機械の攻撃を防ぐことができるのだ。王文革の指揮の下、工場警備隊の中心人物たちは壁際に並べられていたガソリンタンクをすべて持ってきて、ガソリンを洗いざらい塹壕に注いだ。すぐさま工場内に鼻を刺すような匂いが充満し、それが人々の恐怖心をあおった。

誰かが心配して呟いた。

「なぁ、王文革、これで誰か焼死したりしないよな?」

「焼死したやつは自業自得だ！突入されたら、俺たちは自分を守らなければならない。火の中を突き進んできたら、もう他に方法がない！」

「そうだ！そうだ！」

多くの人が王文革に呼応した。

誰かが提案した。

「王文革、鄭西坡に電話して、意見を聞こう！」

しかし、こんな緊迫した状況にもかかわらず、大風工場のリーダーに電話がつながらなかった。現場にいた工員たちは事態を把握していた。王文革は携帯を取り出し、さっきかけたばかりの鄭西坡の携帯に電話をかけた。電話が繋がらない。王文革は慌てた。繋がらない携帯に向かって叫んだ。

「やつらが攻撃してきたんだ、火をつけないと……なんか言ってください！」

どれだけ叫んでも、携帯から返事が返ってくることはなかった。

大型機械がゴーゴーと大風工場の門の前までやってきた。警察車両の偽警官たちも次々車からおりてくる。用心棒たちは全身黒色の服を着て、一尺ほどの長さの果物ナイフを持って突進してきた。ブルドーザーがゴーゴー鳴り響く中、工場の正門がばたんっと倒れた。東と西両側の壁を通して音が伝わって来る。壁全体に音が振動し、ぐらぐらしていて今にも倒れそうだ……。

王文革のライターを持つ手が震えている。大きな精神的圧力のせいで額を大豆ほどの大きさの汗が流れた。もう片方の手で繰り返し携帯を触り、ボソボソと呟いた。

「師匠、鄭師匠、どうしたんですか?はやく電話にでてください……」

鄭西坡が電話にでられなかったのは、携帯が取り上げられていたからだった。蔡成功を病院に送り届けたあと、鄭西坡は急いで電話をかけ直したが、電話は繋がらなかった。タクシーの運転手は、前方の混乱を見てしばらく動きそうにないと言ったので、仕方なく歩いて工場へ戻ることにした。その時、突然二人の偽警官が暗闇から飛び出してきた。腕を掴まれ、携帯を取り上げられた。そして常小虎のところに連れて行かれた。

「あなたが名声の高いあの鄭詩人ですね。やっと会えましたね!」

鄭西坡と握手をした。

「常社長、携帯を返して。工場に帰らせてください。でないと、取り返しのつかないことになりますよ!塹壕内のガソリンだけじゃない。工場の倉庫には二十五トンものガソリンがあるんです!」

鄭西坡は真剣に言い聞かせた。

常小虎は驚いた。

「鄭詩人、ウソはやめてくれ」

鄭西坡は腹を立て、自分の話が本当だと誓った。

「工場には自分たちで用意したガソリン倉庫があります。運送車に使うためだ。工員が工場を占拠した後、まさに今日のこの日に備えるために、ずっと倉庫を満杯に保っていた」

常小虎はぽかんとした。鄭西坡は理知的な人間だ。こんな危ない橋を渡れるような人ではない。しばらくして、常小虎は携帯を取り出し、「中止だ！」と命令を下した。

鄭西坡には工場内の状況がわからない。焦りすぎて頭がクラクラする。王文革は平静を保てず、本当にガソリンに火をつけてしまうのではないかとずっと心配だった。王文革とは何年も一緒で、弟子のような存在だ。人柄は良いが、せっかちな性格をしている。名前から、動乱の年代に生まれたことがわかる。性格にもあの動乱年代の印が刻み込まれている。弟子の家は貧しく、奥さんは離婚したがっている。大風工場の株は弟子家族にとってとても重要なのだ。子供も小さく、学校に通っている。家はボロボロで、新しい家もほしい。奥さんもこの株に希望を抱いているから、まだ情が離れていないのだ……他の工員たちにもみな似たような事情がある。どの貧しい家にも頭痛の種がある。みなこの株がそれを立て直してくれるはずだと期待している！だから、誰かが彼らのチーズを盗ったのだとしたら、命をかけるのだ。鄭西坡は王文革が冷静でいるようにと祈った。絶対に、絶対に火をつけないように、と心の中で何度も弟子に言い聞かせた。

王文革はかえって理知的だった。東西の塀はもう倒れた。鉄門もブルドーザーのキャタピラーで壊された。でもまだ火を点けられずにいた。手に持ったライターは汗でびしょびしょだ。肘が震えている。けれども極力自分を抑えようとした。

「私の命令がなければ、誰も火を点けることを許さない。たとえおまえでもだ！」

耳許で師匠が強くそう言い聞かせる声が何度も聞こえる。

突然ブルドーザーとフォークリフトがすべて止まった。双方が月明かりの下、近距離で対峙している。

尤会計は携帯で撮影し、それをウィーチャット[1]やウェイボー[2]などにアップしている。衝突が始まってからずっと録画に勤しんでいる。大型機械が目の前で止まったのを見ると、これは自分の功績だと、この上なく大きな勘違いをしている。

「びびったのか？俺の携帯は家のテレビに匹敵するんだ！やつらの野蛮な行動をネットに拡散してやった……」

王文革は尤会計を信じていなかった。だが目の前のピンチは確実に遠のいている。持っていたライターをポケットに戻し、凝り固まった腕を回した。師匠は間違っていなかった。ガソリンを燃やした結果は考えられないほど恐ろしい。リスキーな命令をしなくて済んだ。

ところが、その時想定外の事が起こった。誰も想定していなかった、まさしく想定外の出来事だ。想定外の出来事を回避できる人などいるのだろうか。

事態が好転している時、警備隊の一人、劉三毛が、あまりの緊張から隠れてタバコを吸っていた。ブルドーザーの攻撃が止まったことで安堵し、無意識にタバコに火を付けていたのだ。これが致命的なミスとなった。ガソリンが地面に浸透していて、三毛の足元で急に火がついてしまった。劉三毛は大声をあげながら塹壕に転がり込み、その場で焼死した。最後には識別不可能な黒炭になった。比較的近い場所にいた工員にも火が移り、ひどく叫びながらあちこち駆け回っている。ブルドーザーの運転手たちも

1　ウィーチャット（WeChat）は、中国IT企業大手のテンセント社が提供するソーシャル・ネットワーキング・サービス。無料通話やチャットなどの機能を有する。中国語表記は「微信（ウェイシン）」。

2　中国の新浪公司が運営するソーシャルメディア。ミニブログや中国版ツイッターとも言われる。中国語表記は「微博（ウェイボー）」。

火が迫ってくると、車から離れていった。王文革が隊員と火を消すために、できることをすべて試した。工場区にはこげた匂いが充満し、油煙が鼻を刺激し、涙を誘う。火の手が夜空に立ち込め、揺らめき、焼けるように熱い。檻の中の凶暴な猛獣が飛び出してくるみたいだ。

大風工場は火の海と化し、火の光が隅々を照らす。あちこち、てんやわんやになっている。地獄だ。声をあげて泣き悲しむ人。恐れのあまり震えている人。叫び声を上げている人。泥の上に横たわっているけが人。意識不明になっている人も少なくない。王文革は懸命に塹壕から若い工員数人を引っ張り出した。その時、自分にも火が燃え移った。撮影愛好家の尤会計は冷静に、いろんな角度からごうごうと燃え盛る火を撮影している。炎はいろいろな形に、なまめかしく変化し、尤会計が創作した血と涙が混じった絵になった。それをネットにアップした。

そして、世界中の多くの人が、多くの場所で、ほとんど同時に二〇一四年九月十六日の夜に、京州市光明湖の立ち退き現場で起きた大火事を見ていた……。

八

尤会計の言う通りだった。現代のセルフメディア時代において、一台のスマートフォンは一台のテレビに匹敵する。大火事の写真と動画は、瞬く間に天下に広がった。侯亮平がこの動画を見た時、彼は雲南省にいた。捜査班を率い、趙徳漢の事件で名が挙がった他数名の収賄容疑者の調査のために昆明に来ていたのだ。その晩は夜食を食べに屋台に出向き、「過橋米線（グオチャオミーシェン）」[1]が来るのを待っているところだった。一人の若い捜査官が携帯をいじっていると、突然大声を上げた。

「侯課長、課長の地元で何か起こったみたいですよ！」

そう言いながら携帯を渡してきた。

生配信の動画を見て侯亮平は驚愕した。その動画をよく見る間もなく、すぐに高育良先生に電話をかけ、このことを報告した。先生は政法委員会書記だ。こんな大きな事件のことならとっくに知っているかもしれないが、報告したところでおせっかいにもならない。高育良はその電話で夢から覚めた。侯亮平の話を聞き、事実状況を調べた。そして、祁同偉公安庁長に大風工場で突然起きたこの事件を処理するよう、すぐに指示した。それから、李達康にも電話をかけ、状況を把握しようとした。李達康はちょうどその時、車で火災現場に向かっているところで、把握している状況はネットや動画よりも少なく、何も聞き出せなかった。先生に報告の電話をした時、侯亮平はこの火事が自分と何の関係があるのか考えもつかなかった。そして、この火事が以後、『九・一六』事件と呼ばれることになり、政治の余燼（よじん）が消えずに、H省官界の多くの官僚たちを巻き込んでいくような大事件になるとは……。

二〇一四年九月十六日の夜、李達康はいつかの日曜日に高小琴と面会した小さい山に登り、山の麓にある大風工場から立ち上る火の光を見ていた。自分も火の海に陥ってしまうような気がした。心は炎の

1　中国雲南省由来の、麺料理の一種。

無情なまでの照りつけを受け、冷や汗が止まらない。

関係部門の幹部たちもほとんど到着したばかりで、趙東来市公安局長と孫連城区長も現場にいた。

「ひどい状況です。廃墟と化しています。あちこちがれきやれんがの欠片が散乱し、荒れ果てています。かけつけた消防車も入れません」

孫連城が報告した。

「私に言ってどうする！すぐに人を集めて障害物を取り除け！」

李達康は声を荒げた。孫連城が立ち去ろうとした時、李達康は呼び止めて、尋ねた。

「死傷者は？」

「焼死者は三名です。重傷者数名は現在応急処置をしています。やけど負った工員は三十七、八名です。正確な人数はまだわかりません」

李達康は振り返り、衛生局長に指示した。

「すぐに省と市内の各病院に連絡し、優先ルートを解放させるんだ。全力で負傷者を助けろ！」

市公安局長の趙東来が状況を取りまとめて報告したが、それはさらに李達康を焦らせるものだった。工場前の倉庫に、なんと二十五トンのガソリンが貯蓄されているというのだ。もし火が広がって、ガソリン倉庫が爆発でもしたら、結果は考えられない。

「すぐにみなを避難させるんだ。絶対にこれ以上負傷者を出すな！」

李達康は指示した。

「地上げ屋は偽パトカーを使っていたようです。工員たちはそのパトカーと偽警官をぐるりと取り囲み、双方は一触即発の状態にあります。現在、市公安局の警察が工員を包囲しています。工員たちを落ち着かせ、法律に基づいて権利を主張するようにと説得しています。包囲網を包囲しているとても混乱した状態です。事態を収束させようとしていますが、工員たちは市公安局の警察が偽警官を捕まえようとしていると信じてくれず、逆に偽警官を助けに来たのだと思っています……」

趙東来が難解で複雑な状況を説明した。

ちょうどこの時、公安庁長の祁同偉が大股で歩いてきた。声を張り上げて命令した。

「趙局長、思い切って対処するしかない！必要とあらば発砲して警告、あるいは警棒を使用し、武力でこの場を静める！」

祁同偉は、驚いている李達康の目の前まで行き、断固主張した。

「李書記、今は非常事態ですよ！ガソリン倉庫が爆発したら、誰もこの責任は負いきれません！一旦場を落ち着かせましょう。迷っている時間はありませんよ！」

「趙局長、祁庁長の言う通りにしろ！」

李達康は考え、すぐに決心した。

「わかりました、李書記、祁庁長！」

趙東来はすこしためらう様子を見せたが、敬礼し、従った。

すぐに警察の放送が夜空に鳴り響いた。

「大風工場の工員の皆さん、工場区内のガソリン倉庫はいつ爆発してもおかしくない状況です。安全のために、我々警察が現場を鎮める任務を執り行います。この放送を聞いたら、すぐに現場を離れてください……」

放送は何の役にも立たなかった。工場の正門前で男性工員と女性工員たちが手を取り合い、一本の人壁を作っている。十数名の偽パトカーを囲み、警察と対峙している。炎が険しい顔を赤く染める。携帯のフラッシュが次々と光り、動画を撮ったり、写真を撮ったりしている。この時、分厚い雲が空を覆い、月は黒くなった。黒い鍋を逆さまにして空に置いたみだいた。工員はこの放送に激怒している。この加害者たちを放っておけないと一層熱り立っている。工場は壊され、多くの兄弟姉妹が焼死し、やけどを負った。この借りをどうやって清算するつもりだ、と。命をかける決心をした工員たちはガソリンに火がついた炎よりも恐ろしい。偽警官たちは身震いし、額を豆粒の汗が流れ落ちた……。

その時、祁同偉が再度指示を出した。

「趙局長、発砲して警告し、武力で場を静めましょう！」

この緊急事態を、一人の老人が鎮めるとは誰も思っていなかっただろう。この日の夜、陳岩石は鄭西坡からの電話を受けると、現場の動画を見て大風工場で問題が起きたことを知った。そして仲間たちを説得するために、電動バイクに乗ってやってきたのだった。

「李書記、無鉄砲になってはいけない。我々が対峙しているのは工員たちだぞ！」

李達康は意外に思った。

「陳さん、どうしてここに？ここは危険です！避難してください！」

「李書記、拡声器を貸してくれ、彼らを説得してくる」

陳岩石は手を伸ばした。

「その必要はありません。現場は荒れていて、とても危険です。すぐに場を鎮めますから……」

祁同偉が言った。

「場を鎮める？問題を悪化させる気か？ただでさえ焼死者や負傷者の数もわかっていないのに、新たな負傷者を生み出すのか？早く拡声器を探してこい。工員たちに工場に戻るよう説得しに行くから……」

陳岩石は怒った。

その時、警察の放送がまた流れた。

陳岩石はその放送を聞いて焦り、じだんだを踏んだ。

「李書記、祁庁長、それから趙局長！早く彼らを止めろ！早く！言っておくが、大風工場の工員たちは株のために闘っている。簡単には怖気付かないぞ。もし衝突が起きたりでもしたら、また命が失われる。君たち三人は責任を逃れられないぞ！」

その言葉には重みがあった。李達康は自分の政治的な責任を理解した。祁同偉を見ると、首を横に振っていたが、命令を下した。

「趙局長、しばらく中止だ。陳さんに賭けてみよう！」

陳岩石は二人の警官に支えられながら、火の光が天に昇る大風工場へと向かっていった。拡声器を持ち、鄭西坡や老馬など馴染みのある工員たちに向かって話し始めた。

「工員のみんな、仲間たち。今日こんな風にあなたたちと向かい合って、とても重苦しい気分だし、悲しいよ。この工場は私が改正を行った。今あなたたちは株を失い、立ち退き後には失業し、ご飯も食べられなくなる。とても心が痛い。だが、お願いだ。落ち着いてくれ。絶対に問題を悪化させてはいけない！工場に戻りましょう」

火の光に照らされる工員たちはぴくりとも動かない。ふさぎこんだ顔には疑いの表情が見える。深夜にもかかわらず、自分たちのために来てくれたことをわかっている。けれども、今は非常に厳しい事態だ。命がかったこの瀬戸際に、この老人の何の保証もない説得にのることなんてできない。

陳岩石はまた拡声器を持ち上げ、叫んだ。

「ならば先に消防車に消火をしてもらおう！株を保持したければ、先に自分の命を守らないといけないでしょう。命なくして、株が何の役に立つんだ」

その問いに答えたのは、沈黙だった。

「もし工場内のガソリン倉庫が爆発したら、みなさんは終わりだ。その時は私もみなさんに付き合います！」

この言葉が工員たちの心を動かした。鄭西坡、馬氏、王文革ら中心人物はこれを機に工員たちを説得し始めた。このおかげで黒々とした人の群れを、アヒルを押し出すように工場区内へと戻していった。趙東来の部下は偽警察に手錠をかけ連れていった。あのパトカーも何の損害もなく廃墟を離れていった。

事態は好転した。廃墟の道にあったがれきは取り除かれ、消防車が工場の中へ入り、炎を速やかに消し止めた。そして、石油会社のポンプ車が来て、ガソリン倉庫に保存してあった油を全て汲み上げていった。現場の危険分子がひとつ取り除かれた。さらに大きな災害は免れることができた。いつの間にか、雲の塊が風に吹かれ、月が中天で光を放っている。大地を照らし銀色の世界が広がっている。

李達康は長いため息をつき、ゆっくりとタバコに火をつけた。鏡のように穏やかな光明湖の湖心に皿のような丸い月が映しだされ、うっとりするほど美しい。そよ風が湖面に波を打たせ、銀の粒が光輝いている。小山のシナアカマツが散り、松葉が揺れ、かすかな香りが漂う。夜の鳥が一羽、木の茂みから飛び立ち、寝言のような奇妙な鳴き声を発した。空を紅く染めていた大火事は鎮火され、光明湖畔は何もなかったかのように、天地はひっそりと元どおりになった。美とは何か？平穏な世界こそが最も美しい。秘書出身で、文人コンプレックスの李達康は、心の中でこう結論を出した。

ちょうどその時、祁同偉が李達康に近づいてきて、りりしい顔で微笑んだ。

「李書記、提案があるんですが」

「何だ？」

李達康はタバコを吸いながら、遠くの工場区内をじっと見た。

「今こういう状態ですが、鉄は熱いうちに思い切って打つ。やはり今晩、大風工場をとり壊しましょう！」

李達康は驚いた。メガネにちょっと手を添え、目の前の公安庁長を見ながら考えた。どういうことだ？混乱した現場を鎮めるのは簡単ではなかった。やっと落ち着いたのに、庁長はどうしてまた騒動を起こそうとするのだろうか。この高育良の教え子はどんな心を持ち合わせているんだ。暴動が起こっていないと心配でしょうがないのか？

「今夜取り壊さなければ、今後もっと難しくなりますよ！」

公安庁長は遠謀深慮した。

それもそうだ。大風工場はどのみち取り壊すんだ。俺の壮大な夢をあの工員たちのせいで、ここで終わらせるわけにはいかない。

李達康は深いため息をつき、憂鬱そうに言った。

「そうだな！祁同偉の言う通りだ。長く続く鈍痛よりも一瞬で済む激痛の方がいい。もともと一週間以内に取り壊しを実行させようとしていたんだ！」

市委員会書記の温和な心が公安庁長の挑発で焦り始め、鮮明な新都市の夢が頭に浮かんだ。そうだな、ここまで来てどうして取り壊さない？しかし、堅実に対処しなければならない問題がある。陳岩石だ。名声が世に広く知れ渡っており、口数が多い。大風工場とは歴史的由緒関係がある。

趙東来に陳岩石を連れてこさせた。陳岩石の手をきつく握り、懸命に揺らした。

「陳さん、ありがとうございます。市委員会、市政府を代表して感謝します！陳さんが来てくれなかったら、どうなるかわかりませんでした。ですが、この大風工場は光明湖畔の傷です。そのままにしていたら最後にはきっと大きな災いとなります」

書記は老人の耳に顔を近づけ語りかける。その姿は秘密めいていて、親密だ。

「陳さん、相談したいことがあります。我々は今夜やはり工場を取り壊そうと思います！」

「何？李達康、ま……まさかおまえ！」

陳岩石は愕然とした。

「陳さんが工員のためを思っていることはわかっています。ですが、彼らは違法なんです！陳さんは彼らの後ろ盾にならないほうがいい——陳さんの指示がなければ、大風工場と政府は今日まで対立することはなかったんですよ」

李達康は心の火種を静め、極力微笑むよう努めた。

「李達康、なぜ彼らがこんなことをしているのか知っているか？悪徳商人に騙されたんだ。私はすぐにおまえや市委員会に通報した。手紙も書いたし電話もした。でも取り合ってくれなかった。いいか？今夜の事件に対するおまえと京州市委員会の責任は大きいぞ！」

陳岩石は腹を立てた。

李達康は呆気にとられた。しばらくして、厳かに言った。

「陳岩石、共産党員の党派性と私の人格を持って保証します。私は陳さんの手紙も、電話も受け取っていません」

「書記は肩書きだけの地位なのか。民衆から遊離したら、民衆に受け入れられない！政府は約束は必ず守る。取り壊しの日時を変えよう。私が引き受ける。今夜はこれ以上問題を悪化させてはならん！」

「区政府は早くに知らせていました。私も市委員会を代表して命令を下します。今夜、大風服装工場の取り壊しを行います――これは決定事項です！」

李達康は有言実行する人間だ。陳岩石は顔を強張らせた。

初秋の夜はひんやりとして、湖面を吹き付ける風のせいで涼しさが増している。陳岩石はぶるっと身震いをし、ひどく悲しげな表情をしている。老人は何か言いたそうだが、唇が震え、一言も発せない。この瞬間、李達康は耐えられなくなり、老人を慰める言葉をかけたくなったが、優位な立場にいることに慣れている李達康にはかける言葉が見つからなかった。

ちょうどその時、真っ暗闇の中、工場区内のスピーカーから放送が流れてきた。

「大風工場の兄弟姉妹のみなさん、我々は政府に騙されている。常小虎はまた攻め入ってくるぞ……」

李達康と陳岩石が同時に振り返った。月の光のおかげで、大風工場の風景がよく見える。ブルドーザーが黒い煙をあげて移動を始め、常小虎の軍隊は大型機械とともに大風工場に接近している。工員たちは憤慨し、武器を持って工場から飛び出していった。衝突は爆発寸前だ。ガソリンを満タンに貯蔵しているポンプ車の行く手を塞ぐように、十数名の女性工員が車の前に座り込んだ。ガソリンがこの場に残り、工員たちの致命的な武器となった。状況は極めて緊迫している。

陳岩石は腹を立て、慌てた。李達康に向かって首を振り、ため息をついた。

「見てみろ、どうする?本当に今夜取り壊すなら、私を踏みつけてでも行け。ブルドーザーで私の骨をすり潰せ！」

これから起こる出来事はまるでドラマのワンシーンのようだった。陳岩石は拡声器を持ち、工員たちのもとに行き、間に入ろうとしたが、警察が行かせまいと行く手を塞いだ。無理矢理引き止めるのではなく、笑顔を見せたまま、陳岩石を説得した。

「陳さんダメです。危険すぎます……」

陳岩石は警察の包囲を左に右に交わすが、少しも先に進めない。仕方なく、携帯を取り出し当時の部下に電話をかけ援護を求めた。

「高育良、捕まってしまった。早く助けに来てくれ！」

高育良はこの夜、眠れない運命だった。安眠薬を二錠飲んで、うとうとと眠りに入ったところに、携帯が鳴った。陳岩石の話を聞き、驚きのあまりびっくりして起き上がった。李達康はやりすぎだ。だが、京州市は李達康の管轄だ。陳岩石のために口を挟むことはできない。H省官界は複雑で、高育良と李達康は不仲だ。何が政法派、秘書派だ。立ち退きの件で、省長級の官僚に意見するなどふさわしくない。

「あまり怒り急がないでください。この件について、私が李達康に直接口出しするのは良くありません。彼は省委員会常務委員で、私は政法担当ですので口を挟めません。やはり……」

丁寧に陳岩石を説得した。

「やはり李達康には口出しできんか。じゃあ、代わりに沙瑞金書記に連絡してくれ。陳岩石という者が急用で探していると伝えてくれ！」

陳岩石は怒ってすぐに電話を切った。

高育良は不思議に思った。あの口調からすると、元検察長と新任の沙瑞金書記の関係は普通ではない！

高育良はなおざりにはできず、すぐに沙瑞金書記の秘書である白課長に電話をかけた。

「沙書記は岩台市で一日中調査を行い、夜も現地の幹部たちとの座談会があって、さきほど寝たばかりなんです。邪魔はできません」

「じゃあ明日まで待ちます。元検察長の陳岩石が急用で沙書記を探しています、と伝えてください」

高育良はまた書斎にいた。李達康に安上がりの人情や義理を与えるべきだろうか。電話を取り、陳岩石の援護と新省委員会書記への限りない期待を、すぐに李達康に伝えた。そして遠回しなヒントを与えた。

「沙書記の意見を聞いてから大風工場を取り壊しても遅くない！」

李達康は何度も感謝を述べた。高育良は寝室に戻るとベッドに横になった。心身ともに殊のほか穏やかだった。このような関係を解決するのは苦手だ。今日の高育良は普段の高育良ではないのだ。

もし李達康の反応が鈍ければ、李達康とは呼ばれない。すぐ目を覚ました。あの陳岩石は本当に手強い。趙立春の時代は終わった。沙瑞金は中央から派遣されたばかりで、素性をはっきりと掴めていない。陳岩石は八十歳過ぎで、父の代の指導者だった。沙瑞金書記は若い。この二人がどんな関係なのか知っている人はいるのだろうか。がさつな行為で地雷を踏むとは言い切れない。新省委員会書記が巨大な政治的存在に注目することを望んでいる。そして新省委員書記が政治的存在をさらに強めることは侮れない。

李達康の次の行動に、人々の心が惹かれた。それは理論性に欠けていた――まず、孫連城に立ち退きを中止するよう命令した。孫連城は理由を聞いた。

「理由を説明する必要はない。すぐやれ！」

　趙東来公安局長にも続けて指示を出した。

「陳さんをちゃんと保護しろ、救急車を一台準備し、万が一調子が悪くなったら、すぐに病院まで送れるようにしておけ！あと、陳さんが寒くないように君が着ているジャケットを着せろ。明るくなったら、行政管理局から届いた豆乳と弁当をまず幹部たちに配ってくれ」

　李達康はこれらをまず工場の入り口にいる陳岩石と工員たちに配るように指示した。

　そして、この日の早朝、強制取り壊しの現場で祁同偉が見たのは、ブルドーザーに向かい合い、陳岩石が一人破れたソファに腰掛けている光景だった。その後ろには黒々とした大勢の工員たちがいる。早朝の風が老人のまばらな白髪を吹き乱し、毅然とした輪郭のラインはまるで彫刻のようだ。市委員会書記のあのコーヒー色のジャケットを着ている。

「李書記、どうして急に決定事項を変えたんですか。いったいどういうお考えが？」

　祁同偉は我慢できなくなり、不思議そうに尋ねた。

「祁庁長、急にある道理を思いついたんだ――陳岩石は我々政府を代表して工員と交渉をしている。ということは、陳岩石は党と政府そのものだ。俺たちが陳さんと対立するのはとんだ笑い話じゃないか？」

　李達康は笑って、タバコに火を点けた。

　祁同偉は言葉に詰まり、困惑した表情になった。しかし、そのわずか数時間後には、その秘密を見極めることになる。

　東から朝日の光が一筋見えた。李達康は親しみやすい暖かい笑顔を纏い、大風工場の正門前まで行った。行政管理局の局長はちょうど機関職員食堂のシェフに工員たちに朝ごはんを運ぶよう指揮をとっている。李達康は自然と前に出て、シェフからパン一袋を受け取り、自ら年老いた工員に手渡して回った。年老いた工員はパンを受け取り、木彫りのような口を半分あけ、ぽかんとしている。どんな反応をしていいのかわからない様子だ。

「驚かないでください。熱いうちに早く食べて！」

李達康は年老いた工員の肩をぽんっと叩いた。

次はおかゆを受け取り、女性工員に渡した。おかゆは熱いので気をつけるように言い聞かせ、ゆで卵を取りに戻り、またその女性に渡した。女性工員は呆気にとられると同時に感動し、涙声で感謝を述べた。京州テレビ局のカメラがすぐにそれを追跡し、人の心を打つ情景を捉えた。昨夜の強制取り壊しという悲惨な状況が、民に親しむ姿を誇示するものに変わった。

朝焼けが人の心を鼓舞するように漂っている。雲がやまぶき色、薄紫色、金紅色、黛青色に輝き、子供たちが幼稚園から飛んだり跳ねたりしながら走り出てくるみたいだ。太陽が昇る前の空はこんなにもにぎやかで、このすべてが毎日の偉大な瞬間——日の出を描きだしている。

日の出を背に、新しい一日の太陽の光を浴びながら、李達康は陳岩石のそばに立った。そして拡声器を手に持ち、現場にいる工員に光のある話を意気込んで話し始めた。それから誠実に、はっきりと誓いを立てた。

「陳岩石が体制改革を行った当時に出された制約は、彼と市委員会のもので、必ず厳格に実行されなければならない。改革はあくまでも人民全体の幸福を実現するためにある……」

……

市委員会のオフィスに戻ると、李達康は自ら省委員会書記の沙瑞金に電話をかけ、昨夜の大風工場で起きた事件の要点を報告した。誠実に反省し、陳岩石を褒め称えた。

その時、沙瑞金と秘書の白課長はちょうど岩台ホテルで朝食をとっているところだった。レストランの大型テレビには、李達康は、彼が思う政治のあるべき姿について演説をしている様子が流れている。沙瑞金は多くは話さず、電話ではその件について簡単に触れただけだった。

「今日京州に戻る。達康さん、この件は常務委員会で話そう」

九

新任の省委員会書記である沙瑞金は幅の広いメガネをかけている。洗練された慈善的な顔つきで、口許には常に笑みを浮かべ、まなざしは奥深く、するどく、外見は穏やかだが、芯がまっすぐ通った、強く優しい人だということが一目でわかる。新書記は京州に戻ってきてすぐ、中国共産党H省の省委員会常務委員会を開いた。高育良と李達康を含め、十三人の省委員会常務委員が会議に出席した。

沙瑞金の微笑みとともに始まった前置きは、一見堅苦しい雰囲気はないものの、謎めいている。この常務委員会を円滑に開くために、準備を行ったそうだ。十六日間で八つの市に赴き、視察を行った。視察が終わったその夜に京州の「九・一六」事件が起きてしまった。経済都市は有史以来初めて、事件現場から全世界へ生中継を行った。それは沙瑞金に強い不安感を覚えさせた。

新省委員会書記は冒頭で「九・一六」事件についての主旨を述べた。李達康はじっとしていられなくなり、手を挙げて、京州市委員会を代表して反省の言葉を述べようとした。

「李書記、焦って反省する必要はない。まずこの事件の性質をはっきりさせよう」

李達康はがっかりした。

沙瑞金はこの「九・一六」事件は簡単なものではないと思っている。暫定的な判断を下した。

「この事件は腐敗により引き起こされた悪質な暴力事件であり、一般的な立ち退きからくるものではない。事件の根源には腐敗がある。一部の幹部の腐敗行為が、普遍的に存在する社会的対立を刺激し、激化させた」

常務委員たちは続々と頷き、ひそひそ話をしている。新書記の話は鋭く、端的に要点をつく。

沙瑞金は大きくてよく通る声で、次々と言葉にしていく。

「このように私が言うのには根拠がある。腐敗賄賂防止総局が、北京のある課長の家で約二億元の現金を発見した。同事件の容疑者として取り逃がした丁義珍がどれだけ賄賂を受け取っていたのだろうか。それから、丁義珍と結託していた者の場合はどうか。賄賂を受け取っていないのに、法を曲げることがあるだろうか。大風工場の工員の株主権はどこに行ったのか。その株のために三名が亡くなり、三十八名が軽傷、そして六名が重傷で危険な状態にあり、生死をさまよっている。大風工場の件と今回の悪質な事件の背景はしっかり調べ、大風工場の工員、人民に釈明する！どの階級の幹部が関与していても関係ない！」

沙瑞金は手に持っていた赤青鉛筆を何気なく「ぱんっ」と机の上に音を立てて置いた。この音は参加者の数人には、あたかも雷鳴のように、新書記の反腐敗に対する決心を表しているように聞こえた。

李達康は少し失望した。新書記の勢いはもう誰にも止めることができない。反腐敗について明言し、光明湖畔の火事と逃走中の丁義珍を関連づけた。地方政府主官としての李達康の責任が重いことはよくわかっている。トップとしての責任だけでなく、おそらく経済面にも影響が現れるだろう。沙書記は誰が関与していても、どの階級の幹部が関与していても構わないと言ったが、もしかして彼のことをほのめかしているのだろうか。

沙瑞金は口調を和らげ、改革の成果を話し始めた。

「H省は全国と同じように、経済面で発展を続けており、GDPはここ二十八年で急速に成長している。新しい都市ができ、都市と農村の様相は目覚ましく進化している。京州、呂州、林城の経済成長速度は北京、上海などの大都市と大差なく、H省の改革は大きな成果を残し、広く浸透していると言える」

これは官話だが、紛れもない事実だ。このような話は聞いていて心地がいい。高育良や李達康、常務委員はしきりに頷き、賛同の意を示している。高育良は頷く際にわかった。新書記はこのまま心地よくさせるつもりなどない——案の定、沙瑞金は官話を話し終えると、常務委員を見渡し、話題を変えた。心を鬼にして、すさまじい勢いで幹部の仕事ぶりを批判した。少しも遠慮せず、我々のある地区のある部署の幹部の能力は一般民衆のそれに劣る、と指摘した。常務委員たちは驚きの眼差しで沙瑞金を見つめている。とても迫力がある。高育良は、驚きはしなかったが、驚いたふりをした。新書記の考えは予測できる。

沙瑞金のまなざしはたいまつのようだ。

「みなさん、そんなに驚かないでくれ。確かに、これは視察中に発覚した胸が痛む事実だ！これからもっと具体的に話すが、その前にみなさんに聞きたいことがある。素質が低く、モラルもない幹部が統率する地区や部門が発展するだろうか。人民は我々の目は節穴かと怒るはずだ。ですから、今の問題は国民をどのように教育するかではなく、我々の幹部をどのように教育するかだ！」

この話は刺激的だった。常務委員たちはメモ取りに没頭している。しかし実のところ、誰一人として顔をあげられないでいた。本省の最高指導者として、これから起こる状況は誰にも責任転換できないのだ。

沙瑞金は続けた。考えていることがあるようだ。

「このような時こそわが党の歴史と伝統を顧みることが大事だ。今日わざわざある方を招いて、歴史、伝統、精神、そしてどのような共産党員になるのか、この常務委員会で話してもらいます。その方とは？あの有名な、退職された省人民検察院前常務副検察長の陳岩石さんだ。陳さんのことをよく思っていない人たちの間では、年老いた岩と呼ばれていた。我々の人民共和国の基礎を築いたのは年老いた岩だ！」

その時、省委員会秘書長の陳さんが陳岩石をつれて会議室の入り口に現れた。

沙瑞金は真っ先に立ち上がった。

「熱烈な拍手で陳岩石さんをお迎えしましょう！」

高育良や李達康、そのほかの常務委員たちが次々と立ち上がり、陳岩石に拍手を送った。

陳岩石の見慣れた顔を見ながら、高育良は内心当惑せずにはいられなかった。新書記は何をしようとしているんだ。退職した人に伝統について講義させる常務委員会など聞いた事がない。今日の議題は幹部人事の検討じゃなかったのか！省委員会前書記は百二十人の幹部登用リストを残したままで、本来新書記が派遣されるはずじゃなかった。しかし、どういうわけか新書記が着任した。そしてこの新書記は常識にとらわれず、反腐敗運動について述べ、幹部陣の問題を指摘する。次は伝統教育ときた。これは大変なことになるかもしれない。高育良は教授職にあったため、この理論を熟知している。離れた距離から相手を攻撃すると、みなの頭が危ない状況だ。これから起こりうる状況に対応するために、気力を奮い起こさせるつもりだ……。

陳岩石は、入党した当時の出来事を簡単な言葉で話した。老人が入党したのは、軍隊が岩石を攻撃したからで、共産党員ではなくては薬包を背負って先鋒隊に参加する資格がなかった。薬包を背負うのは共産党員がもつ特権だった。老人は薬包を背負う特権を奪うため、軍隊が岩台郊外まで来た時に第一線で入党した。その時の老人はまだ少年で、実年齢は十五歳だった。入党するために、二歳サバを読んだ。入党紹介人は沙振江と言う人だった……。

沙という苗字を聞いた時、李達康は気づいた。陳岩石と沙書記は本当に親しい仲にあったのだ。高育良はこの関係を知っていて、「九・一六」の夜に電話をかけて注意を促したのだと推測した。よく考えたが、やはり違うと思った。高さんはどうして知らせたてくれたのだろうか。省委員会書記へと昇進するチャンスを失った高育良は、李達康が省長になることを望んでいたからなのだろうか。

「……陣地攻撃戦が開戦し、班長だった沙振江は私と二順子など十六人の先鋒隊兵を連れ、それぞれ四十キロ以上の重さのある薬包を背負い、塹壕から魚のように飛び出した。城壁の上や掩体壕の中を機関銃で狂ったように掃射した。最前線で突っ込んでいったのが沙振江で、小さい赤旗が硝煙の中で見え隠れしている。私は沙振江の後ろにいて、その後ろには二順子がいた……」

陳岩石が語る姿は見ている人を感動させる。

高育良は陳岩石の動く口を見ているだけだった。時おり、手を動かす。話す内容は一言も耳に入ってこなかった。李達康も同じように考え事をしていた。

事は筋違いだったようだ。きっとどこかに問題があるはず。沙瑞金はどうして「九・一六」事件には腐敗が関係していると断言できるのだろうか。あの言い方は少し軽率だ。新書記はどうしてそう思ったのだろうか。まさか陳岩石か？新書記は冒頭で李達康を厳しく戒めた。H省には、いわゆる沙瑞金・李達康コンビが存在し得ないとほのめかしているのかもしれない。李達康省長と省委員会前書記の時と同じように、数ある政界の噂の一つになってしまうのだろうか。

「……城の南門から六十メートル離れた古いエンジュの木の下で、沙振江が六発被弾した。壮烈な犠牲だった！それでも私は沙振江の薬包を背負って前に進み続けた。機関銃の弾が飛んできて、私も被弾した。もがいて前に進もうとしていると、二順子が立ち上がり、よろめきながら数メートル前に進んだ。薬包を持って一緒に城門の穴まで逃げ、導火線に火をつけた。城門は爆破された。総攻撃の合図が鳴り……」

陳岩石は話すたびに感極まっていく。

李達康はそんな陳岩石を見て少し感動した。当時の老人は薬包を背負い、「九・一六」の夜も薬包を背負っていた。幸いにも老人が勇敢に立ち向かう姿を見て、気兼ねしたのだ。彼が頑なに取り壊しをさせなかったおかげで、事態を悪化させるには至らなかった。老人は「第二人民検察院」を開き、怒れる老人だった。怒れる老人は原則を重んじ、最低限のルールを守る。政治において高い地位を得ていたが、最下層意識と一般市民意識を自然と備え合わせていた人物だった。今考えてみると、あの時の祁同偉には疑わしい点がいくつかある。公安庁長はどうしてあんな強制的に取り壊しを続けるよう提案したのだろうか。大風工場の取り壊しに何のメリットがあったのだろうか。庁長と高小琴は縁故があると言われているが、おそらくここになにか訳があるにちがいない。

その時、陳岩石の目から涙が流れた。

「……二順子が犠牲になったのは十六歳の時だった。党籍はわずか一日だけだった。党の歴史上、かつてそのような党員がいただろうか。私は知らない。だが、戦争時代には二順子のような経験をしたのは一人だけではないと思う。このような党員たちは行動し、自分の血を流して犠牲になることで、入党誓言を実践した！」

常務委員たちは心が突き動かされ、みな感動した面持ちだった。沙瑞金の目には涙が溜まっている。

陳岩石は最後に言った。

「入党するために私は年齢を二歳サバ読んだから、早く退職することになった。瑞金さんは今回早期退職することで副省長級の待遇を受けることができないが、後悔していないのかと聞いた。私は後悔していない。あの時、私たち先鋒隊、十六人中九人が攻撃線の犠牲となった。彼らに比べたら、私は十分幸せだ。だから、瑞金さんが組織を代表して私に謝ってくれた時、私は何に対しての謝罪なのかを尋ねた。薬包を背負ったら、官僚としての待遇が必要なのか。薬包を背負うことは党員の特権であり、当時年齢をサバ読んでもこの特権を得たとき、私は今日まで生きてこられるとは思わなかった。みなさん、私は人生でこの特権を得ることができて、誇らしく思っている」

沙瑞金と常務委員は再び拍手を送り、しばらく鳴り止むことはなかった。

陳岩石が出て行った後も省委員常委員会は続けられた。

沙瑞金は感慨無量で、時おり指の第一関節で机を打った。

「戦争時代、我々党員が争っていたのは、薬包だった。後のものが前のものに続いて犠牲になる。奮闘、犠牲が我々共産党員の特権なのだったのだ。なのに、今はどうだ。我々党員幹部が争っているのは何だ？

権利と金だ！後のものが前のものに続いて腐敗している。昇任、金儲けのために封建的な官界を覚えてしまった。それぞれの地区、部署の秩序が乱れている。例を挙げよう。私は本省に派遣され、陳岩石は花鳥が好きだと知った。それを知る人たちは陳岩石に花鳥を贈り、鳥を十数匹送った人もいるそうだな。もし陳岩石がペット好きだったとすれば、おそらくパンダやトラが贈られていたんだろうな。なんて風潮だ」

常務委員たちはただ顔を見合わすだけだ。会議室の雰囲気は明らかに張り詰めている。

沙瑞金は話を続けた。

「十分高い地位にあるのに、さらに昇任しようと企んでいる幹部がいるそうだ。その人は科学技術を管轄する幹部で、科技局長を六年、市委員会組織部長を五年務めていたのに、農業科学家や科学院の博士を誰一人として知らない。握手をする時、相手の顔を見てどこの部署かを聞くという。美しい顔立ちの女性幹部や地方の女性幹部に限っては一人一人熟知していて、あだ名をつけて呼んでいるのに。これは一体どういうことだ」

高育良は時機が来た、打ってでるべきだと考えた。整風[1]でも、運動でもいい。今は発言権を奪い取ることが最も重要だと、これまでの経験から直感で感じた。積極的に他人を批判するだけでは良くても自分を守るだけだ。指導者には他者からの賛同が必要で、率先して賛同してくれる積極分子を好むのは当たり前のこと。

「瑞金さん、その人の話は私も聞いたことがあります。女性幹部を口説くのが好きで、夜はいつも女性

1　整風は中国共産党独自の自己点検の方法で、整風の「風」は、ものごとのありようをさす。

幹部を連れて、お酒を呑み歩き、その度に女性を一人二人お持ち帰りしているそうです。極めて悪い影響を与える、なんとも軽薄な男です」

「そのような軽薄な男を、中央に副閣僚級の役職になど推薦できない。全国人民代表大会[1]や人民政治協商会議[2]を飾り物にできない」

沙瑞金は腹を立てている。

会議が開かれてから今まで、何かを発した常務委員はいなかった。高育良が初めて口を開き、新書記の話に口を挟んだ。それをみなが期待して眺める。その資格があるのは高育良だけなのだ。なんといっても、省委員会書記として一番の有望株だったのだ。

「瑞金さん、彼を省の中華全国婦女連合会の正門の監視に配属するのはどうでしょう。そこなら、その軽薄な男の特徴と余熱[3]が発揮されるかと」

高育良はおもしろおかしく言った。

李達康は不満そうに高育良を一瞥した。古株の李達康はこの形勢を理解した――新書記は「九・一六」に焦点を合わせているのではなく、言いがかりをつけているのだ。もちろん発言する姿勢の重要性も知っていて、他人を批判することで主導権を勝ち得るテクニックということでもあるのだろう。しかし、秘書出身の李達康は高育良のように、指導者に付き従い、トラを退治しようとは思わない。タイミングを

1　中華人民共和国の最高の国家権力機関。
2　一九四九年九月、中国共産党指導のもとに成立した共産党と民主的諸勢力との統一組織。
3　〈喩〉退職した人が引き続き発揮できる能力。

待ち、優秀な新書記の手助けをしよう……。

沙瑞金は話を続けた。

「それからもう一人。H省の公安庁長は社会の治安と安定という重大な責任を担っているにもかかわらず、仕事をせずに、陳岩石の老人ホームに行って庭作業をしていた。雨にでも降られたように、汗をかいていていた」

視察から京州に戻って、沙瑞金が最初にしたことは陳岩石への訪問だった。老人ホームの門をくぐると、公安庁長の祁同偉と陳岩石が穴を掘り、花を植えているのを見かけた。沙瑞金の胸がどきっとした。昨夜の光明湖畔で起こった事件のせいで数名が亡くなり、多くの人が怪我を負ったというのに、公安庁長はどうしてここで花を植える気分になれるのか。これは公安庁長だけでなかったようだ。沙瑞金がエ省に来る二十日前から、陳岩石がいる老人ホームが賑やかになったと、後になって知った。そして、ある情報が風のように伝わってきた。沙瑞金のおじ（父の弟）は陳岩石の入党紹介人であり班長だった。解放後、陳岩石はよく革命に命を捧げた人士の家族に仕送りをしていて、沙瑞金は大学を卒業するまで陳岩石の援助を受けていたそうだ。祁同偉はこのことを知ると、李達康のように良い姿を見せるチャンスと舞台がなかったので、大急ぎで花を植えに行くことしかできなかったのだろう。

高育良の笑顔が引きつった。祁同偉が陳岩石の老人ホームを訪れ、庭仕事をしていたなんて考え付かなかった。それに、新書記がまさか祁同偉に直接矛先を向けるとも思っていなかった。しばらく呆然とした。

問題処理能力に長けている沙瑞金は談笑に興じた。

「農村の労働模範として祁庁長を選んでみるというのはどうだろうか！彼がふさわしいと思う」

その時、李達康がすかさず、強固な態度で急所を突いた。

「瑞金書記、私は賛成です。一票いれます！彼は媚を売って上がってきた人間です。私が省委員会書記、趙立春の秘書をしていた時、祁同偉は市公安局で政治保衛局長でした。趙立春が故郷へ墓参りに行くというので、私と祁同偉も付き添うことにしたんです。すると、趙家の墓の前で祁同偉は跪いて、涙と鼻水を流しながら泣き始めたんです」

李達康の表情は生き生きとしており、常務委員たちの笑いを誘った。

高育良は憤りを覚えた。メンツを潰された！祁同偉が俺の教え子だと知っているはずなのに。李達康は何がしたいんだ。新書記が開催したこの第一回常務委員会で、祁同偉に刀を向けるなんて。最低限のきまりも気にかけないつもりか？追い打ちをかけるにしても、関係している上司のメンツを考えるべきだ。

笑いながら李達康に聞いた。

「達康さん。それがどうしたんですか？墓前で泣いたから祁同偉が悪人であると？銃殺刑にするほどのことではないでしょう」

「確かにその通りだ。レーニンの言葉にこういうものがある。大口を叩いたり、へつらう人をことごとく罰するべき、と。だが、これは一時の捨て台詞にない。共産主義運動主義史上、これまでそういう人間を罰したという先例はない。だから祁庁長は生命の危機はない」

沙瑞金は冗談交じりで自分の考えを展開した。

「達康さん、今日は幹部の人事問題を話し合う常務委員会です。このように祁同偉を批判するのは、不公平です。あなたが自身の目でその光景を見たと言うのは、疑っていません。ですが、達康さん。祁同偉は目前の情景に触れて自分の大事な人を思い、感動したんじゃないですか？当時、もしかしたら大事な方が亡くなった後だったかもしれない」

高育良は相手を捉えて離さない。

「祁同偉の両親は今もご健在で、長寿家族です！」

「だからどうしたんですか？達康さん、祁同偉は党規約を違反していますか？国法のどの項目ですか？幹部任用規定のどの項目ですか？」

沙瑞金は驚いた。高副書記は明らさますぎる。やりすぎだ。いや、この人にはキャリアがある。やはりH省での勢力は大きく、基盤がしっかりしている。もう少しで省委員会書記になるところだったんだ。多少大げさに拍手しておこう。

「ブラックユーモアの効いた良い質問だ」

「これはブラックジョークなんかではありません。育良さんの理論に基づくと、祁同偉は何も違反していない以上、私たちは副省長に推薦するするべきだ、ということですか？」

李達康は言った。

「達康さん、焦って問い詰めないでください。まだ話は終わっていません」

高育良はこぼれんばかりの笑みだ。

「育良さん、続けてくれ。今日のこの会議で必ず明確にしたい。もう曖昧にはしておけない……」

沙瑞金が言った。

高育良は祁同偉のことは置いておき、マクロ方面に話を変えた。

「瑞金さんはH省幹部陣の問題を指摘されましたが、これらの問題は本当に存在しているのか。必ず存在しています。我が省のそれぞれの地区、部署ではとても深刻な問題になっています。京州市の組織部長は部下の女性と酒を飲んだだけだが、去年処罰を受けた岩台市の部長はもっとひどいことをしていたのを知らないんですか。みなさんご存知の通り、百名以上の女性幹部と不貞を働き、とても悪い影響を与えています」

「部屋でその部長を待つ女性幹部や、金を渡して肉体関係を持とうとする女性幹部すらもいたと報告されていおり、さらには女性幹部の夫が自らその関係を取り持つ者も数人いたようです」

一人の常務委員が補足した。

沙瑞金は愕然とした。

「その女性幹部たちはその後処分されたのか?何人処分された?」

「処分はされていないようです。処分するとなれば、百以上の家庭にまで及んでしまいます。もし離婚だ、自殺だと騒がれたら、社会への影響はさらに悪いものになります!」

その常務委員は苦笑いした。

高育良が続けた。

「瑞金さんがH省に着任してから、幹部たちは陳岩石を訪れ、贈り物をするのを控えるようになりましたが、もとより遠慮して直接金銭を送るようなことはありませんでした。しかし、一昨年の林南市長の誕生日では違いました。三百六十八人もの部下が直接金銭を送っていたんです。その総額は二百八十九万元だそうです!」

「その市長は?やはりまだ処分されていないのか?」

沙瑞金が問い詰めた。

「処分されました。その市長には十五年の懲役が言い渡されました。ですが、金銭を送った三百六十八人の幹部をどう処分するか。陳岩石さんからは全員免職処分にするように言われました。しかし、そうなれば、林南の幹部陣全体が崩れ、仕事をする人がいなくなってしまいます！」

高育良が言った。

「当時、この幹部の処分について、常務委員会では激しい議論が行われました」

規律検査委員会書記が口を開いた。

沙瑞金は理解した。

「育良さんとみなさんのおかげで、現状を理解することができた。私の判断は間違っていなかったようだ。H省の幹部陣の問題は深刻だ。解決しなければならない。では、どうやって解決するか。簡単だ。党の規律、国法に基づいて解決する。例えば、さっき話に挙がった百名以上の女性幹部。組織部長と不正な異性関係を持った係長から課長まで、全員処分する。こうでもしないと、十年、二十年勤勉に働いてきた幹部たちはこれを公平だと思わない。不公平だ。全員処分しなければ、みなが真似し、党風や政風、ひいては社会の風潮を損なってしまう！しばらくは幹部登用と採用を凍結し、副省長級への推薦、または庁局長級への昇任であっても、例外なく再度しっかり調査し、討議した上で判断を下す！」

沙瑞金のこの基本的な見解に常務委員たちは同意した。沙瑞金は目的を達成した。反腐敗運動、地方官僚の行政実績の立て直し、幹部陣の教育に力を入れる。これが、新任省委員会書記がこれから取り組む仕事だ。李達康は本心から支持している。広大な目標が沙瑞金の注意力を引きつけている。李達康はしばらくの間は無事だろう。李達康には心配事があったが、その不安を隠した。丁義珍と「九・一六」大火災……妻は本当に潔白なのだろうか。

新書記は政治碁の達人だと、高育良は思った。陳岩石に伝統について話してもらい、幹部登用をひとまず問題から外した。もともと前書記が残していた幹部登用リストに祁同偉の名前も載っていたが、まさかすべて凍結されるとは思わなかった。祁同偉はもう見込みがない。新書記に目をつけられてしまった。だが、いい気味だ。自業自得だ！

「今日の会議はとても有意義だった。党の歴史と優れた伝統を振り返ることができた。特に、一日だけしか党に在籍することができなかったあの党員の話を簡単に忘れないでほしい。彼らのこと、我が党の党旗は彼らの鮮やかな赤い血だということ、そして『インターナショナル（歌）』の真理のために闘えという言葉をしっかり覚えておいてくれ！」

沙瑞金は最後に締めくくった。

この省委員会常務委員会に参加した常務委員たちは困惑していた。けれども、明らかになったことが一つある。沙瑞金新書記はH省官界に新しい風を吹かせた。もう昔のあの日のようには戻れないだろう……。

十

侯亮平は近頃いろいろな都市を飛び回っている。趙徳漢の帳簿に書いてあった賄賂の確実な手がかりが必要だ。成果を広めるために、一つの都市からまた別の都市へと飛び続けている。今は呼和浩特[1]に証拠を確認しにいくため、搭乗口の列に並んでいるところだ。その時、携帯が鳴り出した。

幼馴染の蔡成功からだ。何か問題が起こったのだと直感的に感じた。電話に出ると、幼馴染の荒い息がはっきりと聞こえてきた。

「サル、侯課長!緊急で報告しないといけないことがあるんだ。告発する。正式に告発する!今回は証拠もある。本当だ!」

「またか?証拠もあるんだな?なら早く言え!飛行機がもう離陸する。すぐに携帯の電源を切らないといけないんだ!」

侯亮平は内心喜んでいる。

「サル、本当は北京に行って直接告発したかったけど、もう遅い。俺はもういつ捕まってもおかしくない!だから今伝える。H省委員会常務委員、京州市委員会書記の李達康の妻、つまり京州城市銀行副頭取の欧陽菁が二百万元の賄賂を受け取った!」

幼馴染の声は震え、口調も慌ただしい。まるで何かから命からがら逃げているかのように。

侯亮平は愕然とした。小さなスーツケースを引き、搭乗の列を離れた。

「何だって?李達康の妻が二百万元の賄賂を受け取った?」

「あぁ。この二百万元は俺が、俺が贈った賄賂だ。これは証拠になるだろ?」

この件はただごとではない。名前も金額もわかってる。しかも賄賂を贈った張本人が実名で告発して

1　中国、内モンゴル自治区の区都。

いる。これなら立件して捜査できる！蔡成功は重要証人になる。必ず守らなければいけない。

しかし、事態は切迫していた。蔡成功は危険な状況にいる。「九・一六」大火災が起きたあの夜、頭を打って病院に行き、工場で事件が起きたと聞いてすぐに逃げた。そして二日後、状況を説明してもらうために鄭西坡と会う約束をしたが、警察に追跡されていると気づき、鄭西坡と落合わずまた逃げたそうだ。

「李達康は京州警察を動かせる。いつでも俺を逮捕できるんだ。お互いが共倒れになるまでやり合う決心はできてる。だから李達康の妻を告発した。今俺を守れるのは侯亮平しかいない。さもなければ命はない」

蔡成功は電話口で焦りながら、不安そうに言った。

「このこと誰かに話したか？」

「陳海と電話で話したけど、あまり詳しくは言ってない。でも欧陽菁のことは伝えた」

陳海が守ってくれるからすぐ会い行くよう伝えた。

「無理なんだ。今、京州警察が『九・一六』の放火犯をあちこち探し回っている」

侯亮平は胸がどきっとした。蔡成功は幼馴染ですら完全に信用できていないようだ。しばらく躊躇い、京州の中山北路一二五号近くの公衆電話にいると言った。その場で待機し、どこにもいかないよう言い聞かせた。

携帯を閉じた。額に汗がにじみ出る。搭乗口へと急ぐよう促す放送が流れている。どちらも一分一秒を争う。非常に重要なこの証人を必ず守らなければならない。蔡成功を絶対に死なせるわけにはいかない。そう考えながら、陳海に電話をかけた。幸いなことに、陳海はすぐに電話にでた。手短に蔡成功の告発内容を伝えたというよりは、何個かキーワードを言った。

「李達康市委員会書記の妻が事件に関与している。秘密を知る者を殺して口止めするかもしれない、用心しろ」

「わかった、わかった。蔡成功のことは俺に任せて、おまえは安心して飛べ！」

　陳海には何か他にも手がかりがあるのだろう、少しも驚いていないようだった。

　飛行機に乗った。客室乗務員が電子機器の電源をオフにするように注意する。気が気ではなかったが携帯の電源を切った。飛行機が滑走を始め、徐々に加速し、離陸した。侯亮平は陳海の行動とこれから起こる可能性を思案していた。蔡成功の情報と陳海の抜け目のなさに賭けてみよう。すぐにH省腐敗賄賂防止局に匿われ、保護されるはずだ。飛行機から見える窓の外に、白い雲が飛行機より低いところで浮かんでいる。目を閉じて考えごとをした。考えれば考えるほど……。

　陳海とはずっと連絡を取り合っていた。「九・一六」大火災の夜、パソコンであの現場の動画を見ていたのは陳海も同じだった。動画を見ながら、二人で考え、たくさん本音を話した。

「俺が握っている最新の状況では、光明湖畔での幹部の腐敗が深刻な問題となっているらしい。当初の想像をはるかに超えている」

　あの口の堅い陳海が漏らした。

「もしかして腐敗官僚を告発しようとしている俺の幼馴染に会ったのか？」

「あぁ、会って話す約束をした。だが姿を現さなかったんだ。理由はわからない」

　陳海はこう分析した。蔡成功の告発はでたらめのように思えるが、じっくり考えるとそれ相応の道理がある。例えば、京州城市銀行の欧陽菁が融資を停止したことには確かに問題がある。事実、それが大風工場を危機に追いやった。

「もしかして李達康が丁義珍を逃した黒幕か？」

侯亮平はすぐに疑問を投げかけた。

「動機も条件もそろってる」

陳海は言葉を濁した。

再度聞いたが、陳海は深く話そうとはしなかった。たぶん、まだ誰にも知られていない重要な手がかりを掴んでいるが、まだ口にする時ではないと思ってるんだな。

客室乗務員がドリンクサービスで、微笑みながら侯亮平に何を飲むか聞かれたので、ミネラルウォーターを頼んだ。蔡成功の告発で、李達康が舞台に押し出され、鼻に塗られているドーランがどんどん濃くなっていく。侯亮平はある矛盾に気づいた。欧陽菁が蔡成功から二百万元の賄賂を受け取っていたなら、なぜ大事な時期に融資を中止し、大風工場の株主権が高小琴のものになったのだろうか。わからない。あまりにも複雑だ。ここに隠されている秘密は蔡成功に会うことで解決される。しかし、侯亮平は理由もなくうろたえていた。もう幼馴染には会えないのではないかという予感がする……。

呼和浩特で飛行機を降り、北風に吹かれた。真っ先に状況を聞いた。まずい状況になっていた。陳海が言うには、陸亦可と中山北路一二五号近くで蔡成功を探し出せず、今はあの公衆電話の近くにある上島珈琲店で待っているそうだ。蔡成功が京州市公安局の警察に捕まったのではないかと心配になった。

「本当に京州警察に捕まったとしたら、もうどうしようもない。でも、それはありえないかもな。蔡成功は大変なことになるとわかっているから、きっと一層気をつけているはずだ」

翌朝、陳海から電話がかかってきた。

「蔡成功は姿を現さなかった。捕まってしまったのかもしれない。でも京州公安局はきっぱり否認してるんだ」

「なら、祁同偉先輩に連絡してみたらどうだ？公安庁長だ。蔡成功が本当に捕まったのか調べてもらおう！」

「だから、その祁同偉に聞いたんだよ。どうしてもおまえの幼馴染を捕まえたと認めない」

変だ。蔡成功はどこに行ったんだ。警察に捕まってないなら、すでに命を狙われてしまったのか？内心落ちつけなかった。

しかし、口を塞ぐために命を狙われたのは蔡成功ではなく、なんと陳海だった。

三日後、内モンゴル出張から戻り、呼和浩特の事件についての報告をするため秦局長のオフィスに向かっている時、京州にいる陳海から電話がかかってきた。十三時の飛行機で北京に向かい、告発者と会って重要な証拠を掴み、腐敗賄賂防止総局の上司に直接報告に来ると言っていた。この時の興奮と激動は言い表せなかった。H省の反腐敗の闘いにおいて突破性のある進展が得られるかもしれない。慎重な陳海は十二分な自信がなければ、このような言い方は絶対にしないからだ。

「安心しろ。俺はこれから秦局長に会う。午後におまえとの約束を取り付けておくよ。夜は一緒に祝賀の酒でも飲もうか！」

興奮を抑えながら、陳海に言った。

「酒は次にとっておこう、俺は報告が終わったらすぐに帰る。不用意なことをして相手に先手を打たれるのだけは避けたい……」

ここで通話がぶつっと切れた。

その後どんなに電話をかけても、陳海からの応答がなかった。

後になってわかったことだが、侯亮平と陳海が電話をしている最中、横断歩道を渡っていた陳海に一台のトラックが赤信号にもかかわらず突っ込んできた。陳海はボンネットにぶつかり、飛ばされた。陳海のバッグは緑地帯の草むらまで飛び、道路の中央には鮮やかな血が溜まった。変形した携帯がそこに浸っていた。京州からの情報では、あれは泥酔した運転手が起こした交通事故だったらしい。運転手は車の外に引きずりだされた時もまだ酒の匂いがぷんぷんしており、立っていられないほどの状態だったという。救い難いほどの酒飲みらしく、過去にも一度、飲酒運転で二年の懲役判決を言い渡されたことがあったそうだ。今回は早朝に酒を飲んだのではなく、前日夜中〇時まで二人で、二鍋頭酒を三本空けたらしい。早朝、二日酔いでまだ酔いが覚めていないなか車を走らせ、何本もの道路で事故を起こした。

これは単なる交通事故じゃない。陳海は成功目前にして失敗した。戦友である俺だけが、陳海がこの巨大な真相とどれほど近かったかを知っている。もしかしたら、すでにとても近いところまで来ていたのかもしれない。そうでなければ、あのような災難に遭うことはなかっただろう。陳海の口封じのために、誰かが命を狙ったのだ。侯亮平の心は血を流していた。火炙りされているように胸が痛む。陳海と仲良くしていた時の様子が目の前に不意に現れ、悲しみが襲ってきた……。

この日の午後、感情を必死に抑え、鬱々としたまま、秦局長のオフィスへと足を運んだ。オフィスのドアを閉め、沈んだ顔で一言発した。

「秦局長、陳海は誰かに命を狙われたんです！」

秦局長がお茶を淹れてくれた。侯亮平の気持ちを理解しているそぶりを見せた。

「季昌明検察長が交通管理部門で事故に関する資料を調べたが、何の疑問も見つからなかったそうだ」

秦局長は落ち着いて説明した。

「今は季昌明ですらも疑わしいです！」

侯亮平は悪態をつき、考えないでものを言った。

「おい、亮平。自分の発言には責任を持て！」

秦局長は厳しく注意した。

侯亮平は気持ちを落ち着かせ、状況を分析した。この奇怪な交通事故が起きた時、自分は陳海と電話をしていて、事件の報告が終わったら、先手を打たれたくないからすぐ京州に戻ると言っていたことを秦局長に伝えた。先手を打たれてしまったようだ。

「陳海の父、陳岩石が季昌明の調査に協力しているが、何もわかっていない」

秦局長は考えながら言った。

侯亮平は思った。Ｈ省と京州市の状況は複雑で、腐敗賄賂防止局長の陳海は、自分の命を狙われる程の真相に近づいていた可能性がある。大風工場の社長が陳海に告発し、今はその蔡成功すらも失踪している。京州、ないしはＨ省の問題は深刻だとさまざまな事実が物語っている。

秦局長はオフィスの中を歩き回りながら、何かを考えている。

「陳海が命を狙われたと言い切れるか？」

「はい、あれはただの交通事故ではありません。狙われたんです！確実な証拠を掴むために告発者と会うと言っていました。事態が深刻なため、北京まで報告に来ようとしていたんです！秦局長、趙徳漢の事件はもう十分ですよね？丁義珍の逃走と『九・一六』大火災、そして陳海殺害事件を捜査するためにＨ省に行かせてください！」

侯亮平は口調を強めた。

秦局長は椅子に座ったまましばらく考え、頭をあげた。

「なぁ、亮平。もしおまえをH省検察院に派遣すると言ったら、引き受けるか？陳海の代わりに臨時で腐敗賄賂防止局長代理になるつもりはあるか？」

侯亮平は驚いた。

「秦局長、そ……それは考えていませんでした！」

「ならば、考えろ！陳海殺害について調べるのは簡単ではない。どう捜査するつもりだ。捜査の理由は？調べて真相を突き止められるか？京州市のあの副市長が検察院の目を盗んで逃走したんだ。簡単にはいかないぞ」

「わかってます。こっそりと、手がかりをたどって、真相を究明するんですよね？」

侯亮平は目を輝かせた。

「そうだ！陳海は重症で、昏睡状態だ。医師の診断では、命に別状はないが、植物状態になる可能性が高いそうだ。丁義珍の事件で状況をよく知っている人間を必ず捕まえるんだ。局長代理を務め、冷静に敵と真っ向からぶつかり合え！」

「秦局長、では組織の配属命令を待ちます。いつでもH省に着任できるよう準備しておきます」

その日の夜、陳海の夢を見た。幼い顔でこっちを向いている。その目は疑問と、悲しみで満ち、血まみれだ。「サル、どうしよう？」と聞くように、両手を広げている。侯亮平は、はっと目を覚まし、本能的に叫んだ。

「海、焦るな。俺が助けに行くからな！」

寝返りを打ち、起き上がった。窓から朝日が差し込む。顔一面に涙が溢れ、襟を湿らせていく……。

十一

高育良の住宅は省委員会官舎第三区にある。ここは副省長級以上の幹部専用の住宅地だ。省委員会住宅地の東北にある。独立した封鎖的な場所で、専属の守衛が厳重に警備している。神秘的で優雅な異国情緒ある一軒家に緑が映える。高育良が住んでいるのは、二階建て、半地下室のイギリス式の建物だ。赤色の瓦が用いられた急な屋根勾配は融雪に役立つ。長い煙突が応接間の暖炉から伸びている。長方形や半楕円形、小さい丸形などいろんな窓がある。玄関には樹齢百年のクスノキが植えてある。樹冠は生い茂り、通路の半分を遮っている。昔、宣教師がこの家を建てただとか、ユダヤ人商人が建てただとか言われていて、とにかく歴史的背景があるのだ。何度目かの統治政権の交代の時、ここはずっと大物人物の官邸だったらしい。高育良が住み始めたあと、家の前に一畝(ムー)[1]ほどの小さい庭園が造られた。素晴らしい見どころになった。この教授職出身の幹部が園芸を非凡な趣味にしているとは誰も考えつかない。空いた時間はいつも庭にしゃがみ、草花をいじっている。植物学専門家にも特別に来てもらい、指導してもらうこともある。これには弟子たちも感心していたが、先生がどうしてこの生活を好んでいるのか、理解できる者はいなかった。

今日は友人からもらった黄山松を植木鉢に移す。スポーツウェアに、ナイキのスポーツシューズを履き、矍鑠(かくしゃく)としている。黄山松を植え、頭を傾けて観察し、右手のハサミで余分な枝を剪定する。高育良

1　一畝(ムー)は六六六・七平方メートル。

は満足そうにフンフンと鼻を鳴らしている。省委員会副書記兼政法委員会書記として、以前から侯亮平が腐敗賄賂防止局長になるという情報は耳に入っていた。省委員会常務委員会が開かれた数日後、沙瑞金が最高検から特殊な使命を背負い、重大な事件の手がかりを持って派遣される人がいると知らされた。もう一度聞いて、やはり侯亮平のことだと気づいた。

「また私の教え子ですか。また政法派だと非難されますね。瑞金さん、侯亮平が来たら、私といわゆる政法派とは何も関係ないと証明してくださいね！」

高育良は笑った。

「おや、育良さん。もしかして教え子が全国各地にいるんですか……」

沙瑞金は不思議がった。

高育良は言葉にはできないすっきりした気分だった。侯亮平が特殊な任命を背負い、重大な案件の手がかりを握っている。何の使命だ。反腐敗だ！なんの手がかりだ。「九・一六」事件のか？丁義珍の逃亡？どっちにしても問題は深刻だ。北京最高検がこんなにも重要視しているのだ。有力な李達康書記は、おそらく身を隠したがっているところだろう。京州であんなに事件が起こっている。地に足をつけたままでいられるだろうか。少なくとも省長就任の噂は結局噂で、このような噂は人を苦しめる。高育良は経験したことがあるからわかる。

高育良は玄関ロビーにある籐椅子に腰掛け、目を細めた。そして紫砂壺で淹れたお茶に口をつけた。教え子のことを考えているとちょうど電話が来た。高育良は喜んだ。さすが俺の教え子だ。まだ北京にいるのに先に報告の電話をかけてくる。

「先生、ご報告があります！」

「もう知ってるよ。亮平、早く来い。おまえのことは瑞金さんと話した」

「高先生、明日最高検の指導者と任務交代についての話がありますので、明日の夜頃の到着になるかと。それから、先生に報告したい緊急の用件があります。助けてください！」

「どうした？亮平、話してみろ。あと、公務なら先生と呼ばないように」

「はい、高書記。高書記は省委員会副書記でもあり政法委員会書記です。重要な告発者を保護していただけませんか？京州大風工場の蔡成功社長です。市公安局の警察が逮捕しようとしています。蔡成功は今、京州の都市と農村の境にある養鶏場にいるそうです」

「市公安局はなぜ蔡成功を逮捕しようとしてるんだ。どういう状況だ？」

高育良は驚いた。

侯亮平は少し悩んだ。

「蔡成功が、欧陽菁が賄賂を受け取っていると告発しました」

高育良もしばらく躊躇したのち、口を開いた。

「わかった、亮平。公安庁に手配させよう……」

電話を置いて、椅子の背にもたれ、目を閉じた。いろんな考えが次々と浮かんできた。

侯亮平が睨んだのはなんと李達康の妻、欧陽菁だった。もしかしてこれが重大な案件の手がかりか？李達康と市公安局が急いで蔡成功を逮捕しようとしているのは、表向きは「九・一六」大火災の責任者の捜査だが、おそらく蔡成功を口止めしようとしているのかもしれない。侯亮平は本当にすごいやつだ。着任前にもかかわらず北京から遠隔で指揮をとり始めている。蔡成功が京州の市街地と農村の中間にある養鶏場に隠れていることも知っている。どういうことだ。蔡成功とずっと連絡を取り合っていたのか。

それとも……。

その時、祁同偉が茅台酒を二本提げ、訪ねてきた。週末になるといつも遊びに来る。そうやって先生の機嫌を取って、秘密を探ろうとするのだ。高育良は隣の籐椅子を指差し、祁同偉を座らせた。

「いい時に来てくれた。頼みがあるんだ！」

高育良は顔色一つ変えず保護任務の指示をした。

祁同偉は先生の指示を聞いて驚いた。

「え？蔡成功を保護するんですか？先生、蔡成功は李達康の妻、欧陽菁を告発したんですよね？それでも保護するんですか？余計なことをして問題が起きてしまいませんか？李達康は省委員会常務委員です。先生、ちゃんと考えてください！」

高育良は表情を曇らせ、学生を説教し始めた。

「何を考えるんだ。法律の特権は超えていない。おまえはいつも自分の損得ばかり考えて、李達康の一票を気にかけている。この一票のためなら、党派性原則は必要ないというのか？沙書記は幹部重用を中止している。しばらくは昇任のことを考えるな！現状はとても複雑だ。微妙とも言える。わかるか？公安庁長としておまえはこの告発者を保護しなければいけない。そして明日、その告発者を省検察院腐敗賄賂防止局長の侯亮平に引き渡すんだ」

「侯亮平がH省の腐敗賄賂防止局長に？もしかして先生の提案ですか？」

祁同偉は驚いている。

高育良は手を左右に振った。

「そんなわけないだろう。私が結託しようとしてるとでも思ってるのか？この件に関してはあまり聞くな。後々わかる。とにかく、任せた仕事をしっかり実行してくれ。もう一度言うが、蔡成功を李達康と京州公安局に絶対に引き渡すな！」

命令は絶対だ。教え子兼部下は何も言えない。茅台酒を飲む暇もなく、祁同偉は先生兼上司に姿勢を正して敬礼をし、足早に蔡成功保護を手配しに向かった。

養鶏場の入り口に隠れ、あたりを見渡す。イタチハギが蔡成功の姿を隠してくれている。養鶏場の社長は従兄弟で、止むを得ず頼った。中山北路の公衆電話で陳海を待っている時、捕まりかけた。この通話がおそらく市の公安局に探知されていたのだろう。幸いにもこういうことには慣れていた。公衆電話の向かいにある上島珈琲から、警察パトカーを見て駆け出してきた。このせいで陳海とはすれ違ってしまったが。今はまた侯亮平の指示を守り、保護されるのを待っている。内心、いまだに前回のような緊張感がある。いや、前回よりも一層緊張している。

逃亡中の蔡成功は一回り痩せこけ、ひげは伸び、憔悴しきっている。鼻の横にある大きなほくろがせわしなくヒクヒクしている。こんな日々にはもう耐えられない。耐えられなくても耐えなければならない。この事件には命がかかっている。罪を犯した大物人物は遊んでいるんじゃない。李達康に捕まれば、留置所で不審な死を遂げることになる。さっきの車を見たらわかる。秋風に吹かれながらイタチハギに隠れ、泣きそうになりながら、人生がここまで落ちたことを嘆き悲しんだ。

遠くからパトカーのサイレンが聞こえてきた。蔡成功は見つからないよう祈った。だが、侯亮平が送り込んだ人間が自分を見つけ出せないのではないかと気になり、できるだけ茂みから頭を出してみた。パトカーが一台、養鶏場の入り口に止まった。私服警官が数人、写真を持って車から降り、あたりを捜索している。蔡成功は、リスクは小さいと判断し出て行った。

「蔡成功さんですね？」

　私服警官が近づいてきた。

　蔡成功は少し警戒しながら相手を見た。

「あなたは？」

「あなたの北京の友人からあなたを保護するよう電話がありました。早く行きましょう！」

　助かった。養鶏場の社長である従兄弟に声もかけず、鶏のフンの匂いをまとったまま、喜んで車に乗り込んだ。

　その時、ふと何かが違うと感じて、車を降りようとした。しかし、大柄な私服警官に紐で縛り上げられた。綺麗なステンレス製の手錠がきらっと輝き、一瞬で腕に手錠がかけられた。車のドアが閉まり、パトカーが急発進した。蔡成功は絶望した。


　市公安局警察は蔡成功よりも絶望していた。一歩遅かった。目の前で省公安庁のパトカーに蔡成功を連れて行かれてしまった。一体どういうことだ。どうして同じ容疑者を捕まえるんだ。

　趙東来市公安局長は李達康にこの一連の出来事を報告した。市委員会書記は、何日も蔡成功を見つけられなかったのは市公安局警察が役に立たないせいだと激怒した。蔡成功は工員たちに工場を占拠するよう煽ったうえに、ガソリンを使って事件を起こすよう命令した。そして死者三名、負傷者十数名を出した。重大安全責任事故罪と危険方法危害公共安全罪の容疑がかかっている。趙東来は弁解せず、じっと説教を聞いていた。李達康が少し落ち着くのを待ち、自分の考えを述べた。

「この件はどうもおかしいと思います。省公安庁はどうして市公安局に声もかけず、目の前で蔡成功を連れていったのでしょうか。蔡成功の電話を傍受して、中山北路の公衆電話まで急ぎましたが、無駄足でした。しかしそこで腐敗賄賂防止局長の陳海と陸亦可に会ったんです。二人は上島珈琲店から何事もなかったかのように出てきました。これはただの偶然でしょうか。どういう理由かはわかりませんが、蔡成功に興味を抱いている人がかなりいるようです」

李達康はタバコを一本取り出し、静かに火を点けた。趙東来は李達康が公安局長に登用したのだ。だから趙東来の前だと気楽に、好きにタバコを吸える。オフィスは静かだ。李達康は表情を曇らせ、考える。眉間には川の字が深く刻みこまれている。窓から伸びる太陽の光が李達康の頬を照らす。まるで舞台上のスポットライトのようだ。

「東来、君たちの中に蔡成功が省庁の人間に連れて行かれたのか、それとも省の私服警官に捕まったのかわかるやつはいないのか？」

「李書記、それは私にもよくわかりません。判断しにくいです。ですが彼らはみな私服でした。おそらく通常の任務ではないのでしょう。私は連行されたのだと思います」

「ということは、祁同偉が横取りしたということか？」

李達康は半分まで吸ったタバコを灰皿に抑えつけた。

「東来、すぐに祁同偉に連絡してくれ。『九・一六』は京州市で起きた重大事件だ。そして蔡成功はその犯罪容疑者だ。この件の管轄権は京州市公安局が握っている。規則に従って仕事を進めるように！」

市委員会書記の手強さに部下は奮い立った。趙東来は立ち上がって敬礼をし、慌ただしく去っていった。

十二

侯亮平はわざわざ高鉄でH省へ着任に向かった。飛ぶように過ぎ去った日々がひと段落した気がした。今後は、仕事の規模が全国から省へと縮小する。ということは、移動手段も飛行機から汽車へと変えなければならない。それはそれで良かった。雷警報など天気を気にする必要もなくなった。汽車は高速で走るが、平穏で、静かだ。それに、こんなに早く走るとも思ってなかった。田んぼや林、川、村が後ろに飛ぶようにかすめていき、かなりの速度で走っていることを物語っている。そしてすぐに高層ビルが現れる。現在の中国の都市密集度に驚かされる。無数のコンクリートジャングルが、果てしなく広がる荒野を細かく切り分けている。普段気にしていなかった真実がこの速度によって顕著に表されている。平穏を取り繕っているが、侯亮平の気持ちは疾駆する「和諧号(わかいごう)」[1]のように、少しも落ち着いてなどいなかった。陳海の危険な状態に怒り悲しんだ。今回京州に行って法を以って黒幕の犯人を必ず取り締まる。だが、丁義珍の逃亡から「九・一六」大火災まで、H省の腐敗状況は楽観視できないほど悲惨で、激戦になるだろうと検察官の勘が働いている。

今のところ滑り出しは順調だ。重要な告発者である蔡成功がやっと祁同偉に保護され、侯亮平は安堵した。祁同偉との電話で、何度も感謝を述べ、飲みに行こうと誘った。

1 中国国鉄が運営する高速鉄道向け車両の愛称。

「おごってくれなくていいよ。俺が新腐敗賄賂防止局長をおもてなししよう！明日店に来てくれ」

「明日はたぶん無理だな。陳海の見舞いに行かないと。あと組織部とも話し合いがある。また別の日にしよう」

祁同偉もそれ以上は何も言わなかった。そのまま電話で、明日の午前中に蔡成功を省検察院へと引き渡し、自分自身で幼馴染を取り調べると祁同偉と取り決めた。祁同偉は、何も問題ないと誓った。

陳海はＩＣＵ（集中治療室）のベッドに寝ていた。頭にはガーゼが巻かれ、体にはさまざまなチューブが繋がっている。両目はきつく閉じられており、顔色は黄色く、呼吸していないみたいだ。侯亮平は見ていて辛くなり、涙がこぼれた。その時、省委員会での面談のため、季昌明検察長の迎えの車が到着した。省委員会書記の沙瑞金はオフィスで待っているそうだ。

侯亮平は想定していなかっただけに、季昌明の冗談だと思った。しかし、季昌明は省の幹部が着任するとき面談するのは普通だと真面目に言った。

「省委員会書記のような階級の方ならば、組織部の副部長や部務委員に面談させればいいのに。沙瑞金書記のような封疆大臣が、ましてこんな遅くまで」

「そうだな、省委員会書記自らが面談するのは確かに普通じゃない。常務委員会を開いたばかりでな、新しい省委員会は清廉政治と反腐敗運動の業務を重視しているんだ！」

季昌明は意味深長に言った。

乗用車は色鮮やかな街を走り、省委員会へと向かった。

「陳海が倒れ、変わりに君がやってきた。政法派のスリートップはやっぱり精鋭だな！」

季昌明はしきりに感嘆した。

「季検察長、それはどういう意味ですか？スリートップって何ですか？」

侯亮平は理解できなかった。

季昌明は何も言わず、窓の外を見据えている。何を言っていいのかわからない。

侯亮平と季昌明はお互いよく知っているが、深く理解しているわけではない。省検察院まで出張に来たのは陳海に会いに来るためで、それが実務と一致した。それに同級生でもある。省検察院の季検察長は経験豊富、かつ冷静で、無責任なことは言わない印象だ。将来一緒に働くことを考え、はっきり言っておいたほうがいいこともあると思った。侯亮平は季昌明にスリートップのことをはっきり説明してもらおうとした。

どうも無理難題のようだった。しばらく無言を貫いた後、季昌明は笑って平然と告げた。

「本省の幹部陣の歴史と実際の状況は複雑なんだ。君は派閥に属していて、俺は一人。H省政法関連部署のうち、重要な部署の幹部は基本的にH大学政法系の出身だ。中国政法大学や国内の他大学の政法系卒業生より、H大学政法系卒業生が歓迎されている。だから、蔣介石（しょうかいせき）は当時黄埔（こうほ）軍官学校[1]で黄埔系を作ったと言われている。高育良は政法系で、教え子は全国にたくさんいるだろう」

「ならば、早く先生のところに挨拶に行かないといけませんね」

侯亮平は自嘲した。少し間を空け、冗談交じりに季昌明に聞いた。

「あの、季検察長はどの派閥に？」

「派閥はない。だからあまり必要とされていない」

1　中国国民党が広州近郊の黄埔に設立した陸軍士官養成を目的とする学校。

季昌明は苦笑いした。

「ならよかった。仲間がいました」

侯亮平は笑った。

「亮平、違うぞ。君は政法派だ！」

季昌明は首を振って笑った。

「季検察長、私はスリートップでもなければ、政法派にも属していません。信じてください。私は人ではなく、事件と向き合います」

侯亮平は真面目に態度を示した。

季昌明は注意深く侯亮平の目をじっと見て、急に手を伸ばし、きつく握手を交わした。

車が省委員会一号棟の前に止まり、侯亮平と季昌明は車を降りた。白い街路灯が何本もの背の高いハクモクレンを照らしている。敷地内は静まりかえっている。階段横には一対の獅子が置かれている。ここは省委員会機関の中枢で、沙瑞金書記の仕事場だ。常務委員会の会議室もこの建物の中にある。この建物の外見はいたって普通で、暗紅色のざらざらしたレンガ壁で、屋根は斜めになっているタイプの建物だ。一九五〇年代の蘇州式の建築物のようだ。しかし、H省の幹部の目には、権力を握った王者のように、素朴さの中に威厳が隠れているように見える。ここでめぐらされた策略はH省に住む六千万人の人民の仕事と生活を左右する。

侯亮平と季昌明は階段を登った。沙瑞金の秘書である白課長が入り口まで迎えに来て、広い応接間へと案内してくれた。白課長は二人に水を注ぎ、沙書記は今新任の省規律検査委員会の田国富書記と話しているため少し待つよう伝えた。

待ち始めてかれこれ一時間以上が過ぎた。

「最近新しく着任したのは省委員会書記、規律検査委員会書記、そして腐敗賄賂防止局長の君だ。H省は本当に変わろうとしている」

季昌明は感じた。

規律検査委員会新書記を見送った沙瑞金がニコニコしながら入ってきた。敬意を表し、二人と握手した。季昌明が侯亮平を紹介すると、沙瑞金はしげしげと侯亮平見て、からかった。

「存じ上げていますよ、最高検腐敗賄賂防止総局が盛大に送り出した青年俊才だ！」

侯亮平は不安そうにおどおどしている。沙瑞金は季昌明と侯亮平にソファに座るように手で促し、自分は向かいに腰を下ろした。

沙瑞金は気ままに口を開いた。

「私は着任して今日で二十八日だ。まだそんなに長くない。つい先日、各市や県の視察を行い、現状の把握に努めた。調査なしでは発言する権利もないからね」

季昌明と侯亮平は頷きながら、メモ帳を取り出し、メモする準備をした。

沙瑞金は手を振った。

「今日の話はメモを取る必要はない。覚えておくだけで十分だ。調査の結果は楽観的なものじゃなく、幹部陣が悲惨な状況であることは素直に認める。これでは民衆は納得も、喜びもしない！それに、このたった二十八日の間に、京州光明湖畔で大火災まで起こってしまった。悪名高く広く知られることになった『九・一六』事件が」

「あの夜、私は昆明であの動画を見ました」

侯亮平が口を挟んだ。

「悪い評判が広がっているということだ！そして腐敗していた副市長にも逃げられた。洗礼だな！いいだろう、私も遠慮しない。ありのままますべてを受け入れよう……」

沙瑞金はソファの肘掛をポンポン叩いた。

省委員会幹部は自由気ままに話す。それが余計に親近感と信頼感を感じさせる。侯亮平は暇な時間に武侠小説を読むのが好きだ。沙書記は出世するタイプの人格者で、そのような人にかかれば、一本の枝も無敵な武器と化する。それに、この幹部の話から、侯亮平と沙書記は同じタイプの人間で、同じ概念を持っていると読み取れた。

一方で、季昌明は明らかに冷遇を受けている。侯亮平は少し不安を感じた。沙瑞金は話を続け、本題に入った。

「最高検の幹部と相談して腐敗賄賂防止局長代理を派遣することにした。書記も感謝している。代理じゃなくて、ぜひ局長になってもらいたい！」

侯亮平はここでやっとわかった。面識も、何の交流もなかったこの省検察院の指導者がこの着任を承認してくれたのだ。胸が熱くなった。内部の暗黙の規定では、腐敗賄賂防止総局捜査課長が省の局長代理を務めるのは例外だ。まして局長兼検察院党組[1]のメンバーなど、もってのほかだ。

「亮平くん、私は今日省委員を代表して省検察院での勤務を心から歓迎する」

沙瑞金は重々しく言った。

1　党組は、国家機関などに設けられる中国共産党の政治的指導機関である。

「ありがとうございます！」

侯亮平は感動して、つい立ちあがった。

「座って。亮平くん、座って」

沙瑞金は手を振って座らせた。

ここで沙瑞金はやっと季昌明の存在に気づき、季昌明を話に交えた。省委員会書記は検察長と腐敗賄賂防止局長に二言、三言告げた。

――一つ、反腐敗運動の対象に上限を設けない。つまり、腐敗問題に関しては誰であっても、どの階級の幹部であっても、徹底的に調べあげる。権限を超えた時は省委員会に報告し、中央に調査を行うよう要請する。

季昌明と侯亮平はメモ帳を取り出し記録した。沙瑞金は、今度は止めなかった。

――二つ、下限も設けない。トラを退治し、ハエを駆除する。[1] ハエ叩きはずっとするが、弊害を広め、社会の風潮に影響を与える。だからこれに下限はない。

――三つ目、腐敗犯罪の現行犯逮捕を強化し、歴史的問題と不正貯蓄も見過ごさない。汚職に手を染めている幹部を徹底して調べあげる。確かな証拠を掴み、法律に従って追求する。この件に安全着陸はない。誰であっても、どの派閥の長であっても。

侯亮平は心が震えた。ここに来る途中に季昌明から聞いた話を思い出した。沙瑞金の二十八日間に及ぶ調査は無駄ではなく、H省官界の派閥、役人の現状に対してすでに何か考えがあるようだ。自分でも

1　トラ（党・政府高官）、ハエ（一般党員・公務員）の腐敗を取り締まること。

この問題には注意している。H大学政法系の先生や卒業生と仕事をするときは私欲を挟まないように気をつけてきた。今後も、絶対に政治的ミスを犯さないように気をつけなければいけない。

面談が終わった時には夜の十一時を過ぎていた。侯亮平は省検察院の招待所の柔らかいベッドで長い間眠れずにいた。目の前にずっと沙瑞金の姿が浮かび上がっている。あの丸くてぽっちゃりした顔、聡明でしっかりした目は安定感を与え、頼り甲斐がある。だが、面談中にも憂慮が現れていた。沙瑞金が本省幹部陣の現状に不満を抱いているのは明らかだ。沙瑞金が侯亮平に会ったのは異例だ。省委員会を代表しての面談は、仕事に対する支持と期待を表しているだけでなく、もしかしたら強烈な政治信号で、腐敗幹部を怯えさせるものかもしれない。沙瑞金省委員会書記はもしかしたら自分の手の内には今、侯亮平という利剣があることを知らせたいのかもしれない。仲間の支持があれば、この仕事はうまくいく。

蔡成功の驚き、慌てふためいた顔が暗闇の中からぱっと現れた。あいつは証拠をどのくらい握っているのだろうか。李達康の妻欧陽菁が二百万元の賄賂を受け取ったと言っていたが、信頼してもいいのだろうか。李達康は一般人じゃない。京州市委員会書記でもあり省委員会常務委員だ。真剣を李達康に向ければ、本省政界に爆弾を投げることになる。陳海の交通事故はこれと関係があるのかもしれない。蔡成功は今公安庁の招待所で保護されている。手がかりを掴んで、京州のこの悲惨な混乱ぶりを収集し、鮮やかな闘いを繰り広げたい。

十三

祁同偉には良い生活習慣がある。毎日六時半に起床し、決まった時間にジムに行く。いろんな種類の器具で一通り身体を鍛える。七時二十分にトレーニングを終え、冷たいシャワーを浴びる。隣のレストランで朝食を食べ、迎えに来たアウディに乗って公安庁へ出勤する。こんな朝早くにジムに行くのは不思議だ。でも、この時間しかトレーニングする時間を確保できないのだ。公安庁長は、昼間は時間がなく、夜は接待、もしくは会議がある。残業で事件の対応をしなければいけない時もある。だから早朝にトレーニングを行うのだ。友人がジムの社長だったので、特別にジムを開けてくれている。朝、専属の美人トレーナーが門を開けて迎え入れる。そして指導してくれたり、一緒にトレーニングをする。

長い間鍛えているおかげで、祁同偉の体格は同年代よりも良い。見事なシックスパックに、腕、太も、臀部の筋肉はスポーツ選手のように発達している。美人トレーナーが傍で褒めてくれるから、誇らしくなる。これこそが成功した中年男性の手本だ——健康的な身体、強い権力、崇高な地位が合わさって、人生はこんなにも完璧なのかと感じる。

今日、祁同偉がバーベルを挙げると、軽く感じた。力を使わなくても持ち上がった。李達康のいらいらした様子を見て、思い出し笑いをせずにはいられない。有力な書記の化けの皮がついに剥がれたな。この状況から逃げ出すのは相当難しいだろう。頼みの綱だった丁義珍には逃げられ、妻は蔡成功から賄賂を受け取っていたことがわかった。その蔡成功は今祁同偉が保護している。わかる人が見れば、完璧な証拠がすべて揃っている。京州で起こった深刻な腐敗事件を実証する証拠がある。関係者を匿っているのは誰だ。李達康市委員会書記にちがいない。面倒なことに一切かかわらず自分の保身だけ考えているのだろうか。ありえない。だから趙東来市公安局長に蔡成功を捕まえさせたんだ。

祁同偉は李達康に複雑な感情を抱いている。祁同偉は省委員会常務委員の力を借りて副省長に上りつめたいと思っているが、一方で李達康の瓦解を心から望んでいる。事実、李達康の力を必ずしも借りれるとは限らない。この間の省委員会常務委員会議で、李達康は意外にも先生兼上司である高育良の前で、墓前で泣いたあの出来事を告げ口して陥れようとしたのだ。実に忌々しい。先生が代わりに釈明してくれて助かった。幹部人事が凍結されたことからといって、昇任できないと決まったわけじゃない。

祁同偉は自分に野心があることを否定しない。野心とは向上心だ。ナポレオンの名言にこんな言葉がある。「将軍になりたくない兵士は兵士としてまだまだだ」野心と能力がある人間が現代社会に不足している。こう考えると、祁同偉は笑えなかった。むしろ後悔すらしていた。先生の言うことを聞かずに、サルのために蔡成功を保護しなければよかった。李達康との関係が悪くなるだけだ。今、省委員会常務委員の李達康と対立するわけにはいかない。庁長、まず考えろ。李常務委員の失脚が早いか、それとも次の幹部人事が先か。もっともよい利益を求める。こう考えると胸中が明るくなった。政治的利益があれば、たとえ李常務委員が先に失脚しても、最上の利益を得ることができるなら李常務委員を憎むこともない。一人前の男は不遇であればあるほど飛躍もするものだ。

そこで、祁同偉は中共H省委員会常務委員の李達康のために妥協してみることを決めた。出勤してすると、すぐに趙東来市公安局長に電話をかけた。

「蔡成功は公安庁の招待所に隠れている。省検察院が手配した。しかし内情はわからない」

続けて李達康の秘書に電話をかけた。省公安庁は絶対にいかなる犯罪分子の後ろ盾にもならない、誤解しないでくれ、と李書記に伝えてもらった。最後に、オフィスの主任を呼び、状況を大まかに説明して、指示した。

「もし省検察院が迎えに来たら、彼らに連れて行かせろ。もし市公安局が蔡成功を捕まえに来たら、逮捕させるんだ。もし同時に現れて、省検察院と市公安局の趙東来との間で対立が起こるだろうが、省公安庁の人間がそこに仲裁に入ることは許さない。この件は君に任せる」

携帯の電源を切ってオフィスから出て、自分は身を隠した。

このせいで、これからとてもめんどうなことが起こってしまうのだ……。


省公安庁招待所のメインビルの入り口に省検察院の大型パトカーが到着したのと同時に、招待所の裏門には、市公安局のパトカーが二台到着した。李達康は「九・一六」大火災の責任者である蔡成功を重要人物であると考えているので、趙東来公安局長は手を抜かず、自ら督戦しに来た。省検察院のチームを率いているのは陸亦可だ。背後で誰が仕組み、罠を掘っているのか知らないが、今回の任務は普段とは異なり、雲行きが奇妙であることは明確に感じていた。出発前、蔡成功は告発者であり重要な証人で、絶対に市公安局に渡すわけにはいかないと、侯亮平から説明を受けた。現状は芳しくない。市公安局のパトカーもすでに到着している。陸亦可はエレベーターに乗り、十二階で降りた。蔡成功の部屋の前まで足早に向かい、ドアの前で警護している公安庁の警官に身分証を提示し、中に入った。

蔡成功はベッドの上に座り、掛け布団をかぶっている。頭だけが見えていて、びくびくした老鼠のようにキョロキョロしている。陸亦可が部屋に入ると、蔡成功は窓の外を指さした。

「さっきから窓に張り付いてあなたたちが来るのを見ていました。入り口に市の警察がいるんだ。気づいていたか？」

話す時間がなかったので、険しい表情で早く行動するよう促した。

蔡成功は掛け布団を脱ぎ、ベッドから降りて靴を履いた。

「侯亮平に言われて来たんだよな?信頼していいんだよな……」

蔡成功はぶつぶつ呟いている。

雷が鳴っている。予想外の雷雨だ。陸亦可たちは雨を気にせず中庭を通り、大型パトカーに乗り込んだ。パトカーが正門にさしかかったところで、二台の公安パトカーに行く手を塞がれた。

陸亦可がパトカーから降りると、一人の警官が前に立ちはだかった。陸亦可が知る人だった。京州公安局の秦隊長だ。陸亦可が身分証を見せると、秦隊長も身分証を出し、互いに公務執行を公言した。双方とも少しも譲ろうとせず、互いに互いの理屈を口にする。秦隊長は陸亦可に市公安局の留置所で蔡成功の告発を聞くよう提案した。

「万が一、蔡成功が市公安局の留置所で寝ている時に、心臓病でも起きてしまったら?誰が責任を取るんですか?」

陸亦可は冷ややかに笑って続ける。

「告発者であり、重要証人の命が狙われて、口止めされるのを防ぐんです」

「その人は重大な安全責任事故罪、危険方法危害公共安全罪の容疑がかかっています。市公安局の重大な指名手配犯です。省検察院まで連れて行かせるわけにはいきません。陸課長、『九・一六』事件のこともちろん知ってますよね?死傷者をたくさん出し、社会へ悪い影響を与えました……」

秦隊長は言葉を選びながらも、はっきり告げた。

黒い雲が空いっぱいに広がり、あたりが薄暗くなり、日中が黄昏に変わった。雨脚がだんだん強くなり、水柱が勢い良く流れ、大空を突き刺す無数の穴のようだ。街に通行人の姿は見えない。こんな天気だと誰も外に出る気にならない。道路のあちこちに水しぶきが飛び跳ね、小さな妖精が楽しそうに踊っているみたいだ。その一方で、歩道の道端にある柳の木の枝や葉は枯れ、ばらばらと落ちている。悲惨な光景だ……。

公安局と検察院はどちらも対峙して譲らない。暴雨の中向かい合ってまっすぐ立つ様子は、目を奪うほどの奇妙な光景だ。陸亦可検察官の髪が雨で濡れ、顔に沿って小川のように雨が激しく流れ落ちる。秦警官も全身濡れ、盤石のように少しのゆるぎもなく検察パトカーの行く手を塞いでいる。双方とも自分の責任の重大さを理解しているので、一歩も退こうとしない。しかし、衝突を起こすことも、容疑者を連れ出すために派手にやりあうこともできない。どうしようもない。どちらも強情を張り続け、いつまでも雨に濡れた。

陸亦可は焦り、部下に何度も侯亮平に電話をかけさせ援護を求めた。

その時、侯亮平は季検察長のオフィスで話をしていた。こんな事態になるとは思ってなかった。

陸亦可の援護を求める電話を受け、侯亮平は急いで祁同偉に電話をかけたが、出なかった。オフィス主任によると、祁庁長は早朝から北京へ向かい、全国麻薬取締業務総括表彰会に参加していて、いつ帰ってくるかわからないそうだ。

「くそ！庁長には今日の午前中に引き取りに迎えに行くと話をしてあったのに。こんなことになるなんて、騙されたのか。同級生までも陥れようとするなんて、ろくでもないやつだ！」

侯亮平は電話を置き、祁同偉の悪口を言った。

「省公安庁は表立っておまえを阻んでいない。祁庁長が騙すわけがないだろ。隠れているだけだ。祁庁長はもしかしたら李達康と対立しようとしているのかもしれないな」

季昌明は淡白に言った。

「季検察長、変ですよ。李達康はなぜあそこまで蔡成功にこだわっているのでしょうか。もしかしたら蔡成功が告発した内容と何か関係があるのでは？」

侯亮平は眉間にしわをよせた。

「なぁ、亮平。蔡成功は電話で李達康の妻が賄賂を受け取ったとはっきり言ったんだよな？」

「証拠として電話の録音が残っています。季検察長、聞いてください」

侯亮平はすぐに携帯を取り出した。

携帯から蔡成功の声がはっきりと聞こえてきた。

季昌明は聞き終わると、窓際までゆっくり歩き、考え込んだ。しばらくして、侯亮平に考え方を変えるようにアドバイスした。

「もし李達康の妻が本当に事件に関与していて、それが理由で蔡成功を抑圧し、黙らせようとしているなら、さらなる捜査のためにチャンスを与えてもいいんじゃないか？」

「私もそう考えたことがありました。でもリスクが大きすぎます。万が一、蔡成功が殺されてしまったらどうするんです？蔡成功は幼馴染なんです。申し訳が立たない……」

侯亮平は認めた。

季昌明は片手を挙げた。

「おい、ちょっと待て、なんだって？蔡成功は幼馴染なのか？」

「そうです、小学校の時の……」

侯亮平は、はっと気付いて季昌明に尋ねた。

「季検察長、もしかして私はこの件に関わらないほうがいいですか？」

「あぁ。じゃなかったら、面倒な事になるぞ」

「わかりました。規定に従います。陸亦可一課長に任せましょう！」

その時、デスクに置いてある電話が鳴り、季昌明は送話器を取った。市公安局の趙東来局長が会いたいと、なんとすでに検察院まで来ているらしい。何を話そうとしているのだろうか。季昌明はオフィスに来させた。侯亮平はそれを聞いて驚いた。一歩一歩確実に追い詰められている。

「しっかり話し合おう。関係を悪化させたくない。趙東来は真面目なやつだ」

季昌明が告げた。

すぐに趙東来が入ってきた。季昌明を見るとまっすぐ敬礼をし、「元政治委員」と声をかけた。季昌明は京州市で公安局政治委員をしていたことがある。元政委と現局長は握手した。

「このような案件で、元政治委員に迷惑をかけてしまい、申し訳ありません。あるまじき事です」

趙東来は遠慮がちに言った。

「とんでもない、実は私も君に会いたいと思っていたんだ。お互い状況を報告しよう」

季昌明は侯亮平の方を向き、腐敗賄賂防止局の新局長を紹介した。

互いを見合い、警戒した。結局のところ、この二人は蔡成功を奪い合っている。趙東来からは強い情熱が感じられる。自ら手を伸ばし、侯亮平と握手を交わした。

「お名前はかねてより伺っています。北京のあの官僚の腐敗事件はあなたが暴いたそうですね。そのせいで私たちの副市長が逃げてしまった」

「丁義珍に逃げられて、京州の幹部たちは安堵しただろう」

侯亮平は遠回しに言った。

「そうかもしれないですね。しかし捕まらなければいけない人は捕まります。この件も遅かれ早かれ……」

趙東来は平然と言った。

季昌明検察長は本題に戻るよう提案した。まず侯亮平に検察側の意見を言わせた。さっき季昌明と話し合った妥協案を包み隠さず打ち明けた。

「公安局、検察庁、法院は仲間だ。争う必要などない。蔡成功の同行は諦め、腐敗賄賂防止局は省公安庁の招待所で事情聴取を行う。時間は二十四時間。二十四時間後、事情聴取が終わり次第、市の公安局に留置の手続きを頼むというのはどうだろうか」

趙東来はしばらく考え、同意を示した。

「趙局長、市委員会書記に聞かなくてもいいのか?」

侯亮平はわざと聞いた。

「その必要はありません。このように対峙しているのは得策ではありません。そちらの提案はもっともです。李書記もきっと理解してくれます」

趙東来は考えもせず言った。

この対立はこのようにして解決された。予想していたよりもはるかに簡単だった。侯亮平は安堵した。別れる時、趙東来の目をじっと見ながら、自分から手を伸ばし、握手をして感謝を述べた。侯亮平はこの若くて精鋭な公安局長に良い印象を持った。

これは蔡成功にとって良いニュースではなかった。蔡成功はまた招待所の部屋に戻された。人が変わったようにびくびくし、苛立っている。ベッドに座り、服が濡れていても構わず、掛け布団を引っ張り、きつくからだに巻きつけた。怯えた表情をした顔だけが出ている。きょろきょろとあたりを見渡し、周囲の物音に警戒している。李達康の部下がドアを塞いでいて、事態の深刻さがわかる。もし侯亮平が検察院まで助けだしてくれなかったら、たぶんもう終わりだ……。

蔡成功は侯亮平に会いたいと何度も要求した。

「侯局長はあなたの幼馴染ですので、この件にかかわることはできません」

陸亦可は根気強く説明した。

「なら、省検察院まで連れて行ってくれ。ここにいたくない」

「それはわかりますが、市公安局からの許可がおりません。他に方法はないんです」

陸亦可は面倒そうに言った。

蔡成功に、省公安庁の警官が用意した乾いた服に着替えさせた。陸亦可は時間を無駄にしたくなかったので、すぐに仕事を始めると蔡成功に伝えた。内心とても焦っていた。タイムリミットは二十四時間だ。

事情聴取は招待所五階の小さな会議室で行われた。録音と動画撮影機材を検察院から持ってきて、急いでセットした。蔡成功はビデオカメラのレンズを見て、正式に告発を始めた。

「最初は順調に思えた」

蔡成功は口を開いた。目は揺れ動き、心配事だらけのようだ。魂の抜けた、震えた声で続ける。

「詐欺だ。京州城市銀行と山水集団がグルになって俺の大風服装工場を崩壊させたんだ。高小琴に騙された。欧陽副頭取が高小琴を手助けして、私を騙したんです……」

陸亦可は、その詐欺に関与していた人物や、その手口などを具体的に説明させようと、優しい口調で促した。

蔡成功はそれには答えず、どうしても侯亮平に、幼馴染の局長に会って話したいと訴えた。陸亦可は蔡成功に水を渡し、気持ちを落ち着かせた。

紙コップを持つ蔡成功の手が震えている。どういう状況かわかっているのだろう。欧陽菁の事を話し終われば告発は終了。検察院から市公安局に引き渡され、李達康に捕まる。市公安局の留置所は李達康の支配下だ。李達康の妻を告発すれば留置所の人間に命令して、手をくだす事も簡単だ。この事情聴取を引き伸ばせば、検察院は告発供述を得られず、公安局に引き渡しはしないだろう。そしたら幼馴染に会えるかもしれない。蔡成功は幼馴染に会えること、転機が訪れることを信じた。

長年世間を渡り歩いたことで、蔡成功は優秀な俳優になっていた。急にマラリアにでもかかったかのように、全身を震えさせ、歯をカチカチ鳴らし、くっくっと音を立てた。

「お……俺が話さなきゃいけないことは全部電話で侯亮平局長に話した。だからあいつに聞いてくれ！ダメだ……もう無理だ……」

「どうしました？具合が悪いんですか？」

陸亦可はどうしたらよいかわからず慌てふためいている。

「脳震盪が……めまいが……少し寝かせてくれないか。頭痛が。頭が痛くて……」

蔡成功は頭や顔の汗を拭くが、ブルブル震えて汗が落ちる。

陸亦可はどうすることもできなかった。一緒に事情聴取をしていた捜査官の周正に、蔡成功を部屋まで連れていかせた。部屋に入ると、服を着たままベッドに倒れこみ、蔡成功は動かなくなった。壁の方を向き、目を大きく開けたまま考えごとをした。くたくたに疲れているからと周正に言い、すぐにいびきをかき始めた。

陸亦可は季昌明に電話をかけ、侯亮平に来てもらうよう提案した。季昌明は人に弱みをにぎられたくないと、きっぱりと断った。どうにかして引き続き事情聴取をするように言い放った。陸亦可は焦った。蔡成功は寝ているのに。どうしよう。時間が少しずつ失われる。二十四時間を無駄にできないのに!

季昌明はしばらく躊躇い、あいまいな言葉を残した。

「わかった、考える……」

食堂で昼食を食べながら、季昌明は侯亮平に聞いた。

「蔡成功はどういうやつだ」

「スタートラインに立った時点で負けていました。家庭は貧しく、早くに母を亡くしています。父は教養のない人で、棍棒で息子をしつけることしか知りませんでした。いつも私の宿題を丸写ししていて、卒業もギリギリでした。よく喧嘩もしてましたね。クラスの男子や上級生によく喧嘩を売っていましたが、いつも勝てずに、鼻水を拭いて逃げ出していました」

「つまり、理不尽で横暴なやつということか?」

「そうですね。もし私が出向かなければ、二十四時間といわず、蔡成功は二十四日間ベッドで寝てるかもしれないですね！」

「サル、おまえが行ってどうにかできるのか？」

季昌明は少し疑った。

「もちろんです。小さい頃から、このサルが蔡包子を手なづけていましたから。自信はあります！」

侯亮平は自信満々に言った。

「わかった、じゃあ行ってこい。この際どっちでもいい……」

季検察長はメニューを押しやった。


省公安庁の招待所についた時には午前中に降っていた秋雨も止み、空には虹がかかっている。秋雨後の虹は、都市部であまり見られない。たくさんの通行人が足を止めて眺めている。携帯で写真を撮っている若者もいる。虹は少しぼやけていて、七色をはっきり識別できないが、赤、青、黄、紫は目立っている。五色のカラフルな橋みたいで、美しく、心が安らぐ。

「長い間こんなものを見ていない。幼い時の記憶に少し覚えがあるくらいだ。あれは蔡包子と光明湖に魚釣りに行ったときか……」

侯亮平は空を仰ぎ、その虹を賞賛した。

「わかった、わかった。私がついてきたのは、疑われないようにするためだ。あとで重要な会議があるからな！」

季昌明が侯亮平を引っ張った。

侯亮平は名残惜しむように虹に別れを告げ、季検察長に続いて招待所の入口に向かった。

蔡成功は侯亮平を見ると、さっきまでの病気が嘘かのように、くるりとベッドから起き上がり、大きな声を出した。

「サル、来たのか！来てくれると思ってた！俺たちは幼馴染だからな！」

「俺たちは公務は公平に処理しなければいけないんだ、わかるだろ？」

侯亮平は顔を強張らせた。

「うん、うん、わかってる。もちろんだ」

蔡成功はすぐにおとなしくなった。

侯亮平はポリ袋を取り出した。中には検察院の食堂で買った肉まんが入っている。蔡成功に渡し、食べさせた。食べ終わったら事情聴取を行うと言った。蔡成功は遠慮せず、肉まんを掴んで食べ始めた。

蔡成功が「サル」と呼んだ。

「ここは家じゃない。告発の録画をしているとき、サルやら蔡包子なんか口にしてみろ。その時点で事情聴取は使えなくなるからな、覚えておけ」

侯亮平はすぐに叱責し、警告した。

昼食を食べ終わると、また小会議室へ戻った。蔡成功は人が変わったように、侯亮平と陸亦可に向き合い、心の中をすっかり打ち明けた——

蔡成功の話によると、大風工場の崩壊は京州城市銀行の融資停止が関わっている。決定権を握っていたのが融資を担当していた副頭取の欧陽菁だった。蔡成功は融資が必要なときは、欧陽菁に計四回、毎回五十万元が入ったカードを一枚渡した。全部でちょうど二百万元。毎年二月末か三月上旬で、具体的な日時ははっきり覚えていないそうだ。受け渡し場所は、最初の二回は欧陽菁のオフィスで、残り二回は欧陽菁の家だと言う。

「欧陽菁の家ってことは李達康市委員会書記の家か？」

　侯亮平が尋ねた。

　蔡成功はかぶりを振った。

「市委員会官舎のあの家じゃありません。帝豪園という別荘地区の家です」

「その帝豪園は京州ではとても有名な高級別荘地です」

　陸亦可は顔色一つ変えず、侯亮平に説明した。

　侯亮平も落ち着き払い、蔡成功に話を続けさせた。

　銀行カードは蔡成功の母、張桂蘭の名前を使っていたそうだ。毎回カードを送る時に欧陽菁にパスワードを教えた。欧陽菁はそのパスワードを入れて、ＡＴＭで現金を引き出す。もしくは、カード支払いのときに「張桂蘭」とサインする。蔡成功は明らかにこれまでの賄賂のことを細かく覚えていた。

「蔡成功、毎年融資を受ける代わりに賄賂を贈っていたのに、どうして欧陽菁は突然融資を停止したんだ。変だぞ」

　侯亮平は問題の核心をついた。

「そうなんです！侯局長、欧陽菁は五十万元よりも大きな利益が見込めると思ったから、驚くほど大きな利益があったから工場への融資を停止したのだと思います。あながち間違っていないはずです！」

　蔡成功は姿勢を正し、声を大きくして言った。

　この結論はみなを驚かせたが、侯亮平は顔色一つ変えなかった。

「推測じゃなくて、事実を話せ！」

「わかりました。事実はこうです。大風工場は高小琴の山水集団からブリッジローンという形で五千万元を借りていました。六日間の使用を取り付けたので、一日の利息は〇・四％。大風工場は会社の株主権を担保にしました。六日後、城市銀行の融資がまだ続いていたので、大風工場は山水集団の五千万のブリッジローンを期日どおりに返済できました。なので、その時は会社の株も安全でした。ですが、欧陽菁の気が突然変わり、約束していた八千万の融資をしてくれなかったんです。なので、山水集団から借りていたブリッジローンの返済金額が、五千万から六千万、七千万、八千万に膨れ上がっていきました。その半年後には、法院の質入れ協議により、質入していた株式を山水集団のものにする判決が下ったんです。そして大風は破滅への道を歩み始めました……」

蔡成功は話すうちにどんどん興奮した。座っていられなくなり、立ち上がって、録画しているビデオの画面から消えた。

侯亮平はすぐに抑えこんだ。

「蔡成功、落ち着け。座れ。座って話せ！欧陽菁副頭取は城市銀行の大風工場への融資を承認しなかったとしても、他の銀行があっただろう！工商銀行や中国銀行も。それから株式銀行だって、探せば銀行はたくさんあったはずだ」

「侯局長は京州の銀行の状況には詳しくないでしょう。四大国有銀行と株式銀行は私たち民間企業への融資は行っていません。長い間、融資をしてくれる銀行は京州城市銀行と省農村信用金庫だけでした」

蔡成功は落ち着きを取り戻してきた。

「では、どうして省農村信用銀行に融資を頼まなかったのですか？」

陸亦可が口を挟んだ。

「頼みましたよ。省農村信用金庫に六千万元の融資を申請しました。融資会議にはあがったそうなんです。でも、欧陽菁がその銀行に電話をかけて状況を確認したところ、リスク管理部門の許可が下りなかったので、融資はできないと言われたんです！」

蔡成功はがっかりした様子を見せる。

「本当に欧陽菁は電話したのか？」

侯亮平は蔡成功をじっと見た。

「本当です。省農村信用金庫の書記兼理事長である劉天河に電話をかけていました。信じられないのであれば劉理事に聞いてみてください……」

蔡成功はまたもさっきの自分の推測に戻り、力説を続ける。

「欧陽菁と山水集団は最初から大風工場の株を手に入れようと作戦を立てていたんです。その後、高小琴が工場区に突撃してきた。高小琴は工場の株も、土地も奪った。とうに光明湖再開発の計画を知っていたんですよ。今や大風工場の土地は地価の高い工業用地になりました！」

侯亮平は外見落ち着きを見せていたが、内心興奮していた。蔡成功のこの分析にも賛成だ。もし欧陽菁と高小琴が計略をはかっていたのなら、大風工場の株の謎も解ける。これは重大な突破口だ。「九一六」大火災の原因は、背後に隠れていたプロフィットチェーンだ。山水集団の手口が徐々に水面に浮かび上がってきた。侯亮平は水を注ぎ、蔡成功に飲ませてから話を続けさせた。

蔡成功は水を飲み、紙コップを置いた。侯亮平は工員の株保有状況とその株の質権について聞いた。

「株の権利を切り離すことはできず、融資は企業生産に使われる流動資金融資だったので、あの時すべて質権に設定されました。そうして、『九・一六』のあの夜、私は工場へ尤会計に小切手を渡しに行った時、この真相がわかっていない工員に殴られました。私と山水集団が手を組み、わざと利益を送ったと疑っていたんです。ひどい濡れ衣だ！」

蔡成功は説明を続ける。

「侯局長、陸課長、頼みがあります。京州市委員会書記の李達康の妻が二百万元の賄賂を受け取りました。これは重大な収賄罪です！お願いします。腐敗賄賂防止局で私を引き取ってください。逮捕してくれてもいい！いつでも捜査に協力します」

幼馴染は庇護を求めている。検察院は贈賄罪の容疑で逮捕できる。そうすれば、市公安局から、李達康の管轄から逃れられる。蔡成功は助けを求めている。大事な時までこの事実を報告せずに残しておく。もしかしたらこれが欧陽菁を告発した真の目的なのかもしれない。

侯亮平と陸亦可はお互いを見合った。

「申し訳ないですが、それはできません。あなたには他の刑事事件の嫌疑もかかっています。京州市公安局はずっとあなたを探していました。『九・一六』大火災の被害は深刻で、主要当事者として事情をはっきりと説明する必要があります」

陸亦可は首を振り、率先して態度を示した。

「省の検察院は告発を受けたからには、身の安全を含む一切を最後まで全うすると約束する。京州公安局の留置所には駐在の検察官がいる。検察官が細かく配慮するから……」

侯亮平は陸亦可の意見に賛同するように、蔡成功を慰めるように言った。

事前の約束の通り、事情聴取は終わった。検察院は蔡成功を市公安局に引き渡さなければいけない。

侯亮平と陸亦可は蔡成功を連れて小会議室から出て、一緒にエレベーターへ向かった。

侯亮平は悲しく、つらかった。小さい頃から一緒に遊んでいたから、蔡成功のことは何でもわかる。蔡成功のあの目はSOSを出している。気づかないわけがない。だが、権限は限られている。私情に流され、法を曲げて不正な行いなどできない。幼馴染が連れて行かれるのを見て、本当に行きたくないのだと感じた。本当に危険な場所があるのだろうか。このまま素知らぬ顔をしていていいのか。

その時、エレベーターが到着した。

「サル、この小さい命、おまえに預けたぞ！」

蔡成功が振り返り、突然叫んだ。

「おまえってやつはどうしようもないな！」

侯亮平はびっくりして足を止めた。

「サル……サル、じゃ……じゃあどうしたらよかったんだよ！」

蔡成功の目から涙があふれ出た。

「北京に来たあの日、どうしてもっと根拠ある本当の話をしなかったんだ。これを告発して、あれも告発して。詳細は何もはっきりさせず、どうせでたらめだろうと思ったんだよ！もしおまえがもっと早く言ってくれてれば、今日みたいに証拠を出してくれてたら、こんなことにならなかったかもな。陳海だって命を狙われるようなことなかったかもしれない！バカかおまえは！」

侯亮平は蔡成功を責めた。

「サル、俺だって人の恨みを買いたくなかったよ。まさかこんなことになるなんて」

蔡成功はとても後悔した。

「李達康は俺を見逃さない！こ……これは役人の圧迫に対する反抗だ。命がけの……」

エレベーターの入り口で、市公安局警官が数人待っていた。陸亦可は素早く侯亮平の洋服を引っ張った。もう蔡成功と話を続けないほうがいいということだと察した。

建物の下で趙東来を見て、侯亮平は考えた。話しておいたほうがいいことを言葉にした。

「趙局長、約束は守った。後は蔡成功を任せましたよ。それと、蔡成功は『九・一六』の夜、頭部にけがをしている。まず病院へ行って身体検査をし、その後拘留したほうがいい」

「いいでしょう。今夜はとりあえず光明区支局留置所に連れていきます。明日、検察院の人間を送ってください。蔡成功を公安医院に連れて行き、検査をしましょう」

趙東来は迷わずに対応した。

「趙局長、蔡成功は重大な職務犯罪事件の告発者だ。必ず身の安全を保障してくれ。予想外の出来事を避けるため、危険人物は誰も近づけないように。お願いします。私たちの駐在検察官も蔡成功の拘留状況と健康状態を随時抜き打ちで確認する。不愉快な事態が起こらないように頼みましたよ！」

侯亮平はやはりまだ心配だ。

「安心してください、侯局長。それは私と市公安局も同じです」

趙東来は笑顔を見せた。

ついに「九・一六」大火災の主要責任者である蔡成功が捕まり、警察に引き渡された。趙東来は任務を果たした。市委員会書記のオフィスに行き、簡単に要領をつかんで事態の経過を報告した。省の検察院との妥協案まで話すと、趙東来は書記を注意深く見た。書記は表情を顔に出さず、ただ黙ってタバコを吸っている。報告が終わると、李達康はすぐに帰らせる様子はなく、ひっそりと聞いてきた。

「どうだった？侯局長に会ったんだろう」

「はい、妥協案は侯亮平が提案したものです」

李達康はピクチャーウィンドウの前に立ち、考え込んだ。ガラスには心配でたまらない顔が写っている。

「どんな印象を持った？」

書記はゆっくりと振り返り、聞いた。

「素晴らしい人ですね。ですが、とても道理を重んじています」

趙東来は慎重に答えた。

十四

侯亮平は興奮していた。蔡成功の告発のおかげで事件全体の概況が明瞭になってきている――大風服装会社の十数億元ほどの価値がある土地は、山水集団に株を質権に設定されたことで、持って行かれた。そして瞬く間に大風工場は破産、山水集団は五、六億元を得た。これは普通か？明らかに普通ではない。利益を得たのは誰か。高小琴の山水集団だ。山水集団の背景、高小琴の来歴に関して詳しいことはわかっていない。だが、この美人社長についての噂はあらゆるところに満ち溢れている。例えば、高小琴は高育良の姪だとか。これは間違いなくでたらめだが、ネットではこの噂が濃厚だと言われている。何か裏がありそうだ。

それから数日間、高小琴と山水集団の歴史を細かく調査した。ほとんど濡れ手で粟だった。攻城略地（都市を攻め落とし土地を略奪する）。高小琴は人並みはずれた眼力を持っている。併呑された大風工場の状況とそっくり同じである。侯亮平は興味を持った。高小琴が商売の天才とでも言うのか。さらに興味深いことに、欧陽菁の京州城市銀行が融資を停止したことにより大風工場の株が高小琴のものになったのだ。欧陽菁は大物指導者の妻だ。利益供与関係にあるのだろうか。ここにはあの大物指導者も関わっているのだろうか。

陸亦可と捜査一課の警官に蔡成功が告発した賄賂の事実——欧陽菁が受け取った計四枚、二百万元の銀行カードを調べさせた。この捜査は困難を極めるだろう。一枚目のカードは四年前のものだ。証拠を探し出すのはとても難しいだろう。しかし、そのうちの一枚を調べあげることができたら、こっちの勝ちだ。軽率な行動で相手に警戒心を起こさせないよう、今は欧陽菁と接触することは考えないでおこう。ただ密かに捜査するだけだ。

美人社長の高小琴については、直接的な証拠はまだ掴めていない。ビジネスの点からすると、高小琴の行為は合法だ。疑問はただの疑問で、検察院腐敗賄賂防止局が高小琴を捜査する理由は今のところない。もちろん、友人という身分としてなら接触可能だ。

祁同偉のおかげでその高小琴との接触が実現した。このずる賢い先輩は蔡成功の難題が解決した後に姿を現し、食事に行こうと誘ってきたのだ。侯亮平は不満に思い、口実をつけて断った。祁同偉が高小琴の山水リゾートで食事をすると言うまで、侯亮平は顔色一つ変えず応じた。寝たいと思っていた時にちょうど枕がきた、というな感じだ。謎に満ちた山水集団に近づける。この上なく好都合だ。

祁同偉と高小琴がどんな関係なのかは知らないが、迎えに来たのはなんと高小琴本人だった。こうして、侯亮平は検察院の正門で初めて高小琴と会った。美人社長は派手だが俗っぽくなく、媚びておらず、やはりずば抜けて優れた印象を持った。

車中では、高小琴が京州で神話伝説になっているという話に花が咲いた。

「侯局長、実物を見て、失望されたのではありませんか?あぁ、こんなに年を取ってるのか、って!」

高小琴は美しく穏やかな目で、侯亮平を横目で見た。

「いやいやとんでもない。意外だった。容姿に品のある女性学者、影響力のある女性起業家というところだ」

侯亮平は本心を言った。

「私の神話や噂には友好的でないものもあります。何か企んでいるという話もあるでしょう?」

高小琴の声は甘い。

「そうですね、人の意見はまちまちだ!だが、高社長。私は検察官だ。私の職責ではどんな神話も信じることは許されない。自分の目と証拠だけしか信じない」

侯亮平は微笑んで頷いた。

「検察官の目がいつも正しいわけではありませんよ。偽物の証拠だってありますから」

高小琴は控えめに指摘した。

侯亮平はこの発言の意図が気にかかったので、どんな意味なのかを問いただした。

高小琴はしとやかに笑い、侯亮平の幼馴染である蔡成功の話題を自分から持ち出した。

「例えば蔡成功。よくわかっていると思っている友人のことほど、一番わかっていないんです」

その後は主に蔡成功の話題だった。高小琴は蔡成功が彼の幼馴染だと知ってもなお訴え続けた。蔡成功は誠実さがまったくなく、嘘ばかりで、ろくでもないやつだと口にした。侯亮平は聞きながら、簡単に相槌を挟む意外は、空気を読んで、口を挟まなかった。今は聞くことが大事だ。耳を傾けて、疑問点を見つけ、手がかりを探すのだ。この美人社長が話をすることよりも、彼女が話さないことのほうが心配だ。経験上、黙りこくる捜査対象者が一番厄介なのだ。

車がじき市内を出る。銀水河が横に並び、水は透き通り、時折波しぶきが立っている。初秋とは言え、岸辺のアシはまだ青々としている。葉はそよ風に揺れ動き、薄い灰色の葉の裏が見える。たまたま三羽の名前もわからない水鳥がアシと河面をかすめ、遠くの柳の樹の林に消えていった。馬石山は地平線にくねくねと長く横に伸びている。一匹の駿馬のようだ。

山水リゾートは馬石山のふもとにあり、山や河に囲まれている。確かに良い土地だ。山の斜面に沿って別荘が十数棟立ち並び、イギリス式やフランス式、ロシア式の美しく上品な、童話の中に出てくる小屋のような建物だ。別荘は二、三階建てで、すべて客室になっている。標識には棟番号が書かれている。山のふもとには現代的な高層ビルが一棟立ち、ガラスのカーテンウォールで太陽の光が反射してキラキラ光っている。リゾートのメインビルだ。娯楽施設、レストラン、温泉すべてがこの建物内にある。京州では、上層部の人間がよくここに出入りしているらしい。しかし、一般人にはあまり馴染みがない。目立たず、街から遠く離れているため、「農園リゾート」と呼ばれている。

主催者の祁同偉がメインビルで待っていた。同級生と顔を合わせ、心をこめ、親しく抱き合あった。

祁同偉は満面の笑みで侯亮平の手を取り、握った。

「とうとう民間に天下りしてきたか。ようこそ」

「おまえと陳海が丁義珍を取り逃さなければ、俺が天下りすることはなかったんだぞ！」

侯亮平はわざと悔しそうにした。

「謙遜するな。亮平、天子の宝剣を持ってきたことはみんなが知ってるぞ！」

祁同偉がへへっと笑った。

「おまえがくれた天子の宝剣だろ。そうだ、蔡成功を腐敗賄賂防止局に引き渡す約束をしたのに、趙東来に連れて行かせるとは感心できないな」

侯亮平はまばたきをした。

祁同偉は人差し指を左右に揺らした。

「蔡成功なんて連れて行かれてもいいだろう。おまえのところにいても災いを及ぼすだけだ。高社長が道中でおまえに言わなかったか？」

「お伝えしましたよ。彼が信じるに値する人なのかは誰もわかりません。見守りましょう」

高小琴が口を開いた。

「見守る？亮平、蔡成功には本当に気をつけろよ！」

祁同偉は真面目に言った。

「先輩は蔡成功に関する情報を何か握ってるんじゃないのか？」

侯亮平は笑いながら聞いた。

「いいや。あいつは悪徳商人だ。誠意を持って向き合ったらきっと痛い目を見るぞ！」

祁同偉は侯亮平の肩を叩いた。

この話は終わったが、侯亮平はずっと祁同偉の発言には何かあると思った。

三人は賑やかにスイートルームに入って行った。部屋の外の一間は応接間で、中の一間はレストランになっていた。豪華な内装で、老紅木（ろうこうぼく）が飾られている。不思議なことに、応接室には古い本棚が堂々と置かれている。そこには経典やベストセラー、糸とじ本がたくさん並んでいる。なんと『マルクス・エンゲルス全集』もある。侯亮平は適当に本を一冊手に取り、ぱらぱらとめくった。そして皮肉を混ぜながら賞賛した。

「素晴らしい、高社長。二つの文明に同時に力を入れる。食事中も勉強のことを忘れないとは！」

「俺たちの先生、高書記を接待するために高社長が特別に作った部屋だ。先生は読書が好きだろ！」

祁同偉は笑った。

「え？先生もよくここに来るのか？」

侯亮平はますます驚いた。

高小琴が慌てて答えた。

「以前は、時折来られていましたよ。中央が八項目の規定[1]を定めてから来られなくなりましたが」

祁同偉は侯亮平にタバコを渡してきたが、侯亮平は禁煙したから、と断った。この話題について同級

1　「八項目の規定」とは、⑴視察の簡素化⑵会議の簡素化⑶書類の簡略化⑷訪問活動の規範化⑸警備の簡素化⑹報道の簡素化、短縮化⑺草稿、発表のシンプル化⑻倹約節約の励行、を指す。二〇一二年十一月に開催された中国共産党大会で、習近平が新総書記に就任した際に新指導部の初仕事として打ち出された。

生同士で冗談を言い始めた。高小琴はお茶を注ぎ、上品に笑いながら話を聞いている。

「タバコを断てる人間は人を殺せる。おまえすごいな、本当に禁煙するなんて。俺なんて百回禁煙に挑戦したが、百一回吸ってしまうんだよな。気持ちが弱いんだろうな、気持ちが……」

祁同偉は葉巻を吸いながら、屁理屈を言った。

「よせよ。そんなの当てにならない。禁煙は自分の欲望をコントロールするだけだろ！」

祁同偉は首を大きく振った。

「人間の欲望ってそんな簡単にコントロールできるもんなのか？おまえは『だけ』って言ったけど。簡単にコントロールできるなら、犯罪も犯罪者もこんなにたくさんはいないだろ。そしたらおまえも退職しないといけなくなるな……」

侯亮平と祁同偉は対立し、大学で相手よりも優位に立とうと張り合ってきた。同級生たちはこの二人をシャモのようだと言っていた。闘争するが、お互い内心では敬服し、相手の優秀さを尊敬していた。二人の成績は似たり寄ったりだった。軍事体育運動が好きで、山野を長距離走り、格闘し、二人は何にでも優れていた。同類の者同士は互いを大切にしあうものだと言われている。彼らはその良い例だ。侯亮平と祁同偉は口先では言い合っているが、心の中は優しさで溢れ、それを楽しんでいる。大学時代に戻ったみたいだ。

「確かにその通りですね。でも、警官と検察官ならば、私は検察官を尊敬します」

話し上手な高小琴は、笑いながら二人の間に割って入った。

「俺は常連で、侯亮平は新入りだぞ！高社長は常連を見捨てて新入りを歓迎するのか？」

祁同偉は嫉妬したフリをしながら、わざと言った。

「そんな深刻なことじゃないだろ。だが、いつも新人は古参者の代わりになるぞ。嫉妬するな!」

侯亮平はからかった。

「新人が古参者の代わりをするのではありません。仕事がそうさせるんですよ。警察の仕事は各種刑事犯罪者や不良と交渉しなければいけません。自分自身をちゃんともっていなければ、悪い道に走ってしまうでしょう。それは世界中の警察も同じです。一方検察官は、ビジネス犯罪や職務犯罪のような知能犯罪に向き合うでしょう。だからとても謙虚で穏やかな、紳士的な風格があるんです」

高小琴は真面目に言った。

「侯検察官は紳士なんです」

侯亮平は自分の鼻を指差した。

高小琴は笑って、話題を変えた。

「二十一世紀始め、アメリカのクリントン大統領がスタール検察官に独立されて泣いていた時、私は中学校に入ったばかりでした。涙を拭いている大統領の姿をテレビで見て、その検察官を恨みました!」

「それは違う。まさかスタール検察官が紳士的じゃないって言いたいのか?」

「大統領を悲しませるべきではありません。クリントンは大統領ですよ!」

高小琴は仏頂面で呟いた。

「しかし、高社長。クリントン大統領は国民に対して嘘をつくべきじゃなかった。これはスタール検察官が頑なに守ってきたきまりでもあるんだ……」

侯亮平は真剣だ。

「そうですね。スタール検察官のことを理解できるようになったのは大人になってからでした。そうだ、ここまで話したので、ついでに一つ質問を。侯検察官、今回は京州まで誰を泣かしに来られたのですか？まず誰を先に泣かせるつもりですか？」

「どっちにしても美人社長を最初に泣かせたりなんかしないよな、亮平？」

祁同偉は口を挟んだ。

「誰も泣かせるつもりはないよ。みんなを楽しく笑わせたい！高社長を泣かせようとしても、高社長は泣かないだろうけど」

侯亮平は笑った。

「誰ですか、そんな事を言ったのは。私はきっと大声で泣き叫びますよ。その時は、お二人にも一緒に泣いてもらいますからね！」

高小琴のこの発言にはきっと何か意味がある。

侯亮平は話の穂をつぎ、テーブルの上の酒瓶を指差した。

「なぁ、どうして二鍋頭（アーグオトウ）なんだ？清廉政治のつもりか？」

「高先生は嫌疑を避けるため来られなかったが、今日の食事会をとても重視している。先生からいくつか注意事項を言付かっている。一、公費を使わないこと。二、社長に食事会の費用を払わせないこと。三、名酒を飲まないこと、あと公用車を使わないこと……災い転じて福となったな。そのおかげでおまえは美人社長の専用車での待遇を楽しめたんだぞ」

「高書記は勘の鋭いお方です。招待したのが検察官とご存知だったのですね！祁庁長は高級なお酒を飲もうと思われていましたが、問題が起きることを心配していました。聞いたところによると、新しく来た沙瑞金書記は幹部の仕事ぶりに対して相当力を入れているそうですね。省委員会や常務委員会では厳しく人をなじるような言葉をかけたとか。『我々のある地区のある部署の幹部の能力は一般民衆のそれに劣る』と」

高小琴が笑いながら口を挟んだ。

侯亮平はますます驚いた。起業家がこんなにも政治に関心があるとは。省委員会常務委員会議で省委員会書記が話した内容でさえも知っているなんて。

「高社長、その話は祁庁長から聞いたんですか?」

侯亮平は笑いながら聞いた。

「高社長は俺より情報通だぞ」

祁同偉はかぶりを振った。

「沙書記は派手な言動で大衆に迎合して人気を得ようとしているだけです!本当に幹部の能力は一般民衆ほどではないと?私は信じません」

新書記に対する不満を続けて吐き出す。

「祁庁長、信じてください。私は偉大な中国人民というのは聞いたことはありますが、これまで偉大な中国幹部、偉大な中国官僚というのは聞いたことがありません。ですよね、侯局長?」

高小琴はユーモアたっぷりに祁同偉をからかった。

「高社長、素晴らしい!ファンになりそうだ」

侯亮平は笑った。

「何が偉大な中国人民だよ。偽善的になるのはやめよう。これまで歴史を創り上げてきたのは英雄だ。数千年の中国歴史の中で覚えているのは誰だ?秦の始皇帝、漢武大帝、唐宗、宋祖。そしてチンギスハンだろう！じゃあ聞くが、人民とは誰のことだ？どこにいる？」

祁同偉はフンっと鼻を鳴らした。

「庁長、報告します。ここです、ここにいます！」

侯亮平はさっと挙手した。

高小琴もつられて挙手した。

「私もです！庁長も、秦の始皇帝も漢武大帝も人民ですよ！庁長のことを言っているわけではありませんが、どうして自分の地位を正すことができないんでしょうね」

日が落ちると、人がどんどん集まり始めた。ほとんどが政法組織の幹部たちだ。省や市の法院院長、省公安庁と市公安局上層部の警官、それから省、市政法委員だ。祁同偉は明らかにこれらの人たちのリーダー格で、侯亮平と一人一人握手をさせた。侯亮平の中に一種の奇妙な感情が生まれた。この政法幹部がもしかしてうわさの政法派なのだろうか。今日の宴会に参加して、俺も仲間入りということか？高先生がここに来れないのも無理はない。陳海は高育良の教え子だから、政法派ということになっているのだろう。このような集まりに参加していたのだろうか。

ゲストが集まると、高小琴はさっそく料理を運ばせた。料理は河でとれた新鮮なものがメインで、見た目は普通だが、食材はちゃんと選ばれている。河エビは銀水河からとってきたばかりで、野ウサギは馬石山で狩人が捕まえてきたものだ。素材そのものの風味で、とても新鮮だ。もっとも素晴らしいのは、いかんともしがたい、銀水川の野生のスッポン、馬石山の松林のキジを煮込み、栄養薬種を付け合わせたスープだ。この良い香りにゲストたちは酔いしれた。

高小琴は全員と知り合いのようで、次から次へと挨拶して回っている。

「農家の楽しみ、農家の食事。農家のあるべき姿を忘れてはいけません。みなさんたくさん食べて、たくさん飲んでください。そして貴重な意見をたくさん出してください」

高小琴は嬉しそうに言った。

二鍋頭はあまりいい酒ではないが、祁同偉やその他の人たちはかなり飲んでいるようだ。政法幹部は豪気で、その他の組織とは比べものにならない。侯亮平は飲まないと言っていたが、つい飲みすぎてしまった。

頭がぼんやりしだした頃、レストランのマネージャーが京胡の琴師を連れて入ってきた。

祁同偉が手を叩いた。

「さぁ、みなさん。『智闘』[1]が始まりますよ！」

「何を言っているんですか？参謀長は？今日、高書記はいらっしゃいませんよ」

高小琴が咎めた。

祁同偉は侯亮平を指差した。

「侯局長がいるだろう。おまえが刁徳一だ」

断るのが遅かった。高小琴が手を叩いた。

「中央政府からきた侯局長は民主的ですからね。祁局長がもちろん胡伝魁で、私が阿慶嫂ですね。始めましょう！」

1　中国古典劇、京劇『沙家浜』の歌。阿慶嫂が（春来茶館の女性店長、中国共産党地下工作員）が新四軍の負傷兵を守るため、国民党反動派による迫害と戦いを防ぐ姿が描写されている。阿慶嫂と刁徳一（忠義救国軍参謀長）、胡伝魁（忠義救国軍司令官）の三人が繰り広げる見事な歌曲。

琴師が琴を弾き、劇が始まった。三人の歌は素晴らしかった。特に高小琴の声は美しく、劇曲の発音もきれいで、身のこなしもとても美しいものだった。表情も良く、賢くて、柔和な中に剛気があり、卑屈でもなく傲慢でもない様子は本当に阿慶嫂そっくりだった。

琴師ですらも京胡をおろし拍手を送った。侯亮平の高小琴に対する印象が一層深くなった。帰り道、ひそかに感心した。いったいどういう女性なのだろう。祁同偉とこんなに大勢の政法幹部と交流があり、高先生すらも彼女のゲストだなんて。彼女とは今後、『智闘』意外のところでも闘っていくことになるかもしれない。

十五

「九・一六」事件の仮調査結果が出た。誰かがわざと放火したのではなく、工員の劉三毛が落としたタバコの吸殻から偶然火がつき、その本人は現場で焼死した。その夜、大風工場の工員と常小虎の地上げ屋の間には何もなかった。双方の真意は理性により抑えられていた。悪の元凶は大風工場の社長蔡成功だ。数百人もの工員に工場を守るようあおり立てた。そして工員にはそれに対する補助金も与えていた。ガソリンを使ったのも蔡成功の命令だ。それに、蔡成功は大風会社の法人代表だ。

李達康は報告書を見て、蔡成功の逮捕状の発行を急ぐよう趙東来に指示した。趙東来は省検察院の意見を聞く必要があると言った。李達康は怪しんだ。省検察院はなんで蔡成功に目をつけているのだろうか。

「蔡成功の告発と関係があるのでしょう」

趙東来は苦笑いし、言葉を濁した。告発内容は言わず、続けて注意を促した。

「李書記、断つべきものは断ち切るべきです！」

「断つ？どうやって？誰と？」

李達康は驚いた。予想はしていたが尋ねてみた。

趙東来は少し躊躇う様子を見せたが、遠慮なく言い切った。

「もちろん欧陽菁です。李書記夫妻の事は秘密ではありませんよね。これ以上引き伸ばしては李書記にとって不利になります……」

趙東来が去ると、李達康は顔をあげ、本棚に目を向けた。この本棚は特別に作らせた特製のもので、天井板が高く、一面にレンガの分厚さほどの大きな本が並んでいる。多くの本に囲まれている感覚が好きだった。考え事をしている時は本の表紙をぼーっと眺める。本の中に問題を解決する妙案が隠れているような気がするのだ。

確かにそうだ。これ以上引き伸ばしても不利になるだけだ。蔡成功はすでに告発してしまった。趙東来はほのめかしていたんだ。蔡成功が告発したのは他でもない、妻の欧陽菁だと。省検察院に目をつけられたら、たぶん欧陽菁はもう逃げ切れない……。

李達康は大きな窓の前に立ち、一本、また一本タバコを吸った。もう夕暮れ時だ。オフィスにある生い茂った観葉植物が紅く染まっている。窓の前に立ち外を眺めた。西南の方向に光明湖の一角が見える。

割れた鏡の一欠片みたいだ。東南にはくねくねと長く伸びる山の輪郭が見え、青色のかすかな光が浮かんでいる。近所の繁華街は交通量が多く、とてもにぎやかだ。

李達康は窓の外の景色を楽しむ余裕もなく、考え事をしていた——

欧陽菁がどんな問題を起こしていようと、夫として責任は逃れられない。正直なところ、妻のことを心配している。金融業界では腐敗事件が多発している。欧陽菁は平凡で従順な性格の持ち主ではない。おまけに、信用貸付業務を受け持っている。丁義珍が逃げた夜、彼女を問い詰めた。かすかにだが欧陽菁が潔白ではない気がしていた。足元の爆弾だ。今、目の前には一本の道しかない。欧陽菁に事件が起こる前に、速やかに離婚して、その爆弾を捨てなければならない。

離婚のことは夫婦の間で何度も話し合っていた。李達康は何度も離婚しようと思っていたが、結局決心できずにいた。そして今はもう瀬戸際まで来ている。この結婚生活に終止符を打つべきだ。李達康は自身の政治的名誉を非常に大切にしている。ごくわずかな汚れがつくことも許さない。趙東来もそれをわかっていたのだろう。離婚する決断を下さなければ巻き込まれてしまう。李達康は最後のタバコを灰皿に捨て、火を消した。そして家政婦に電話をかけ、今日は家で食事をする、欧陽菁に電話をかけて帰ってくるように伝言を頼んだ。今夜こそ勝負を決めよう。

バッグを脇の下に抱え、オフィスを出ようとした時、やるせない気持ちがこみ上げてきた。今後はこのオフィスが家になるかもしれないな。妻とは二十年以上連れ添ってきた。いくら夫婦が仲睦まじくないとはいえ、渾然一体だ。今右手には左腕を断ち切る刀を持っている。とても耐えられない。自分を仕事中毒だと認めている。これまでの人生、女性のためにかける時間はとても少なかった。娘でさえも数回しか抱きしめていない。愛情がないわけではないが、家庭をやぶれた履物のように、なおざりにしてきただけだった。娘はアメリカへ留学していて、欧陽菁も国を出ようとしている。もしこの離婚が成立したら、妻と娘を同時に失うことになる。そんなことを考えながら、李達康は深いため息をついた。胸中に暗雲が立ち込めている。

家に帰ると、夕食の準備は済んでいて、家政婦の田杏枝が食事にするか尋ねた。李達康は部屋の中を見回した。彼女はそれに気づき、欧陽菁は銀行業界の役員パーティーがあるので、食事は家でとらないと伝えた。

李達康は頷いた。

「じゃあ、食べようか」

田杏枝が質素な料理をテーブルの上に並べた。

李達康は箸を手に取り、世間話をしながら料理を食べ始めた。彼女はもともと国営幼稚園の教師で、制度改変後に早期退職した。教師は事業編制の対象で、退職金と待遇はずっと確実ではなかったため、その他の教師と共に区政府に直訴に向かった。田杏枝は幼稚園教師の特徴である、朗らかさと活発さがあり、そしてはきはきと話す。田杏枝の話の中で李達康の関心を引く事があった——光明区の陳情窓口の高さが低く、陳情に来た人たちはしゃがんだり、立ったり、体を曲げて頭をあげ、窓口内のスタッフと話をしなければいけないそうだ。田杏枝は李達康にやってみせた。

「光明区の陳情窓口が少し低いんだな?」

「少しなんてものじゃありません。わざとそうして私達を懲らしめているんですよ!」

「時間を作って見に行ってみるよ。もしも本当にそうなら、俺がやつらを懲らしめよう!」

李達康はもともと機嫌が悪かったせいもあり、このように民衆に嫌がらせするような話を聞いて、顔を強張らせた。李達康は真面目だ。メモ帳を取り出し、このことを書き記した。

その時、壁にかかっている時計の針が十時を指した。

時計を見て田杏枝に言った。

「欧陽に電話して、急かしてくれ」

田杏枝は電話をかけた。欧陽菁はまだパーティだから少し遅くなるかもしれないけど、必ず帰るから
……と言った。

「欧陽、もしかしてまた帝豪園か？」

李達康は受話器を取り上げ、怒った。

「私は仕事中よ！」

電話口で、欧陽菁も我慢ならなかった。

「仕事でもプライベートでもどっちでもいい。すぐに帰ってこい！俺たち夫婦のことで決めなきゃいけないことがある……」

李達康は腹を立てた。

十一時近くになり、欧陽菁がやっと帰ってきた。化粧をしていて、いい匂にもする。李達康は背を向け、後ろめたい気持ちをかき消した。欧陽菁はバッグをソファに投げ置き、夫に向かいあって座った。嫌悪感剥き出しの目をしている。

欧陽菁は何を話しあうのか見当がついていた。

「李達康、私も話したいことがあったの。決断しなきゃいけない時ね。実はロスに行こうと思ってるの！」

これは李達康が予想していたことだ。

「わかってる。だから離婚手続きを終わらせてから行って欲しいと思ってな」

「この手続きはあなたにとって重要なんでしょう？」

欧陽菁はけしかけた。

「もちろんだ。俺は妻と娘が海外にいる裸官（らかん）になりたくないからな。だから離婚するんだ」

李達康は率直に認めた。

「わかってるわよ。裸官になったら失脚してしまうものね。省委員常委員にも市委員会書記にも戻れなくなるわ！あなたって人は本当に地位が大事なのね」

欧陽菁は嫌味っぽく笑った。

「違う、欧陽。俺が大事にしているのは党と人民のための事業だ」

李達康は顔を強張らせた。

「きれいごとを。李達康がいなくても地球は回るし、事業も進むわ」

欧陽菁は軽蔑した。

「おまえは俺が失脚するところを見たいんだろ？」

李達康は欧陽菁をじっと見た。

「そうよ、一日も早くその日が来るのを待ち望んでいるわ！」

欧陽菁は体をソファに預けた。

李達康は額に血管が浮き出るほどに腹を立て、妻を睨み見た。欧陽菁は涙を流している。李達康はす

1　自国には汚職や不正行為で得た資産や家族をおかず、すぐに海外逃亡可能にしている中国の腐敗官僚の一種。

こし迷い、ティッシュを二枚取って、妻に差し出した。雰囲気が少し和らいだ。

欧陽菁は涙を拭きながら、いつも通り訴え始めた。欧陽菁は長い間、夫が自分や娘、そしてこの家にまるで責任を果たしていないことを恨んでいた。二十六年前、李達康が西部の山岳地帯で副県長をしているときに結婚し、そこで娘の佳佳が生まれた。それから、夫の仕事の関係で、欧陽菁と娘は夫について山岳地帯を行ったり来たりする生活を送っていた。たくさん苦しい思いをした……。

李達康はいつも通り対応する。口調を和らげ、欧陽菁を褒めるのだ。あの頃の妻は今日みたいにこんなに愚痴をこぼすことはなく、仕事を応援してくれていた。佳佳が卒業したのは三つ目の県に転勤した時の小学校で、妻は六年間で三、四回職場を変えた。この二十六年、H省のいろんな場所で、県長から県委員会書記、市長、市委員会書記まで勤め、省委員会指導者の仲間入りを果たした。李達康の仕事は常に転勤が伴うため、欧陽菁は早くに娘の佳佳を海外に行かせた。李達康は反対しなかった……。

「李達康、覚えてる？」

妻の目からまた涙が流れた。

「忘れるわけがないだろう。欧陽、このことは絶対、永遠に忘れない……」

夫の気持ちが動いた。

しかし、昔の苦しみを思い出して、今の幸せを確かめても、この対立の緩和は一時的なものにすぎない。さらに話し合いを続けて、食い違いが起き、爆発するのがお決まりになっている。欧陽菁は佳佳の海外での学費、生活費など夫は一銭も出さず、すべて欧陽菁が一人で考え、解決してきたことに愚痴を言った。

「結婚してから、俺の給料とボーナスはすべておまえにまかせていた。出費はすべてやりくりしていたんだろう」

　李達康は言い返した。

「知らないの?共産党幹部は高給取りじゃない。あの給料で、海外に留学している娘を養えると思っているの?」

　欧陽菁は冷ややかに笑った。

「おまえがいるじゃないか。おまえは有能だ。銀行の給料は少なくないだろう」

　李達康は妻の機嫌を取ろうとした。

「あれは私の収入よ、あなたには関係ないでしょ。男なのに嫁の収入を気にするのね！」

　欧陽菁は冷淡な表情で言った。

「じゃあどうしてほしいんだ?人民が授けてくれた権力を使って私欲のために使えとでも言うのか?おまえも共産党員だろう?党旗に誓っただろ……」

　李達康は腹が立った。

　欧陽菁は怒って立ち上がった。こういう時の夫は面倒だ。寝室を演壇にして、いろいろと報告するのが習慣となっていた。いい加減に官話を話し、夫婦喧嘩でも仮面をかぶる。耐えられる人なんていない。手袋を持って階段に向かい、階段の前で振り返り、冷たく言い放った。

「李達康、離婚してもいいわ。その代わり条件がある。山水集団が占領した大風工場の土地の入札募集をして、王大路の大路集団に落札させてほしいの！」

「俺がこんなに警告しているのに、まだ光明湖に手を出すのか！どうしておまえが王大路の代わりに頼むんだ！何か人には言えない秘密でもあるのか？」

李達康は血相を変えて怒った。

「それは違うわ。私たち家族は大路集団に恩がある。それに報いたいのよ。あなたが良心を大事にしなくても、私は大事にする！」

欧陽菁はちっとも恐れる様子を見せることなく、夫の目をじっと見た。

「もし俺がそれに応えなかったら？」

「簡単よ、離婚はしない。そしてあなたは裸官になるのよ！」

妻は手強い。

李達康は全身が震えるほどの怒りがこみ上げた。

欧陽菁は振り返り、一歩一歩夫の前まで歩み寄り、残酷な話を口にした。

「李達康、丁義珍のことがあって、あなたが心配しているのは知っているわ。でも、何をそんなに心配しているの？私が引き受けたいと思った事業のことであなたは丁義珍に口を利いてくれたことはない。誰の願いなら聞くの？外に女でもいるの？悪いことをすればいつか必ずばれる。この言葉を忘れないで」

「どういう意味だ？もしかして俺の事を調べたのか？」

李達康は疑いの目を妻に向けた。

「えぇ。だからあなたは普通じゃないと思ったの。山水集団が得た利益も普通じゃないの……」

欧陽菁は含みのある言い方をした。

妻は針で夫の痛いところをついてくる。

李達康は憤りを覚えた。もうこれ以上言い合うのは御免だ。

「わかった。もうこんな時間だし、もうよそう。落ち着いたらまた話そう」

十六

蔡成功はいつか災難が自分の身にふりかかる予感がしていた。世慣れた蔡成功は、もちろん公安と検察の二つの法執行機関の違いを理解している。検察院にとっては告発者であり、功労者とは言えない。国外の保護を必要とする証人のようだ。しかし、公安では違う。重大刑事犯罪の容疑者になる。それに京州は李達康の勢力内にある。趙東来は李達康の命令を聞くはずだ。李達康の妻を告発したからにはひどい目に遭うかもしれない。命が危ない。

幸いにも、幼馴染である侯亮平は自分を保護するために、北京での仕事を諦め、地元の腐敗賄賂防止局長になった——蔡成功はこう理解していた。もちろん、それだけじゃない。幼馴染は北京での課長から、H省の局長になり、一回り昇任したのだ。幼馴染は俺の傲慢さを知っている。公安に身体検査をさせたということは、仮病を使えと示唆しているのだろう。きっとそうだ。だからめまい、頭痛、気分が悪いと、脳震盪の兆候を装った。こういう悪巧みを過去に二回ほどしたことがある。手慣れているのでたやすい。それに頭の怪我は本当にある。子供のころに八針縫った傷口が、今もまだ抜糸しておらず、そのままになっている。この傷で医者をごまかすことができるだろう。器械では脳震盪だと出なくても、何も問題ないとは言い切れまい。公安の病院で何日間か経過観察になるだろう。

病院のベッドに横になっていても落ち着かなかった。三日経った時、顔の長い趙東来局長が二人の警官を連れてやってきた。何とも疑わしく、不可解なことを始めた——警官がボイスレコーダーとペン型のボイスレコーダーを蔡成功の前に置いた。趙東来局長は紙を一枚取り出し、蔡成功に渡した。そして紙に書かれていることを、普段話すのと同じように読めと命令してきた。蔡成功はベッドに座ったまま、動揺した。その紙を受け取りたくないが、受け取るしかない。

紙を目の高さまで持ちあげ、一文字一文字読みあげた。

「陳局長ですか？告発します！腐敗官僚を告発します。彼らは俺を生かしておくつもりはない。だから俺も彼らに良い報いなんてしない。渡したい帳簿があります……」

「違う、普段通り読み上げてくれ。わざとらしくしないで。言った通りに。はい、もう一度！」

趙東来がディレクターのように、そばで指示を出してくる。

再度紙に書かれている文章を読んだ。何だこれは？無実の罪を着せて陥れるつもりなのだろうか。なおさら協力するわけにはいかない。人間らしくない、わざとおかしな話し方で読みあげてやる。

「まだ違う。私たちを出し抜こうと、あれこれ余計なことは考えるな！」

趙東来は腹を立てた。

「お……俺が出しぬこうとしてるって？この紙に書いてあることは俺が言ったことじゃない！」

蔡成功は焦って紙を捨てた。

「それは私たちが鑑別する。蔡成功、もう一回。はい！」

「陳海局長に告発した時にはこんな話なんかしてないし、帳簿のことなんか何も言っていない！俺を利用するな」

蔡成功は傲慢な態度で、首を伸ばして叫んだ。

「蔡成功、苦しい目に遭ってもいいんだな？」

太った警官が脅した。

「もう撃ち殺してくれ！脳震盪のせいでまためまいが……」

蔡成功はベッドにうずくまった。

「何がめまいがするだ！医者は脳に何も問題ないと言っている！」

太った警官が蔡成功を引っ張りあげた。

「腐敗賄賂防止局長の侯亮平に会わせてくれ！」

趙局長は腹を立て、目をむいて怒り、命令した。

「留置所に連れて行け、徹夜で取り調べだ！」

二人の警官に捕まえられ、病室を出て、市の公安局の留置所に連れて行かれた。

取り調べ室に入り、汚れた黄色いベストを着た。蔡成功は面倒だと思ったが、絶対に協力しないと腹を決めた。こうなったらずる賢くやってやる。

蔡成功は無気力に取り調べ机の前に腰を下ろした。

「『九・一六』事件の責任者として、大風工場の工員を煽り、火災を起こした罪からは逃げられないぞ」

太った警官が言った。

「私が煽らなくても、工員たちは株を取り戻すために工場を占拠しただろうな！火事も私のせいではない！」

蔡成功は言い返した。

「丁義珍のことを話してくれ」

太った警官は話題を変えた。

「丁義珍には逃げられたんだろ?何を話せばいいんだ」

蔡成功はわざと驚いたふりをした。

「それでも話せ。丁義珍とはどんな関係だ?」

「ビジネスパートナーだ!それ以上でも以下でもない」

蔡成功は首を横に振った。

「なら丁義珍はどうして山水集団の工場の占拠、生産を許していたんだ?」

「おい、山水集団の工場じゃない!あれは俺と大風工員たちの工場だ。高小琴に騙されたんだ。これは腐敗と関係している。とっくに省検察院の腐敗賄賂防止局にも告発した……」

「じゃあ山水集団とおまえはどうやって結託した?何か明らかにできない取引があったんだろ?」

もう一人の痩せた警官が口を開いた。

「結託?高小琴は俺を騙して、株を横領したのに結託なんかするわけないだろ!とんでもない話だ」

蔡成功は正義に満ち、意気込んだ。

「何も認めないなら、『九・一六』に話を戻すか!」

太った方の警官が話を戻した。

「『九・一六』のことなら話すことは何もない。私は現場にいなかったんだ。工員に怪我させられて、病院に行っていたからな」

「でも工場の警備はおまえが組織したものだろ。警備隊の銃を買ったのも、ガソリンを使ってブルトーザーを阻止するというのも、すべておまえの考えだろ?言い逃れられると思っているのか?」

痩せた方の警官が言った。

これは認めざるをえなかった。

「それに関しては認めるが、自衛だ。工員たちは工場の門から出ていない」

「その結果、三人が焼死し、三十八人が怪我をしたんだ。おまえが及ぼした影響は悪烈だ。事実、懲役八年から十年の判決が下るだろう」

瘦せた方の警官に詰め寄られ、蔡成功の態度に変化が現れた。

「こんな結果になるとは思ってなかった。わざとじゃないんだ」

太った方の警官がまた話を割った。

「侯亮平とはどういう関係だ?」

「友人だ」

蔡成功は敏感になった。

「単なる友人ではないように思えるが。侯局長はとてもおまえを気にしているようだ。身体検査をさせて、仮病を使えと示唆していたんじゃないのか?」

太った方の警官が含みのある発言をした。

「仮病?めまいと脳震盪は持病だ」

「侯亮平に賄賂を渡したことはあるのか?」

瘦せた方の警官が聞いた。

蔡成功は驚いた。もしかして北京に持って行った土産のこと警察に知られたのか?まさか。侯亮平は受け取ってすらいない。

「ない、絶対にない!」

「見ろ、痛いところをつかれて蔡社長が元気になったぞ」

痩せた方の警官が笑った。

蔡成功はかっとなった。

「痛いところだって? 侯亮平を陥れようとするな」

二人の警官は、ばかにしたように蔡成功を見た。少し得意気だ。

取り調べが終わると、痩せた方の警官が調書にサインをさせようとした。

「先に内容を読ませてくれ。一体何が書かれているんだ」

蔡成功は調書をめくりながら言った。

太った方の警官はうんざりしている。

「その必要はない。おまえが話したことが書かれている。早くサインしろ!」

「ならサインしない!」

「仕方ない、よく読め!」

太った方の警官が妥協した。

蔡成功は内容には目もくれず、ただページをめくりながら言った。

「一つ明記しておけ。警察は一晩中、疲労するほど取り調べをしたと」

「これは抜き打ちの取り調べだ。俺たちだって疲れたさ……」

太った方の警官が言った。

明け方、蔡成功は部屋に戻った。偶然か、それとも誰かが企んだのか、このとき想定外の事が起こった。

公安局の留置所の廊下で、なんと仇である常小虎に会ったのだ。蔡成功は「九・一六」大火災の法的責任を負い、地上げ屋の常小虎は警察と偽った法的責任を負った。そして二人は留置所で想定外の再会を果たしたのだ。よくよく考えてみれば、理に適っている。その時は、二人とも警察に押さえられながら、蔡成功は尋問から戻ってきたところで、常小虎は尋問に行くところだった。二人は顔を合わせた。常小虎の目には激しい憎しみが現れていた。常小虎の視線から逃げたかった。すれ違う時、常小虎を抑えていた警官は気を抜いていた。常小虎が突然拳を上げ、蔡成功の顔に殴りかかってきた。蔡成功は悲鳴をあげ、地面に倒れこんだ。常小虎は容赦なく蔡成功を蹴りつけた。武術を修練したことがある常小虎のひと蹴りで、蔡成功は助骨を三本折った。

警官がすぐに常小虎を取り押さえた。蔡成功は顔中血まみれになり、胸をおさえ苦しそうに地面に倒れこんでいる。

「おい、蔡!おまえを許さない!会ったら一度殴ってやろうと思ってたんだ。おまえさえいなければ、俺はこんな場所に来ることなかった……」

常小虎はむきになり、大声で叫んだ。

留置所駐在の検察室から報告の電話を受け、侯亮平は憤りを覚えた。蔡成功が市公安局の留置所でひどい仕打ちを受けたらしい。趙東来は何をしているんだ!もしかしたら次は睡眠中や、歯磨き中、かくれんぼ中に死んだりするんじゃないのか。道理で幼馴染は市の公安局に行くのを嫌がっていたわけだ。何かそれなりの理由があったのかもしれない。侯亮平は趙東来のところまで非難しに行く時間もなかったので、陸亦可と張華華に、蔡成功が殴られたとはどういうことか趙東来に聞いてくるよう指示した。偶然なのか、それとも誰かが企んだのか。蔡成功の命の安全は保障できるのか。できないのであれば、蔡成功を省検察院に引き渡すようにと交渉させることにした。

公安医院の会議室で、趙東来は検察院から来た二人の女性と会っていた。趙東来はこんなことが起こるとは思っていなかったと謝罪した。

「これは本当に想定外の出来事ですか？誰かが企んだんでしょう！」

陸亦可がはっきりと言葉にした。

「そうですよ。現状からして、ピンポイントで正確に攻撃されています」

張華華も主張した。

激しい論戦がちょうど始まった時、主治医が治療を終え状況を伝えるために入ってきた。

「犯人のすさまじい一撃により、蔡成功は鼻の骨を折り、もともとあった頭の傷口がまた開いてしまいました。ある程度の脳震盪を起こす可能性があります。助骨も三本折れていますが、生命に危険はありません……」

主治医が出て行くと、趙東来は机を挟んで陸亦可と張華華を座らせた。

「蔡成功はどうして留置所に入ってすぐ殴られたんですか？しかも、なぜよりによって相手があの地上げ屋の隊長だったんですかね。これは偶然ですか？それとも誰かが蔡成功を脅しているんじゃないですか」

陸亦可はすぐに問い詰めた。

「二人は大風工場の立ち退きのことで長い間対立していましたから。一日二日の事ではなかったですし……」

趙東来は偶然だと思っている。

ちょうどこのとき陸亦可の携帯が鳴った。

電話番号を見ると侯亮平だったので、会議室の外へ出てから電話に出た。侯亮平は公安医院にまだいるのか聞いてきた。陸亦可の返答を聞いて、侯亮平は一人で蔡成功に会いに行き、何か言いたいことがないか聞いて欲しいと頼んだ。侯亮平はこの事件はどうも疑わしく、蔡成功の告発が引き金になった可能性があると思っている。陸亦可はその考えを理解し、多くは言わず、「わかりました」とだけ返答した。

携帯を閉じ、陸亦可は会議室には戻らず、廊下の端にある病室へ大股で向かった。病室の入り口には警官が二人立っており、陸亦可は身分証を提示した。そのうちの一人の警官が陸亦可のことを知っていて、「こちらは検察院の陸課長です」と言った。

「蔡成功との面会はできません。局長命令です」

もう一人の警官が顔を強張らせた。

「そこに私は含まれていないわ。蔡成功の怪我の状況を見たいの」

陸亦可は笑いながら会議室を指差し、続けて言った。

「今あそこで会議しているの」

警官が一方によけたすきに陸亦可は部屋に入った。

ベッドに寝ていた蔡成功は陸亦可を見ると、体を起こそうとした。陸亦可は蔡成功に手をかした。

「申し訳ありません。このような事故が起こってしまって」

「陸課長は侯亮平に言われてここに?」

蔡成功は急いで聞いた。

陸亦可は携帯を開き録音を始めた。

「何か話したいことはありますか?」

蔡成功は携帯に口を近づけた。

「サル、いや、侯局長。市公安局の趙局長は紙に書いた文章を何度も読ませ、それを録音していた。俺に濡れ衣を着せるつもりかもしれない！」

陸亦可は自分に携帯を近づけ、聞いた。

「その紙にはどんなことが書かれていたのですか？」

「告発電話のことだ。陳海局長に欧陽菁を告発する電話をかけたんだ。でも趙東来の紙に書いてあったことなんて俺は言っていない。それに帳簿のことだって言っていない……」

陸亦可は録音をして病室から出ると、趙東来と張華華がいた。

「陸課長、どうして会議中に逃げたんですか？感心できませんね」

趙東来は不満そうに言った。

「あなたのせいでそうなったんですよ」

陸亦可はあるセリフを真似て答えた。

趙東来はすぐに理解し、眉毛をあげた。

「おお、老舎[1]の『茶館』ですね。文学青年ですか」

「趙局長、蔡成功は軽傷程度ではありません。華華、ここに残って蔡成功の状況をきちんと記録してちょうだい。私は戻って侯局長に報告してくる！」

陸亦可は趙東来の疑うような視線をくぐり抜け、慌ただしく逃げ帰った。検察院のビルに入り、侯亮

1　中国の小説家、劇作家。『駱駝の祥子』『四世同堂』『茶館』が代表作。

平のオフィスへと向かった。侯亮平は意見を求めるような目で彼女を出迎えた。陸亦可は多くは言わず、携帯を取り出しデスクに置いた。それを見て、侯亮平はこの有能な部下がこの一局を勝ち取ったとわかった。

録音を繰り返し聴いた。一つのキーワードが気になった。金魚鉢の前に立ち、下顎をさすりながら考えた――帳簿？何のことだ。一体誰の帳簿だ。高小琴の山水集団の帳簿か？それとも蔡成功の大風工場の帳簿？これが新しいてがかりか……。

十七

蔡成功が留置所に入り、大風工場は倒産した。「九・一六」の火災事件で、政府はまず山水集団のために一時的に四千万元以上の立て替えをし、千三百人の工員は三十五万元の退職及び立退き金を受け取った。多くの人はお金をもらうと撤退していったが、これからどうやって生活していけばいいのだろうかと、気が気でない人も少ないがいた。火傷を負って入院していた王文革は、夫婦揃って大風工場で働いていた。子供はまだ小さい。王文革の妻は二人で六万元の退職金をもらうと、労働組合に駆け込んだ。

「これからどうしたらいいんでしょうか？」

涙を拭きながら鄭西坡に聞いた。

詩人は普通の工員とは違う。想像力豊かで、激情にあふれる。
「どうするかって?みんなの退職金を集めて、新しい大風を作るんだ。もちろん、新しい大風には泣きわめく女性など必要ない。使える人だけが必要だ。例えば副工場長の馬氏は技術、威信があって、組織生産の能力がある。それから工場の中年や青年工員は簡単に言いなりになる。それに経済的な条件もよく、ある方面でも実力があるから、仲間に入れるべきだな」

鄭西坡は王文革の妻にそう告げた。

生活は詩のようにはいかない。新大風が動きだすのはそう簡単なことではなかった。鄭西坡の資金調達は失敗したと言ってもいい。仲間になってくれたのは二十一人、身体障害者と中国のおばちゃんだけだった。数日間忙しく動き回ったが、集められたのは六十三万元だけだった。息子のペーパーカンパニーにも及ばなかった。だからこの日、馬氏が光明湖で魚釣りをしている姿を見て、自分も釣竿を握り、湖に向かった。

鄭西坡は草むらのそばに人影を見た。馬氏は釣竿を持ち、水面を一心に見つめていた。尤会計は釣竿を持って釣りをしている芝居を打っている。尤会計が本当は釣りをしにきたんじゃなくて、馬氏に鎌をかけにきているのだろう。尤さんは日和見主義、二股膏薬で、その時次第でどちらの側にもつく。新大風に出資すると約束したが、お金を出すのをぐずっていた。もし馬氏が出すなら、尤会計は腹を決めるだろう。未来の新大風の中心人物がここに揃った。もし同意を得ることができたら、過半数になる。二人に声をかけた。釣り針は投げ入れず、釣竿を地面について馬氏のそばに立った。釣竿は、鄭西坡の竹竿のように長い体よりもさらに長く、互いに照り映えて美しい景色を作り上げている。
「言いたいことがあるなら言いなさい。その釣竿は偽物でしょう」

馬氏は横目で鄭西坡を見た。

「私は釣り針も釣竿も使いません。太公望[1]もびっくりだ」

鄭西坡は笑った。

「西坡、私たちは年寄りだ。はっきり言いなさい。君が話さないなら、私から話そう。新しい会社に興味はない。大風の株を取り戻したいだけだ。君が手助けしている人も知っている。あれは障害者や女性の集まりじゃなく、ただの老人協会だ。彼らを当てにしてもどうにもならない。だから仲間に入れと勧めないでくれ、また失敗するのはごめんだ」

馬氏のこの発言を聞いて、尤会計も同調した。

「その通りだ。蔡社長はあんなに敏腕だったのに、大風工場は失敗したんだ。鄭さんのような詩人が、商売で蔡成功に匹敵できるんですか?やめておきましょうよ！」

鄭西坡は尤会計を相手にせず、馬氏に言った。

「障害者、女性、老人は私たちの兄弟じゃないですか。馬さん、あなたは仮にも副工場長でしょう。こういうときこそ彼らを助けるべきです!私たち二人が率先して新しい会社を設立し、経済実体を作れば、みんなの拠り所になる。確かに、私が工場を経営するなんて無理です。でもあなたがいるじゃないですか！」

次は尤会計を丸め込む。

1　紀元前十一世紀ごろの古代中国・周の軍師、後に斉の始祖。釣りに関する逸話があり、日本ではしばしば釣り人の代名詞として使われる。

「それに尤さんは財務の専門家だ。三人寄れば文殊の知恵。蔡社長が姿をくらましてからずっと私たちが大風工場を引き受けてきた。手も足も出ないことはない。李達康書記もあの日工場で、就職の援助、優遇政策を行ってくれると言っていた。新しい工場建設の許可をもらうために政府と掛け合ってみます。そんなに難しいことではないはずだ。大風工場の機械や設備がある。工員たちも集まる。新たに工場を建てるよりずっと条件がいい。そうでしょう？」

尤会計は興味がわき、たびたび馬氏を見ながら探りを入れた。

「確かに。これはやはりよい機会かもしれません。馬工場長、どう思いますか？」

馬氏はやはり首を横に振った。鄭西坡はまだ言いたいことがあったが、その時馬氏の釣竿が動いた。馬氏は「かかった！」と大きな声で言い、五〇〇グラムほどの重さがありそうな鯉が水面に現われた。鯉の揚げ甘酢かけを作ると嬉しそうに帰って行った。

鄭西坡はがっかりした。詩人は自転車に乗って、陳岩石の意見を求めに老人ホームに向かった。陳岩石は鄭西坡を見ると、食堂に行って酒を飲もうと申し出た。鄭西坡は急いで引き止め、陳さんに策略を出してもらうために来たと説明した。陳岩石も無理強いはしなかった。眉間にしわをよせ、方法を考え始めた。ベランダで一羽のインコが「怒れる老人、怒れる老人……」と騒いでいる。鄭西坡はそれを見て大笑いした。陳さんが花や鳥が好きなのは知っている。珍しいものがあるとよく陳さんに見せに行った。このインコも鄭西坡がプレゼントしたものだ。陳さんは普段から家で世間の愚痴を言っているため、奥さんも怒れる老人だと笑う。あの鳥も学んだのだ。一日中しゃべっている。

「西坡、いいじゃないか。熱意があって、責任感もある。こういう時でも弱者のことを考えている。だが、馬さんのことを責めないでやってくれ。彼に新しい工場を率いる義務はない。こうしよう。まず新しい会社を立ちあげ、旗を広げよう。そのときになったら私が力を貸す！」

鄭西坡は喜んだ。

「わかりました。それから、陳さん。形だけでいいので少し出資してくださいませんか？」

「かまわない、いくらか出そう！さて、鬼を捕まえに行こうか！」

陳岩石の言う鬼とは孫連城光明区長だった。孫連城の家のドアを叩いた時、区長はちょうど新しく買ったばかりの望遠鏡をいじっていた。夜に星空を見るそうだ。区長は二人の訪問を歓迎し、椅子に座らせお茶を淹れた。

「鄭さんは今、新しい大風服装会社の資金調達をしているんだ。詩人であり、社長だ」

陳岩石は鄭西坡を紹介した。

孫連城は親指を立てた。

「すごいですね、大風工場の工員は気骨がある。就職のことだと政府は頼りになりませんからね。自分たちで道を探すしかない」

「自分で道を探すのは良いことだ。そこで孫区長と区政府の支援が必要なんだ！新大風工場は新しい土地を探していて、工場の機械や設備も揃えなければならない……」

陳岩石は勢いに乗じて訪問の目的を話した。

「おやおや、そんな些細なことに陳さんの手をわずらわせてしまうなんて。鄭さんが勤務時間内に職場に来てくれればよかったのに。いつでもお待ちしていますから。特別に引き受けましょう」

孫連城は堂々と手を振った。

鄭西坡は喜んだ。

「孫区長、では月曜日にオフィスにお伺いしてもよろしいですか？」

「わかりました、お待ちしています！」

孫連城は快諾してから、続けて穏やかに非難した。

「今後なにかありましたら、直接私のところに来てください。陳さんをあんまり連れ回さないように。いくつだと思ってるんですか？かわいそうですよ」

鄭西坡は申し訳なく思った。

「大風工場の工員たちが困っているんだ。放っておくわけにはいかない！」

陳岩石が口を開いた。

「立退き費用は政府が一時的に立て替えて解決した。そしてあなたたちは新しい会社を立ち上げる。もう工場を占拠する必要はないですよね？」

孫連城は尋ねた。

「今そのようなことを言っている工員はいません。工場の占拠はもともと蔡成功が計画し、警備隊に補助金を出していましたから。蔡成功が捕まった今、誰も残っていません。大風工場の工員は二種類に分かれます。株を持っていない工員は立退き金を受け取ると工場を離れ、株を持っている工員たちは新しい服装会社に引き続き入ろうとしています。気にしているのは自分たちの株です。じき訴訟を起こします。訴状はすでに提出しました。政府がすぐに土地を承認してくれて、新大風が順調に開業できれば、面倒はおかけしません！」

鄭西坡はすぐに報告した。

「陳さん、とても感謝しています。あなたがいなければ、今日のような良い状況にはなっていなかった……」

孫連城は陳岩石に感慨深げに言った。

孫連城の家を出て、鄭西坡は陳岩石と別れた。とても気分が良い。新大風の工場を建てる土地がある。これで株主になった工員たちが信じてくれる。政府の援助は絵空事なんかじゃない。当面の急務は資金不足問題の解決だ。家には二十万元の預金がある。それを出資に回そう。このお金は息子、鄭勝利の結婚費用のために貯めていたものだからあまり気乗りしないが、息子と相談してみよう。妻は早くに亡くなり、男手一つで息子を育てた。息子とは兄弟みたいな関係だ。親子でよくふざけあう。時にはやりすぎることもあるくらいだ。二人とも気ままで愉快な日常が好きだ。だから、あの二十万元を持ち出すのは簡単ではない。

家に戻ると、鄭西坡は帰り道に買ってきた滷味(ルーウェイ)[1]をテーブルに並べた。同居してる息子の彼女を座らせ、食事を始めた。息子は楽しい子だ。いくつか仕事をしたが、どれも続かなかった。今はペーパーカンパニーを設立し、淘宝網(タオバオ)[2]に出店している。彼女を頻繁に変え、結婚する気はないらしい。息子は「結婚恐怖症」だと自分で言っている。最近できた彼女は宝宝と言う。実名は知らない。息子と宝宝は付き合い始めてからしばらく経つ。

「結婚する気はあるのか?」

鄭西坡はこっそり聞いた。

1　伝統中国料理の鹵菜(ルーツァイ)。「鹵水(ロウソイ)」で肉などの食材を煮込んだ料理。
2　中国アリババグループの淘宝(タオバオ)社が二〇〇三年五月に設立したアジア最大のショッピングサイト。

「青春はとても短い。そんなに慌てて結婚しなくてもいいだろ」

　息子のお決まりのセリフだ。

　鄭西坡は二十万元というエサを撒いてみた。

「結婚証明があれば、この金はおまえのものになる。家庭をもたなければ、一銭たりとも渡すつもりはない」

「二十万元でおれの自由を買うのか？それは安すぎるよ！」

　息子は軽蔑した。

「これでおまえの自由を買おうとしているわけじゃない。おまえの病気を治す金だ。『結婚恐怖症』を」

「この病気は治らない。時代の流行病だ」

　酒を飲み、ご飯を口に運びながら、鄭西坡は単刀直入に本題に入った。

「新大風の創立に百万元の登記資金が必要なんだ。家にある二十万元を使いたいんだが……」

　息子は口いっぱいに入れていた豚モツを吹き出しそうになった。

「え？宝宝、親父がおかしくなったぞ！工場が破産して、社長の蔡成功も牢屋に入った。それなのに会社を作るって。自分を誰だと思ってるんだよ？神様か？なぁ、西坡さんは金持ちじゃない、ただの貧乏人なんだよ！」

　鄭西坡は箸を置いた。

「貧乏人？鄭勝利、おまえにはがっかりだよ」

「あ、口がすべった。親父、ばかなことはやめろよ……」

　鄭勝利は慌てて言った。

「ばかなこと?俺が稼いだ金なんだから、一時的に借りるくらいいいだろ」

「簡単に貸した金がちゃんと返ってくるのか心配してるんだよ!父さん、この金は結婚費用だって何回も言ってただろ。俺が結婚する時は二十万元、本当にくれるんだよな?」

「『結婚恐怖症』は治ったのか?言ったことは守る。結婚証明書を見せてくれたら、この銀行カードを渡そう!」

鄭西坡はからかうように息子を見ながら、ゆっくり酒を飲んだ。

「わかったよ!」

鄭勝利は無鉄砲に彼女と乾杯をして言った。

「宝宝、じゃあ明日結婚証明書を取りに行こうか!」

「え!待ちに待った幸せな生活はこんな風にやってくるの?」

宝宝は予想外の出来事に感動している。

鄭勝利は目配せをした。

「そうだよ、幸せな生活はいつも突然で、思いがけない時にやってくるんだ!」

鄭西坡は息子の話には乗らず、酒を飲み干すと部屋に戻り、寝床に着いた。


三日後、新大風服装会社は旧大風工場の会議室で誕生した。爆竹も鳴らさず、太鼓も叩かず、横断幕すらない。けれども多くの人が集まった。二十一人の株主工員以外に、部外者もたくさんいる。賑わいを見に来た人、取り巻き、形勢を見にきている人もいる。区政府が土地を与え、政策支援してくれたのは良いニュースだ。これには実質的価値がある。古い工場があった土地は、当時は価値なんてなかったが、今やその価値は数百倍にも上がっている。承認後にはさらに値上がりするだろう。元検察長の陳岩石の顔を立てて来ている人もいる。陳さんが二度目の創業を支持してくれており、新しい会社の顧問になって引き続き弱者層を裕福にしてくれる。登記資金が足りないのを知って、退職金から十万元の出資をしてくれた、と鄭西坡は噂を広めた。

「これは出資ではなく、モラルに基づいた支援だ。損をするならそれでいい。今後会社がうまくいった時に、返してくれればいい」

陳岩石は発足会でこう説明した。

鄭西坡は公表した。

「息子の結婚費用を先に使っても、それでも百万元まであと八万元足りない。みんなに協力してほしいんだ」

なんとその時、馬氏と尤会計が出資をするため会議室に入ってきたのだ。馬氏は十五万元、尤会計は十二万元の出資をした。彼らの先導により、元株主たちが出資をし、小さな盛り上がりを見せた。百万元どころではなかった。その日集まった資金は三百万元を超えた。そのあとも多くの工員たちが続々と出資をし、最終的に九百万元近く集まった。これは鄭西坡と陳岩石の予想を超えていた。そして、労働組合前会長の詩人、鄭西坡が新しい会社の代表取締役に、馬氏は社長に、尤会計は財務責任者になった。

この日は本当に忘れられない一日になった。興奮、感動、高揚。意義は奥深い。

しかし、予想外な事もあった。夜家に帰ると、ドアに大きな「喜」の字が貼ってあることに気づいた。目をこすった。どういうことだ?家を間違えたか?ドアが内側から開き、息子の鄭勝利と宝宝が新郎新婦の格好をして出てきた。テーブルには豪華な料理が並べられている。

「父さん、結婚したよ！」

息子は喜びいっぱいに父の手を取り、声高らかに言った。

「本当か？勝利、冗談だろ？」

鄭西坡は信じられなかった。

「父さん、見ろよ！政府が冗談で証明書を交付するか？」

息子は結婚証明書を上に挙げた。

鄭西坡は結婚証明書をちらっと見て、冗談ではないと認めるしかなかった。

「わかった、二つの慶事（けいじ）が一度に来たな。めでたいめでたい！」

「俺たちは結婚だけど、父さんは何がめでたいんだよ」

息子は不思議に思った。

「おまえたちも私が新大風の代表取締役になったことを祝ってくれ！」

鄭西坡は笑った。

息子は口に含んだ水を吹き出した。

「は？父さんが代表取締役？」

「どういう意味だ？私は代表取締役にはなれないのか？」

鄭西坡は目をむいて怒った。

「言っておくが、私たちの会社はおまえのペーパーカンパニーなんかとは違うぞ。ちゃんとした有限株式会社だ。資本金は一千万元近くあるんだ……」

そう言いながらテーブルの前に座り、手酌で酒を注ぎ、ご飯をよそった。酒を一杯飲むと、喉が潤った。

「わかった、この話はやめよう。父さん、二十万元の銀行カードをくれるよね。結婚証明書があるんだから、金くれるんだろ！父さん、金はどこだよ？」

息子は話の腰を折った。

「いやぁ、おまえたちがそんなに早く結婚するとは思ってなかったから、二十万元出資してしまったんだ。もちろんこのことは数日前に相談していたんだが……」

酒を煽って、目をぱちくりさせている息子を見た。

「まさか父さんが大嘘つきだとは思わなかったよ！」

息子は大きな声を出した。

「そうですよ、証明書を渡せばお金をくれるって約束したのに……」

息子の嫁の宝宝も不満そうだ。

「母さんが夢に出てきて投資しなさいって言われたんだよ」

鄭西坡は作り話をせざるを得なかった。

「宝宝、ありえないよな。三歳の子供でもあやしているのか？父さん、人を騙すならもっとうまくやったほうがいい」

息子はどうしたらいいかわからない様子だ。

嘘つきの鄭西坡は真面目に呟いた。

「母さんは仏教信者だった。工員たちが困っているのをただ黙って見ていられなかった。陳おばさんも、二万八千元の立退き金をもらったが私に泣きついてきたんだ。夫は亡くなり、小学校に通う息子と、中学校に通う娘がいる。新しい会社がなかったら生活できない。子供たちはどうなる？王おじさんも、林おじさんだって……」

鄭西坡は詳しく説明するのをやめた。酒を飲み干して口をふき、新大風の株券をテーブルの上においた。

「ほら、これは俺たちの新しい会社の株券だ。全部で二十五万。そのうち五万元は立退き金だ。勝利、宝宝、この株証書はおまえたちに渡す。株は二人のものだ。儲けた金もおまえたちのもの。これでどうだ」

「鄭社長、お父さん誠実じゃない、私はいいと思うわ」

宝宝は喜んだ。笑みを隠しきれず、鄭勝利を見た。

「何がいいんだ？これが本物かどうかわからないだろ？」

鄭勝利は株券を持ち上げてじっくり見た。

「お父さんが私たちみたいな偽物の証明書を作るわけないでしょう」

宝宝はわざと鄭勝利の嘘を暴露した。

鄭西坡はふと気づいた。

「宝宝、もしかしておまえたちの結婚証明書は偽物なのか？」

本当に結婚したいと思っていた宝宝は、「結婚恐怖症」を患う鄭勝利を裏切った。

「すごいな父さん。どうやったら見破れるんだ？この結婚証明書は偽物だよ！二百元で買った」

「それも偽物だ。返しなさい……」

鄭西坡は株主資格証明書を取り返した。

十八

沙瑞金はH省の政界に清廉の風をもたらした。これは一部の官僚にとっては恐怖であり、不安要素だ。特に沙瑞金の赴任後、次は北京から田国富という省規律検査委員会書記が降りてきた。ある官僚にとっては深い意味を持つ。沙氏の清廉の風が寒波にかわりつつある。

李達康はいち早くこの寒波の肌寒さに気づいていた。「九・一六」事件が起こったあと、沙瑞金は常務委員会で反省する時間を与えず、直接指名して叱責することもなかったが、容赦なく事件の問題の本質を定めた——一部の幹部の深刻な腐敗行為がこの悪質な暴力事件を引き起こし、社会に存在する対立が激化した——このような考えに李達康は耐えられなかった。冷や汗をかいた。困ったことに、今は妻である欧陽菁にも汚職の疑いをかけられている。その妻はまだ離婚をしぶっている。どうすればいいんだ。このまま引き延ばすか?爆弾が爆発するまで引き延ばす?自分の政治生命を賭けれるか?いや、ここまで来たからには、自分から沙瑞金に本当の婚姻状況を明かそう。もしかしたらこれが苦境から抜け出す最善の策かもしれない。高育良たちには頭隠して尻隠さずと思われるかもしれない。だが、何が何でも動かなければならない。もう先延ばしにできない。

朝早く出勤すると、李達康は沙瑞金に電話をかけ、なるべく早く報告したいことがあると伝えた。その時、沙瑞金はちょうど林城経済開発区に向かう途中だった。李達康にとって、林城市委員会書記に就任し、林城開発区の開発を取り仕切っていたことは輝かしい経歴だった。二人は電話で林城経済開発区について楽しく語った。

「林城の経済開発区はよくできている。最先端技術開発区としてだけじゃなく、有名な工場風景区にもなっている。ひいては、林城はH省の名刺だ。だから見に行ってみようと思ってな」

沙瑞金は自由気ままな人のようだ。

「達康さんのこの考えは時代の最先端だ。十年前にエコや環境のことまで考慮するのは簡単なことじゃない」

李達康はこの意外な称賛に驚き、上機嫌になった。両手で電話をにぎりしめ、できるだけ気持ちを落ち着かせて言った。

「瑞金書記、そのせいで当時は誰からも支持してもらえませんでした！」

沙瑞金も上機嫌なようだ。

「そうだろうな。そうだ、達康さん。何か報告することがあるんだろう？こっちまで来てもらってもいいか？話そう！明日の朝、林城経済開発区で待ってるよ。君の昔の地盤[1]を紹介してくれ。ではまた明日！」

電話を置くと、林城経済開発区の資料をすぐに持ってくるように、興奮気味に秘書に言いつけた。林城からきた李書記は誰よりも林城経済開発区の資料について詳しいはずなのに、どうしてまた資料に目を通す必要があるのか、秘書は腑に落ちない様子だ。

「さすがに何年も前のことだ。ちゃんと覚えていないデータもある。沙瑞金にいい加減な印象を与えたくないんだ」

1　勢力範囲。

李達康はメガネのレンズを拭きながら説明した。

秘書は資料を準備しに行くと答え、入り口まで行ったところで、思い出した。

「そういえば、お客様がいらっしゃっています。今外でお待ちいただいています。王大路と言う方です」

李達康はそこでやっと王大路と約束していたのを思い出した。良い気分が台無しだ。メガネをかけ直し、手を振って王大路に入ってこさせた。

「李書記、私に何か御用ですか?」

王大路はおどおどしながら入ってきた。

「大路、君の名前は王大路だ、王小路ではないだろう?だから、大きい路を行って、小さい路に行かないようにしたほうがいい」

王大路をソファに座らせた。

「李書記、何がおっしゃりたいのかよくわからないのですが」

王大路は不思議そうにこっちを見ている。

「そうか、ならわかるように話そう。小路は通りづらいし、困難や落とし穴がある。不注意に迷い込んでしまえば、予想だにしない致命的な災いをもたらすかもしれない」

李達康は笑った。

「光明湖の工事のことですか?」

王大路は探りをいれた。

「私は何も言っていない。昔からの友人だろう。昔一緒に仕事をしたよしみで、注意しておこうと思ってな」

「大路集団は確かに光明湖新都市再開発事業に参与したいと思ってました。ですが、丁義珍前総指揮はたちが悪かった。事業の入札はすべて偽りでした。欧陽菁副頭取の前で弱音を吐いたことはありますが、それに深い意味はありません」

王大路は懸命に説明し、続けて強調した。

「欧陽菁とは大学時代の同級生で、馬が合いました。でも決して男女の関係ではありません……」

李達康は立ち上がり、我慢できずに王大路の話を遮った。

「男女関係？話をそらすな！現在の総指揮は孫連城だ。連城は規則に従って仕事をする！」

「孫連城は規則を守りますが、仕事はしません！」

王大路は率直に自分の意見を伝えた。

「仕事をしない？職務を担当すれば、その職務に関する事柄に気を配るだろう。それに総指揮になったばかりだ！」

李達康は顔を強張らせた。話がまたしても脇道にそれ、手を振った。

「大路、それでも小路を通るな！少なくとも、妻を道連れにするな。もういい、これくらいにしよう」

「わかりました。でも、今まで小路を通ろうと思ったことはありません……」

王大路は汗を拭き、苦笑いをした。

翌朝早朝、李達康は約束通り林城に向かった。六時半に出発して、到着したのは八時だった。林城市内に入ると、二〇一四年に行われた金秋環湖サイクリング大会のスローガンが書かれた横断幕が途切れることなく目の前に現れた。経済開発区に近づくほど、横断幕が多くなった。道路のあちこちでサイクリング大会の選手がウォーミングアップをしている。すでに警察よって道路が封鎖されているところもある。環湖サイクリング大会は李達康が推進したものだ。林城農民の楽しみとして始まったものだが、今では国民の熱い大会になっていて、全国各地から選手が集まってくる。

開発区の広場につくと、林城市委員会の田書記に出迎えられ、予想外なニュースが伝えられた。

「大会にエントリーしておきました」

沙瑞金は李達康を見ると切り出した。

「良い時に来ましたね！大会に出て勝負してみよう！」

「この湖は一周四十七キロです。大丈夫ですか？」

「達康、この体が君よりも劣っていると思うか？」

省委員会書記は自分の胸を叩いた。

李達康は何も言わなかった。沙瑞金の体格は確かに悪くない。体格が良くないからといって、それを言葉にはできるわけもないのだが。

沙瑞金は李達康にサイクリング大会のスターターをさせようとした。

「省委員会書記が来られているのですから、省委員会書記がスターターをされたほうがいいでしょう。権威があります！」

李達康は辞退した。

「達康さん、お願いだ。今権威は必要ない。ここは君が作り上げた傑作品だ。一番資格がある！」

李達康はまんざらでもなかった。今度は辞退せず、積極的かつ責任を持って、スターターの台に上がり、スタートの合図をした。そよ風がそっと頬をなで、明るい日差しが降り注いでいる。李達康は生き生きしている。長い間こんな清々しい感覚を味わっていなかった。ピストルが鳴ったあと、スタートラインに並んでいた選手たちが勢い良く飛び出して行った。

選手たちが走り出すと、沙瑞金と李達康もそれぞれ自転車に乗り、道路に出た。李達康は嬉しかった。沙書記とのレースは友情を深めるという意味がある。友人でもあり、上司でもある。力を出し切ろう！やる気を十二分に出し、H省最高指導者の後にぴったりつき、林城の改革歴史を熱心に紹介した。

開発区内のこの湖は潘安湖と呼ばれ、もともとは湖ではなく、石炭採掘で地面が陥没した区域だった。林城は重要な石炭発掘基地として三百年以上の採掘歴史がある。ここが最も陥没した区域で、当時は荒れ果てていた。李達康は良田を開発区にしようと考えていたが、その代償は大きすぎた。だから、この廃棄された陥没区を総合的に利用することで、子孫のために美しい山河を残し、国家の財政補助を受けることができた。しかし、ここを開発区に指定するのにも大きな障害があった。当時の市長と副市長はこの事業に反対し、頭がおかしい、と裏で罵っていたらしい。石炭採掘陥没区は化学工業区ではないので、汚染の心配はなく、排水溜め一つ一つをつなげて湖にし、そのほとりに木や花を植えることで、この陥没区の欠点を完全に強みにできるのだと、当時の省委員会書記だった趙立春に報告した。この報告を聞いた趙立春は、李達康を精一杯支持してくれるようになった。

「達康、勇気を出したね。私でもきっと応援していた！何枚か昔の写真を見たよ。整備される前の荒れ果てた陥没区は見るに堪えない」

沙瑞金は自転車のハンドルから片手を離し、親指をあげた。

「今、潘安湖と一周四十七キロの湖濱路、それから八十平方キロメートルの開発区があるのは省委員の後押しがあったおかげです！」

李達康は湖面を一掃するように腕を振った。

開発区には十個の景観がある。千畝（ムー）のバラ庭園は十年前、台湾のとある社長の投資によって開拓された。今では拡大され、台湾現代生態農業庭園になった。バイオテクノロジーパーク、ソフトウェアパークは庭園風の工場地区で、国内外で上場している多くの企業が集まっている……。

李達康は再開発途中での挫折や、当時の副市長兼開発区主任の李為民も丁義珍と同じように腐敗していたことを隠さなかった。李為民が逮捕されたことで、投資家たちが投資資金を引き揚げてしまった。その後、数十社の企業が李為民に贈賄していたことも発覚した。その金額は多いもので数百万元、少ないもので数十万から十数万元だった。一夜にして林城の情勢が大きく変わった。多くの工事が途中でストップし、経済開発区はそれまでの活気を失った。この時、汚染を起こす可能性のある企業や低価格製品製造業企業が工業団地へ入ろうとしたが、李達康は頑なにそれを拒んだ。

「沙書記、私と林城市委員は一心不乱に発展の計画をしました。一定の速度とＧＤＰが必要ですが、低迷したＧＤＰや汚染されたＧＤＰ、悲惨なＧＤＰなど絶対にいらない」

李達康は懇切丁寧に告げた。

この状況を把握していたようで、沙瑞金は賞賛した。

「達康さん、よく言った！一度の発展のチャンスを失っても、政策立案者として歴史的に最低限のベースは守った」

李達康の口調がしんみりし、目には涙が煌めいている。李達康は小さいころ農村で育ち、大学に入るまで満足にご飯を食べたことすらなかった。農村と農民にとって汚染が何を意味するのかよくわかっている。土地は親兄弟の命と同じくらい大事なものだ。ベースラインを失えるわけがない。しかし、ベースラインを守れば自分自身を犠牲にすることになる。李達康はこのせいで昇任のチャンスを失った。しかし、GDPで英雄を語るその年代で、GDPは業績そのものだ。GDPが下がれば、昇任欲がないことを意味する。だから、当時呂州市委員会書記だった高育良が省委員会常務委員会に入った時、李達康はその場で足踏みをしていた。

「達康、育良さんとは仕事上で交流があったんだよな?」

沙瑞金はこのことに興味を持っているようで、尋ねてきた。

「ええ、短期間ですが。呂州で一年三ヶ月間、一緒でした。高育良は市委員会書記で、私は市長でした」

李達康は正直に答え、高育良の評価に対して素直に認めた。

「着実な仕事ぶり、ものの考え方も明瞭です。政治理論への理解度も一般の幹部よりもあります。しかし、少し保身的で、革新さに欠けます。特に新都市再開発事業に関しては……」

沙瑞金はここまで聞くと笑った。

「新都市再開発事業のことで対立したそうだな。趙立春元書記が北京にいたときに話してくれたことがある」

「はい。趙立春書記は高さんを支持していたので、私は異動になりました」

李達康は否定しなかった。

「立春元書記はとても公正な方です。私は立春元書記の秘書でしたが、対立が起こっても私に肩入れしたりしませんでした。林城へ就任に向かう時、元書記自ら送り届けてくれたんです。その道中でいろいろ話してくれました。私と育良は違う。私は土地開拓の大将だと。林城の遅れた情勢をできるだけ早く取り戻してくれ、呂州は基盤が整っているから、あとは育良たちに段取りをふんで事を進めさせよう、と」

沙瑞金は頷いた。趙立春元書記は人物をよく見ており、その才能に応じて任用することができる人だと称賛した。

李達康は就任後、この科学技術経済開発区に力を入れた。林城には呂州ほどの基盤がないとよくわかってはいたが、自分は高育良のように段取りよく、物事を進めることはできなかったので、ひとまずスローガンを考えた。「大胆に試み、大胆に道を切り開く！」それから、李達康は時の人となり、このスローガンも論争の的となった。

ひとしきり自転車に乗ると、二人とも汗をかいた。李達康と沙瑞金は自転車から降り、湖のほとりに立って遠くを見渡した。この場所も十景の一つだ。名前は一万畝（ムー）の香荷湖。広大な湖面に大きなハスの花が咲き、季節は過ぎているが、茎ハスの葉をかついでいる。人々は緑を好む。風が吹いてハスが動く。清々しい香りが鼻を突き、とても爽快な気分になる。ハスの葉の上でキラキラ輝く露の雫が動き、元気いっぱいの可愛らしい子どもみたいだ。林城の潘安湖のハスはこのことで有名だ。

すると、沙瑞金が思い出したように聞いた。

「そうだ、達康。報告があるんだったよな?どうした？」

「はい、私的な事なんですが、沙書記と組織には知らせておいた方がよいと思いまして」

「奥さんと離婚する事かな？」

沙瑞金は李達康を見ながら微笑んだ。

李達康は不意を突かれた。

「沙書記、来て間もないのに、どうして私たち夫婦の事を？」

「一緒に働くなら、自分の状況も相手の状況も完全に理解し、お互いに関心を持つべきだ！」

「私たちは別居してもう八年が経っています。長い悪夢です！」

「八年の抗戦か。情がないのであれば、とうに離婚できていたでしょう！」

沙瑞金は首を振り、ため息をついた。

「問題なのは欧陽菁が離婚する気がないということです。メンツのために、無理強いはできず、こんなにも長い間我慢することになりました。欧陽菁はもう私の忠告に耳をかそうともしません。アメリカにいる娘のところに絶対に行くと言い張っています。私を追い詰めるつもりなんです。中央の規定では、欧陽と離婚しなければ、私は仕事をやめなければなりません」

李達康は打ち沈んだ表情だ。

「そのことなら把握していた。ダメなら離婚起訴すればいい！」

今まさしく離婚起訴の準備をしているところだった。先に沙瑞金に言われるとは思わず、しばらく呆然とした。そして両手を伸ばし沙瑞金の手をきつく握った。

「ありがとうございます、瑞金さん。私のことを理解してくれて、支持してくれて。できるだけ早く法院に行って起訴の手続きをしてきます……」

李達康は声を少し震わせながら呟いた。

十九

侯亮平は高育良の家に詳しい。片手に花を持ち、久しぶりに高家のチャイムを鳴らした。真っ黒な正門の脇にある小門が開いた。高育良の妻、呉慧芳は侯亮平を見て喜んだ。

「やっと先生に会いに来てくれたのね。良い生活をしているから、私が作った豚肉の煮込みを食べたくならなかったんでしょう」

呉慧芳はからかった。

「二十年前からまったくお変わりありませんね！永遠に枯れないバラだ！」

侯亮平は笑いながら、大げさに花束を渡した。

先生の奥さんと冗談を言い合っていると、高育良が老眼鏡をかけて二階の書斎の窓から白髪まじりの頭を出した。

「おぉ、サルか？入れ入れ。待ってたぞ！」

リビングに入ると、先生が二階から降りてきた。呉慧芳が持っている花束を見て、侯亮平を親しげに冷やかした。

「こいつ、先生の奥さんの喜ばせ方を知っているな！おお、林城のバラか？」

「はい。花屋が林城のバラと言ってました。先生、さすがですね」

「李達康が林城に千畝（ムー）のバラ庭園を造っただろ。今では京州で売ってるバラのほとんどが林城のものだ」

「先生は奥さんによく花を贈るんですか？」

「買わないのよ！亮平、あなたが学校にいる時、よく花を贈ってくれたわよね。あ、そうだわ。同偉も二度贈ってくれたことがあったわね」

呉慧芳は花を花瓶に生けた。

「だからな、亮平や同偉がくると呉先生は教授の気位を捨てて、腕をふるっておいしいご飯をおまえたちのために作るが、私の相手はしてくれない」

高育良は自嘲した。

「そうなんですか！でも花を贈らないのにおいしいご飯を食べたいなんて！僕は奥さんに賛成ですよ！」

侯亮平は笑った。

「亮平、鐘小艾は一日中あなたにうまいこと言われて、忙しく動き回っているのかしら」

呉慧芳も笑った。

「そんなことないですよ、とても現実的な人ですから。一度彼女に花を贈ったことがあるんですけど、喜ぶどころか、怪しんでましたよ。アヒルの丸焼きに換えてきてって言われました。これだけ一緒にいるのに、花よりも食べ物か飲み物がいいってわからないのかって説教されました！」

侯亮平が笑いながらそう言うと、先生と奥さんも笑った。

高育良家のリビングには特徴がある。先生兼上司は園芸や盆栽が好きで、リビングの空間は精彩に富んでいる。迎賓松は枝が丸まり、力強い針葉樹だ。友人が黄山から贈ってくれたものだそうだ。窓の敷居にはいくつか盆栽が並べられている。珍しい石や花がとても美しい。侯亮平は先生の作品を楽しみ、大したものだと褒めた。高育良も体を起こし、微笑みながらいくつか花のことを教えてくれた。それから先生と教え子二人は気ままに仕事の話を始めた。

高育良は陳海の事故のことを切り出した。とても悲しい出来事だった。教え子は自分の子供のようなものだ。

「おまえが陳海に京州に帰るように言ったと祁同偉から聞いたが、そうなのか？」

「はい。もし陳海に丁義珍逮捕の協力をさせなかったら、命を狙われることはなかったかもしれません！」

侯亮平はごまかさずに認めた。

高育良は注意深く侯亮平を見た。

「命を狙われた？陳海の事故は誰かが企んだものだと思っているのか？証拠は？」

「今捜査中です」

「もし誰かが陳海の命を狙ったのだとしたら、おまえも気をつけたほうがいい」

しばらく考えてからまた注意を促した。

「陳海の安全にも気をつけたほうがいいかもしれないな。本当に命を狙っているのなら、敵は陳海を二度と目覚めさせないはずだ」

侯亮平が今回先生を訪ねたのは、聞きたいことがあったからだ。機は熟した。

「丁義珍を捕まえようとしたあの夜、先生は会議を開いていましたよね。なのにどうして丁義珍を取り逃がしたんですか？誰か丁義珍に情報を流したんでしょうか？疑わしい人はいませんでしたか？」

「疑ったさ。でも証拠がない。無責任なことは言えないだろう」

高育良はため息をついた。

「あの夜何か特別な事が起きませんでしたか？外に出て電話をした人は？」

侯亮平は細かく尋ねた。

高育良は北京からきた教え子をちらっと見た。難解な眼差しを向けている。

「いた。会議に出席していた数人が電話をしに出て行った。一度だけではない。後になって思い出したが、李達康は三回、祁同偉は二回、陳海は四回、季昌明は一回だ。沙瑞金書記に状況を報告させるために、秘書に電話をかけさせた……」

高育良は立ち上がり、背中で手を組みリビングを歩き回った。

「後から考えても本当におかしいと感じたことがある。季さんは、北京から任された事件について私と省委員会に報告する必要はなかったように思う」

「ですが、季検察長は報告する義務があります」

侯亮平は昔の先生であり現在の上司の様子を注意深く見た。

高育良は両手を広げた。

「そうだな、季さんが報告に来たからには聞くしかない。京州の副市長に関連することなら、李達康に知らせる。李達康は省委員会常務委員だからな。祁同偉は例外だ。私に報告に来たところ偶然出くわしたんだ。全省社会治安消防安全総合管理業務でチームを組んでいて、隊長の私に報告しなければいけなかった。季さんが来た時、まだ報告が終わっていなかったから帰れなかったのは当然だ。それに逮捕が必要な状況だと判断し、引き止めていた」

侯亮平は腹をくくって尋ねてみた。

「ですが、季検察長の話では、あの夜先生は話し合ったり、指示を仰いだり、ずるずる引き延ばしていた様子だったと……」

高育良は不愉快になり、手に持っていじっていた扇子をテーブルにパンっと置いた。

「それはどういう意味だ?もともと報告する必要のなかった事を、どうしてもと言って報告に来たんだ。報告されたなら当然話し合って、指示を仰ぐだろう。引き伸ばす理由なんてない」

「怒らないでください。先生は学者気質だということです……」

侯亮平は慌てて言った。

「学者気質だと?私はH大学から異動してきてもう二十年経つ。とっくに学者気質じゃなくなっている!季さんは慎重すぎるんだ。責任を負おうとせず、苦労しようともしない。亮平、私は省政法部署の指導者だ。このような事件が起こって、恥をかいたのは私なんだ」

高育良は腹を立てた。

侯亮平は先生にお茶を注いだ。

「その通りです。高先生、わかっています。ずっと調査をしているそうですね」

「もちろんだ、今も調べている。その悪人を絶対に捕まえてやる!」

高育良はお茶を味わう。顔色がだんだん良くなってきた。

呉慧芳がタブノキの棋盤を持ってきて、先生と教え子二人で久しぶりに象棋(シャンチー)[1]を指してはどうかと提案した。侯亮平は大学時代よく高先生の家に来て象棋を指し、ついでにご飯をご馳走になっていた。先生は良きライバルだ。頭の回転が早く、奇抜な手を指す。若い侯亮平は強い。だが、手慣れている分、高先生が少し勝っている。二人は負けそうになるとよく急いで待ったをかける。だから年齢など関係のな

1　象棋(シャンチー)は中国本土はもとより広く東南アジアで盛んに指されているゲーム。

く、二人は顔や耳を赤くしながら闘鶏のように争う。奥さんはそばで微笑みながら、子供をなだめるように仲裁に入る。呉先生は昔のあの日々を思い出してほしいようだが、高育良も侯亮平も象棋をする気分ではなかったので、手当たり次第に駒を並べた。話題はまた事件の分析に戻る。

「腐敗賄賂防止局もあの報告会議を調べているんだろう?」

高育良は侯亮平をじっと見た。

「着任したその日に調査の手配をしました。高先生、会議を開いていたあの時間、丁義珍に電話をかけた疑いがあるのは四人です。そのうち三人はそう遠くない基地局からかけていました……」

侯亮平は姿勢を正して、駒を動かした。

「亮平、それは新しい発見じゃないぞ。祁同偉はすでにその情報を掴んでいる。内部の人間が情報をリークした可能性は排除していいと言っていたが、私は同意しない。そんなに簡単に排除してもいいものだろうか」

高育良は順調に相手の駒を二つとった。

「そうですよね。もし内部の人間が情報をリークしていたら、他の人間が丁義珍の逃亡を指示していたということですよね。その人物たちの間には密接な関係があるはずです」

侯亮平は先生から駒を三つ取り、同意した。

対局には集中していないので、気ままにゲームが進んでいく。二人は待ったをかけないので、進展が早い。しかし、すぐには優劣を判断できない。

「私も同じ考えだ。だから、あの時間の省委員会基地局からかけられた電話をもう一度祁同偉に詳しく調べさせるか!」

「まだ何もわかっていないんですか？」

侯亮平は期待を込めて先生を見た。

「千以上もの通話記録があって、人が多すぎる。まだ手がかりはない！」

高育良は失望しているようで、かぶりを振った。

「高先生、もっと重点的に調べようと思わなかったのですか?例えば、季昌明の電話の相手が誰だったのか。李達康が三回も電話かけるとはどういうことか。もちろん、祁同偉先輩もです」

侯亮平はむきになった。

高育良は教え子の駒を一つ取り、慌てずに次の一手を指した。そして周到に計画し先々のことを深く考えて口にした。

「調べてないと思うか?調べたよ。怪しい点はあったが、確定はできない」

「じゃあ、一番疑わしいのは誰ですか？」

侯亮平は問い詰めた。

「無責任なことは言えない。もっと詳しく調べないとな」

高育良は警戒し、慎重に言った。

「山水集団の高小琴を調べたんです。あの時、省委員会基地局から電話を受けていました。その番号は、一度使われただけでその後は使われていません!怪しいと思いませんか？」

侯亮平は先生の中腹の駒を取った。同時に自分の切り札を見せる。

「ということは、その電話はあの会議に参加していた人間の電話番号ではないということか？」

高育良は関心を持った。

侯亮平が頷く。

「そうです、この手口は本格的です。だからこの電話が一番怪しいと思うんです！もっと調べることもできます。高小琴と親しい関係にあるのは誰なのか」

高育良は少し考えてから、注意深く頷いた。

「それも適当な事は言えないぞ。高小琴の山水リゾートは京州各階級役員の食堂と言ってもいい。八条の規定ができる前は私も何度か行ったことがあるからな」

「そうですね。私もこの間、祁同偉と食事に行きました。先生の代わりに刁徳一の役を任されちゃいましたよ！」

侯亮平は笑った。先生の駒をとり、素早く片付けた。

「高小琴は交友関係が広い。だが、丁義珍の出国を手配できると思うか？動機は？丁義珍が守ろうとしているのは蔡成功だろう」

高育良は考えながら呟いた。が、自分が打ち負かされていることに気付き、思わず声をあげた。

「あれ、どういうことだ。サル、やられたな。まぁいいか……」

その時、呉慧芳がエプロン姿でキッチンから出てきて、侯亮平に味見を頼んだ。侯亮平は喜んで引き受け、呉慧芳についてキッチンに入った。鍋から香ばしい香りがする。思いっきり吸い込んだ。

「いい匂いですね」

呉慧芳は侯亮平のことをとても気に入っており、昔は娘を嫁がせようとしていた。呉慧芳は鍋の蓋をとり、肉をひとかけら掴み、侯亮平の口に入れた。

「食いしん坊のサルね！」

呉慧芳は親しげにからかった。

「うんうん、あと少し砂糖を加えたらもっとおいしくなりますよ……」

食いしん坊のサルは肉を味わいながら言った。

キッチンから出て、侯亮平は先生がソファで考え事をしている姿を見た。疑っている人物はいるが、言い出せないのだろう。少しがっかりした。侯亮平はずっと先生を尊敬している。法学分野は高育良が手ほどきしてくれた。授業で雄弁に論証し、力強く腕を振る先生の姿は一生忘れられない程深い印象を残した。先生が昔のように教え導いてくれる。京州の謎をわかりやすく解明してくれるのではないかと、望みをかけて先生に会いに来た。先生のことを完全に信じていた。けれども高先生は今やもう高書記だ。あの時のように生徒に答えを教えてくれるとは限らない。先生は歳をとり、警戒心が強くなった。そして人当たりがよくなった。侯亮平は先生の赤くなった頬を見て、ひそかに感慨にふけった。

先生はしばらく考え、自分から本音を話し始めた。長ソファをポンポンっと叩き、生徒を隣に座らせた。

「もう少し考えてみよう。丁義珍が逃げて最も利益を得るのは誰だ？」

「先生はどう思いますか？」

先生はすでに答えを見つけていると思い、聞き返した。

高育良はすこし躊躇ったが、説明した。

「もしかしたら李達康が情報を漏らしたかもな。少なくとも動機がある！」

高育良はよく考えてから、呂州での李達康との仕事について話した。

「一緒に仕事をすれば、人の品性が見える。特に、ナンバーワンとナンバーツーの間はな。今日は事件を分析して白黒つけてもかまわない。呂州でも林城でも、李書記は業績のためなら何でもした。李書記にはずっと後ろ盾があった。あるいは政治資源とでも言おうか。呂州での対立のことで、趙立春元書記は、道理はこちら側にあるとわかっていたが、李達康は林城市委員会書記へ異動となり、諸侯へと栄転した。林城経済開発区のためなら李達康は一切を省みずに、どんなこともやり、どんな人物も使った。副市長の腐敗による逮捕のせいで、開発業者が逃げた」

高育良は少し間を置いて意味ありげに笑った。

「おかしいな。また副市長が逃げたというのに、開発業者は逃げていない！」

「高先生、李達康が逃したということですか？」

「そう聞こえたか？私はただ歴史について話しただけだ。自分で考えなさい。さっきも言ったが、彼はたまに一切を省みず、めちゃくちゃなことをする！」

高育良は否定せず、造詣の深さが計り知れないと、生徒を見た。

「高先生、李達康は何と言っても省委員会常委員会の人間です。本当に党の規律や法律を顧みず、このような犯罪活動に関わりますかね？代償が少し大きすぎると思うのですが」

生徒はそう言うと縮こまった。

「いや、丁義珍が捕まったほうが代償が大きい。今、李達康の利益を天秤にかけて重くなるのは何だ。欧陽菁か！妻のために、あえて危険な橋を渡るかもしれない。欧陽菁の問題がもしかしたら李達康まで繋がってるのかもしれないな。そうだ、前言っていた告発者、大風工場の蔡成功社長はどうなった？」

「取り調べをしたばかりで、証拠はまだ確実ではありません」

侯亮平は言葉を濁した。

「なら早く確実なものにしろ！」

高育良はじっくり考えてから続けた。

「亮平、ここまで話したからには、おまえに隠し事したりはしない。タイミングを見て沙瑞金にも報告しよう。省委員会副書記として、この重大な問題に責任がある。李達康はずる賢い。簡単じゃないぞ。一計を案じ逃走するかもしれない。そろそろ自分から離婚を切り出すかもしれないな」

侯亮平は躊躇った。

「高先生、もう一度考えてみましょう。急ぐべきではありません」

「程会いは心得ている。今日はここまでにしよう。調査結果が出るまでは誰にも言うな。季さんにもな。李達康に問題がないのが一番だ。もし問題があるなら、瑞金さんに中央政府に報告してもらい、捜査及び対処は中央に任せよう」

「わかりました」

侯亮平が頷いた。

「あと、陳海の安全にも気をつけろ。また想定外の事が起こらないようにな」

高育良は再度注意を促した。

「はい、高先生。すでに病院に部署を置きました」

ちょうどこの時、呉慧芳が酒と料理をテーブルに並べながら、料理の準備ができたと声をかけた。先生と教え子は話し合いをやめた。

二十

侯亮平はよく陳海の見舞いに行く。毎回意識の戻らない陳海に対面すると、この上なく心が痛んだ。感情というのは、色あせることなく、人生に深く刻みこまれる。今はただ医学の奇跡が起きるのを待つだけだが、奇跡はずっと起きていない。

モニタールームで、陸亦可が、「市の公安局が蔡成功の逮捕許可要請をした、と季検察長が言っていました」と状況を説明した。

侯亮平の心の中にふと漠然とした不安が現れた。蔡成功の逮捕申請をしたのは、捜査権を得るためなのだろうか。しばらく許可しないように季検察長に伝えたほうが良いかもしれない。

陸亦可は暗黙の了解を得た。蔡成功は職務犯罪事件の重要な告発者で、「九・一六」事件の当事者だ。捜査権は必ず検察院側が握らなければいけない。

「ですが、侯局長。季検察長は本当に逮捕申請を承認するのを食い止めてくれるでしょうか？欧陽菁の件を早く捜査しないと、劣勢に立たされてしまいます」

「陸課長、張華華と残って蔡成功の資料をすぐ手に入れてくれ。なるべく早く立件し、俺たち腐敗賄賂防止局が書類送検しよう！捜査権を失えば、趙東来に思うままに使われてしまう。趙東来がどんな手を使うか俺たちにはわからない」

侯亮平はモニタースクリーン上の陳海の病室を見た。

「そうですね。あっちは謎に包まれていて、普通じゃありません。ですが私たちの書類送検理由も十分ではありません。蔡成功は贈賄の嫌疑がかけられ、そして自首もしています。告発者として手柄を立てていますので、常識で言えば逮捕はされません……」

「普通の状況だったらそうだろう。だが、今は特殊な状況だ。告発者の安全のため、そして欧陽菁と丁義珍の職務犯罪事件を円滑に調査するため、書類送検だけでなく、資料もしっかり揃える必要があるな。書類送検の容疑罪名は市局が報告している罪名を超えなければいけない」

そうすれば蔡成功の事件は検察院が処理できる。その他の特殊な状況を考えた。蔡成功は今まだ公安病院で怪我の治療をしている。この事も頭にいれておかなければいけない。

その時、捜査官の周正が引き継ぎに来て、侯亮平と陸亦可は病院を後にした。

仕事の話がまだ終わっていなかったので、陸亦可にコーヒーをご馳走することにした。二人は角をまがり、ドアを押してカフェに入った。薄暗くBGMが小さく流れている。コーヒーの香りがたちこめる。窓に面した場所に腰をおろし、侯亮平は陸亦可に飲み物とケーキを頼み、自分にはラテを頼んだ。街のあかりが陸亦可を照らす。彼女はうつむき、憂鬱そうな表情で飲み物をかき混ぜた。侯亮平の視線が彼女と合った。

「あの日の夜、陳海ともここでコーヒーを飲んだんです」

陸亦可はため息をついた。

侯亮平は陸亦可に慰めの言葉をかけようと思ったが、陸亦可がきっぱりと短い髪を振った。

「蔡成功が欧陽菁に渡した四枚の銀行カードについて調べました。三枚は使われていませんが、一枚だけは今も使われているようです。このカードは二〇一三年三月に口座開設され、その日に五十万元振り込まれており、口座名義は張桂蘭です。口座開設から三ヶ月の間、つまり二〇一三年三月から六月まで、誰かが二十二万五千元を数回にわたって引き出しています……」

　早口で欧陽菁の事件を報告した。

「誰か？」

　侯亮平は関心を持った。

「そうです、今はそのようにしかいえません。受け取っていたのが欧陽菁だという確かな証拠はありませんから」

　陸亦可は続けて言った。

「二〇一三年八月から九月まで、誰かが数回に分けて二十七万元を引き出され、計四十九万五千元はすべてＡＴＭから引き出されています」

「ならＡＴＭの監視映像があるはずだ」

「ＡＴＭの映像保存期間は三ヶ月です。もう消されています。このカードは振込みに使われておらず、現金を引き出すだけです。引き出した人物の映像も、サインした形跡も残っていません」

　侯亮平はこのような証拠によって欧陽菁は非を認めることはないと思った。

「使われている口座にはまだ五千元残っています。やぶをつついて、蛇を出させましょう！欧陽菁はパスポートを持ってますよね？いつでも国外に行けます。少し脅かしたら、しっぽを出すかもしれません。すでに退職届も出しているようで、一度出国したら簡単には戻ってこないでしょう。時間を無駄にせずに金銀、高価なものを集め、荷物をまとめて出て行くはずです。その時、きっとこのカードにまだ五千元残っていることに気づいて、お金を引き出すでしょう。このカードが使われれば、証拠になります」

「甘い！此の期に及んでまだ欧陽菁が残りの五千元を引き出すことを期待しているのか。欧陽菁がどんな人間か忘れるな！京州城市銀行の副頭取で、高官の妻だ。最下層の人間じゃないんだ。五千元は低層の人間にとっては大きな金額だが、欧陽菁には大したことないさ」

侯亮平は納得せず、手を振って言った。

「そうですね、欧陽菁は私と同じだと思っていました」

陸亦可は嘲笑った。話題を変え、女性課長は強気に言った。

「でも、賭けてみたいんです。欧陽菁がケチな女だということに、欧陽菁がお金を自分の命と同じくらい大切にしていると。もし彼女が私のように強情でないのなら、負けを認めましょう」

「陸課長、俺たちは負けてなんかいられないぞ」

侯亮平は皮肉った。

「もちろん負けるわけにはいきません。季さんに叱られます。省委員会常務委員と市委員会書記の妻を私たちが勝手に検察院まで同行させるわけにもいきません。それとも季さんに決めてもらいますか？」

陸亦可はため息をついた。

「だめだだめだ、上司を困らせるだけだ。季検察長は注意深い。必ず俺たちが捕まえよう」

侯亮平はある考えが浮かんだ。

「こうしよう。俺たちが表立たず、張華華にやらせるんだ。欧陽菁に会社の融資状況を尋ねさせ、そっと草を抜こう」

陸亦可は目を輝かせた。手を叩いた。

「その考えはいいですね。欧陽菁は後ろめたさにきっと何か行動を起こすでしょう。そうすれば目的達成です。劣勢に立たされなくて済む……」

翌日、女性検察官の張華華が城市銀行の窓口で待っている時、欧陽菁は会議中だった。オフィスの李副主任から呼び出され、省検察院腐敗賄賂防止局から一人女性が来ていて、民間企業の融資状況を知りたいと伝えられた。

「どうして他の人ではなく、私なの？」

欧陽菁は何か怪しいと感じた。

「わかりません」

「その検察院の女性はどの会社の状況を知りたいと言っているの？大風服装工場？」

欧陽菁は慎重に聞いた。

「具体的な会社名は言っていませんでした。ただお話ししたいと」

李副主任は首を横に振った。

「何を話すのかしら？会わないわ。やることがたくさんあるの、時間がないわ！知りたいことがあるなら、あなたが対応してちょうだい。でも注意して。クライアントの融資資料は企業秘密よ。どの企業でも、検察院の令状を提出してもらうように」

欧陽菁は表情を暗くした。

会議室に戻ったが王頭取の長い報告を聞いている場合ではなかった。うつむいて、メモを取っているように見せているが、内心混乱していた。検察院腐敗賄賂防止局の人間がどうしてこんなときに会いに来たのかしら。何か弱みでも握られた？王大路の会社で何か問題が起こったのかしら。李達康も誰かが目をつけ、突破口にされそうなのかしら。

どっちにしてもここに長くはいられない。早くアメリカに行かなきゃ。でも李達康は海外にでる前に離婚手続きをしようと迫っている。もし応じず、万が一邪魔をしてきたら、高官の夫には対抗できない。その時、王頭取は技術に関する問題について話してもらおうと、何回も欧陽菁の名前を呼んでいたが、耳に入っていなかった。みんなが見ている中で、欧陽菁は立ち上がり、具合の悪そうな表情をした。

「すみません、王頭取。頭が痛くて……」

王頭取は家に帰って休むことを許可した。欧陽菁はカバンを持って会議室から出た。

王大路がくれた豪邸別荘は欧陽菁の仮住まいだ。よく庭園に立ってぼんやりする。もしくはハクモクレンの樹にある清らかに輝く花を仰ぎ見るか、うつむいて垣根に咲いているバラを眺める。そうしているとあっという間に時間が過ぎる。綺麗な花たちはしばらくの間この世の悩みを忘れさせてくれる。魂が花に溶け込み、時々聞こえてくる騒音にびっくりする。まるで夢から覚めたみたいに。そして無気力な足を引きずりながら、もの寂しく別荘に入った。欧陽菁は年齢に相応しくない心理状態で、若いときのように未だに愛情に執着している。白昼夢に溺れ、目覚めようとしない。肌の手入れをしっかりやっているため、五十歳の女性にしては肌が透き通るように白く、スタイルもよい。だが、額にはついにシワが刻まれた。韓国ドラマ『星からきたあなた』の大ファンで、異常なほど何度も繰り返し見ている。ロマンチックなラブストーリーと白昼夢とが一体化させる。ワイン片手に、別荘の二階にある本革の長ソファに丸くなり、ひとりで長い時間を過ごす。だが、孤独だとは思わない。ト・ミンジョン教授を演じるアイドルが笑えばつられて笑い、泣けば涙を流す。完全に自分がドラマのヒロインになっている。

「こんなつまらないフィクションのドラマはアヘンと同じだな」

王大路は言った。

欧陽菁は同意したが、欧陽菁にはそれが必要なのだ。王大路は精神科に行くよう勧めた。

「李達康みたいにするつもり?なら私は死を選ぶわ」

一人の女性として、李達康からの愛情を得られなかった欧陽菁は、深い苦しみの中に沈んでいた。

家へ帰る道中、欧陽菁はずっと自分の境遇について考えていた――すべてに未練などない。欧陽菁は大学の同級生だった王大路に特別な感情を寄せていた。王大路も欧陽菁のことを気にかけていたが、終始一定の距離を保っていた。自分はト・ミンジョン教授ではないのだと示唆していた。これには欧陽菁も傷ついた。しかし、問題が起きたからには王大路に会わなければならない。王大路を待っていると、すでに夕方になっていた。欧陽菁は長い間庭園に立ち、ぼんやりしていた。つらくて悲しくて、涙が流れた。

王大路が来た時にはすでに空が暗くなっていた。半月が東から登る。欧陽菁は月明かりの下で鬱々と話した。

「今日、省検察院の女が急に銀行に来たの。会社の融資状況を知りたいって。どういう意味かはわからないけど」

これは危険が迫っている信号だと、王大路は確信した。

「李達康が警告してきた。今やらないといけないことは二つ。一つ目、李達康と離婚しろ。早ければ早い方がいい。二つ目、離婚手続きが終わったら、すぐにアメリカに飛べ。長引くと良くないことが起こる」

「李達康は法院に起訴すると言ってたわ。だから法院からの判決を待ちましょう!」

欧陽菁はこういうふうに、いつも夫を手放そうとしなかった。

「意地を張るな！検察院が来たんだ、それは良い兆候じゃない。グズグズしてはいられない。今晩李達康と話をしたほうがいい。自分から話し合いをしなさい。積極的に話し合うんだ！」

欧陽菁の目から涙が流れた。しばらくして、ため息をついて口を開いた。

「わかった、大路。あなたの言う通り、離婚するわ！でもまだ李達康と話さなければいけないことがいくつかあるの……」


妻からの電話は意外だった。その時、李達康はちょうど国際会展センターを抜き打ちで調べているところだった。李達康は神出鬼没で、いつも思いもよらない時間に、思いもよらない場所に現れるので、部下を緊張させていた。李達康は家に帰ってから話そうと提案した。

「安心して、もう喧嘩はしないわ。笑顔で集まって笑顔で別れましょう。今日は離婚について話し合うわよ！」

妻は夫が何を恐れているかわかっていて、あえて言った。

離婚の話し合いと聞いて、予想外のことに思わず喜んだ。李達康にとっては福音も同然だ。これなら法院に行って起訴する必要もない。起訴するとマイナスの影響が出る。すぐに会展センター東湖畔の二号棟にある水亭で会う約束をした。

今晩はとてもいい天気だ。月の光が水に反射し、湖面の波がきらきら光っている。李達康は水亭の明かりの下にある籐寝椅子（とうねいす）に座り、お茶を飲む。果てしなく広がる夜空に目を向けた。夜の空は澄み切ってすがすがしい。星が驚くほど明るい光を放っている。空には新月がかかり、銀の鎌が空につりさげられ、強い月の光で昼間のようにあたりを照らしている。妻は時間通りにやってきた。二人の気持ちはやっと落ち着いた。星と月の光はまるで泉水のように、世間の浮ついた不安を洗い流す。

「欧陽、ここに来たのは久しぶりだろ」

李達康は欧陽菁を座らせ、お茶を注いだ。

「そうね。前来た時は荒れ地だったわ！」

欧陽菁はコートを脱いだ。

「汚染がひどかった荒れ地だ！」

李達康は強く指摘した。

「京州で知らない人はいないわ。この場所がもともと長い間老朽化した工場区だったこと」

欧陽菁は同意した。

欧陽菁は座ってお茶を飲んだ。もうすぐ離婚する夫婦にしてはとても自然な様子で、一触即発の緊張感はまるでない。

しかし、李達康は根っからの仕事人間であるため、我慢できずにペラペラと仕事の話を始めた。

「だからこの場所に会展センターを建てることを決断したんだ。政府の重要な工事は誰も引き受けようとしなかった。今じゃ政府が介入して、開発業者もやってきた。開発の力で汚染を管理することで、後世の人々に大きな緑を残すことができた……」

「仕事の話になると止まらないんだから！」

欧陽菁は話を遮り、仕事の話をさせなかった。

「じゃあ、俺たちの話をしようか！」

李達康はすぐに話を変えた。

「その前に王大路の話をしたいの！」

欧陽菁はお茶を味わいながら、相手をまっすぐ見た。

「離婚と王大路と何か関係があるのか？」

李達康は動揺し、湖面を見ながら聞いた。

欧陽菁の目に火花が走った。

「王大路に言われなかったら、私はここに来なかったわ」

李達康は気持ちを落ち着かせ、妻が言いたいことを何でも言わせた。

欧陽菁は過去の思い出の中に浸り、昔のことを話し始めた。

二十一年前、金山県。王大路は副県長に任命された。県長だった李達康の頼りになる助手でもあり、友人だった。李達康は道路補修のため、すべての県に強制的に資金調達のノルマを割り当て、村から金を集め、人々に寄付してもらった。しかし、五元の寄付金のために、納付を拒否した農家の嫁は無理やり農薬を飲まされ、亡くなってしまった事件が起きた。農村の家族が持つ勢力は大きく、すぐに騒動が起こった。数百人もの人間が白い麻の喪服を着て、その女性の亡骸を持って県政府の正門前にやってきた。王大路は窮地に追いやられ、李達康と県政府に代わって責任をとって辞職した。王大路が辞職した後、李達康と当時の県委員会書記の易学習はそれぞれ五万元を出し、王大路の創業を経済的に援助した。王大路の長年の奮闘の結果、今の大路集団がある。

「そうだったな。大路はいいやつだった。欧陽、おまえこそ、当時は何と言おうと五万元出すつもりはなかったじゃないか！俺とそのことで喧嘩したから、易学習が代わりになってくれたんだろ。あいつが五万元を必ず返すと保証してくれて、やっと預金通帳を取り出して……」

李達康は昔のことを思い出した。

「そうね、私は気が小さい。女だもの。達康、そのことを今日までずっと後悔してきた、恥ずかしく思っているわ！」

意外にも妻はそこで話題を変えた。

「でも今のあなたは？恥ずかしくないの？王大路があなたの代わりに責任をとったことを忘れたの？もし王大路じゃなかったら、あなたはあの年に金山県で失脚していたわよ。省委員会常務委員も、市委員会書記にもなれなかった。本分を忘れちゃいけないわ。大風工場の土地を大路集団に渡してって、こんなに頼んでいるのに、どうして承諾してくれないの？」

李達康は苦笑いした。

「欧陽、違うんだ！あの時王大路に渡した五万元はこの家の貯蓄だったろ。全部渡してもよかったくらいだ。だが、今の事業はどれも俺たちの家のものじゃないだろ。俺にはその権利はない。規則を破って土地を渡せば、俺だけじゃなく、あいつにも迷惑がかかるかもしれない。王大路とも話した。大路集団は食品会社だ。不動産は関係ないだろう。もし手に入れたいなら、ちゃんと手順に従って入札したほうがいい！あいつに会って、小路には足を踏み入れるなと話した！」

「知ってるわよ、王大路が教えてくれたわ。私の顔を立ててくれたのよ？だからね、李達康。今日はあなたとちゃんと話をしないといけないの。王大路は今まで事業を通してほしいから、あなたに会わせろって私に頼むことは一度もなかった。あの時のことを恥じて、私は彼と大路集団を助けたいと思ったの！今日、私たちは離婚するけど、一度でいいから王大路に報いるチャンスをくれない？」

欧陽菁は腹を立てた。

「欧陽、この話はもうやめないか？」

　李達康はゆっくり首を振った。

「わかった、やめましょう。最後に一言、あなたに言いたいことがあります。もし王大路に言われなければ、こんな簡単に離婚しなかったわ。体に気をつけてね！」

　欧陽菁は涙を拭った。

　そして、バッグを持ち、去っていった。ハイヒールの音が響き渡った。

　李達康は複雑な気持ちだった。欧陽菁が急に離婚に同意してくれた。重荷がなくなってほっとしたが、後ろめたい気持ちが徐々に広がり、胸いっぱいになった。欧陽菁が去った後、一人で湖を歩き回った。そよ風が吹き、湖面に映る新月が銀色のかけらになり、岸辺に漂っている。欧陽菁が言ったことを思い出していた。王大路が欧陽菁に離婚に同意するように働きかけてくれたのか。昔の同僚としても友人としても申し訳ないと思った。長い間、王大路とちゃんと連絡を取っていなかったな。本当に、冷遇するべきじゃなかった。

　しばらく考えながら、湖面を見渡した。そして静かに携帯を開いた。

「大路か？ありがとう！あの時の戦友、同僚としてわかってほしい……」

　だが、相手は一言も発せず、電話が切れた。李達康はもう一度慌ててかけ直した。王大路がやっと電話にでた。

「どうした、大路。なんで俺の電話に出ようとしない？」

「小路を行かないよう言っただろう。小路は断ち切った」

　王大路は皮肉を言った。

「大路、誤解だ。気付かないうちにおまえを傷つけていたかもしれない。大路、思い出してくれ。金山を辞職してから二十一年、俺を頼りにしてくれたことはなかった。今回の光明湖の開発だけ……」

王大路は遠慮なく李達康の話を断ち切った。

「李書記、今回の光明湖再開発は不公平だ！公平な待遇を望み、丁義珍はひどすぎると、欧陽には愚痴をこぼした。李書記、丁義珍に隠れて何をしているんだ？おまえは使う人間を間違った。おまえが取り仕切っている光明湖事業は公明正大じゃない。公平な市場競争の場を与えていない」

「あぁ、大路。そのミスにはもう気づいた……」

「おまえは悪人を妨げるかのように、俺を妨げた。とても傷ついたよ。達康、思い出してくれ。ビジネスを始めてから二十一年、おまえを頼ったことはない。なんでかわかるか？俺のような商人が、おまえを失脚させるかもしれないって、おまえが心配していたから、おまえが俺を巻き添えにするんじゃないかって心配だったからだ。高官の失脚は多くの商人を道連れにする」

李達康は携帯を握りしめながら、ため息をついた。

「そうだ、誤解していたようだな。日を改めて酒を飲もう。あぁ、そうだ。易学習を呂州から呼び戻して、三人で一緒に！」

「わかった、達康。連絡待ってるよ」

携帯の向こうからやっと友好的な承諾が届いた。

二十一

陸亦可は怒りに震えていた。欧陽菁の態度は高官の妻としてあまりにも傲慢だった。張華華を京州城市銀行の客室に午後の間ずっとほったらかし、顔すらも見せなかった。考えれば考えるほど腹が立った——やぶをつついて蛇を出そうとしたが、蛇は驚くどころか、身を隠してこっちのことを笑っているのかもしれない。憎たらしい。

早朝、侯亮平は検察院のグランドで、平行棒につかまっていた。白いタンクトップ姿で胸や腕の筋肉が露わになっている。徹夜で残業していた陸亦可が探しに来た。欧陽菁を呼び出して蔡成功の告発について事情聴取をしようと提案した。特に、パスポートを取り上げることが重要だ。

このような状況では、行動を起こした方がいい。欧陽菁はビザを発行済みだ。今行動せずに、丁義珍の時のように逃走されれば侯亮平の責任だ。陸亦可に欧陽菁の出国を阻止するよう命令した。

「侯局長、欧陽菁と接触してもよろしいですね?」

欧陽菁は再度確かめた。

「あぁ、張華華のチームに行かせろ!」

侯亮平は平行棒から飛び降り、大股で歩いた。

……

欧陽菁との正面対決はこうやって始まった。しかし、侯亮平と陸亦可が考えもしていなかったことが起こった。接触早々、李達康に出くわすことになるのだ。この想定外の対決は本来予想していた範疇を超え、劇的に始まった。これはH省の政界を震撼させ、黒幕の一角を無理やり暴くことになる。

その日の午前中、張華華は命令どおり、女性同僚を二人つれて京州城市銀行で欧陽菁を呼び出していた。その時に新しい動きがあった。あの消息が途絶えていた銀行カードが、なんと奇跡的に使われたのだ。数分前、名品商場で例のカードから五千三十元が使われたと監視スタッフから消費情報を得た。腐敗賄賂防止局に残って指揮を取っていた陸亦可は、すぐに張華華を名品商場に向かわせ、一番にこの証拠を確認させようとした。もしターゲットの欧陽菁を発見したら、取り押さえるよう指示した。

張華華はすぐに名品商場に向かった。商場は人の流れが激しく、多くの人が押し合いへし合いしていて、人を探すのは簡単ではなかった。張華華の部下二人に一階を手分けして探させ、自分は二階へまっすぐ向かった。上に向かうエスカレーターで、張華華は大きな袋や小さな袋を提げている欧陽菁が、向かい側のエスカレーターから降りてくるのを見た。二人は顔を見合わせた。欧陽菁は張華華を見るとすぐに、慌ただしくエスカレーターを降りて行った。まずいと思った張華華は、上行きのエスカレーターを懸命に逆走し、人を押しのけて入り口に追って行った。しかし、一歩遅かった。欧陽菁は駐車場に停めてあったBMWに乗り込んで、縦横無尽に突き進み、街に向かって車を走らせて行った……。

張華華もパトカーに乗り込み、急いで駐車場から出た。それと当時にトランシーバーで陸亦可に報告した。

「陸課長、欧陽菁は私を見ると一目散に逃げて行きました。今追っていますが、私は一人です。部下二人はまだ商場にいます！」

陸亦可はこの時、報告のため、侯亮平のオフィスに早歩きで向かっているところだった。

「わかった、華華。しっかり追ってて!増援するわ!」

トランシーバーに向かって言った。

「亦可、誰に増援するんだ?」

季昌明が向かいからやってきて、不用意に尋ねた。

陸亦可は驚いた。あの官僚の妻と直接対決をしていることを、侯亮平はまだ検察長に伝えていない。

「小人物を捕まえるんです!」

当たり障りのないことを言った。

季昌明は疑わしそうに陸亦可を見ながらすれ違った。

オフィスに入るとすぐ、侯亮平に最新の情報を報告した。

「ターゲットは現在逃走中です。市委員会官舎の家に帰る可能性が高いです。これからどうしましょう。張華華に応援を送りますか?李達康の家の前で待ち伏せしますか?」

「本当に省委員会常務委員、市委員書記の家に行って捕まえるつもりか?」

侯亮平は苦笑いした。

「私は指示を出しているわけではありません。先ほど季検察長に会いました。季検察長は何も知りませんでしたよ」

「季さんになんて言った?」

侯亮平は敏感に反応した。

「上司を驚かせるようなこと言えるわけありません」

陸亦可は怖い顔をして呟いた。

「えらい！」

そう言って頷くと、部屋の中を歩き回った。金魚鉢の前まで行って、首ををかしげて金魚をのぞき込んだ。

陳海の仕事を引き継ぐと、陳海の私物もすべて受け取った。陳海よりも大事に金魚や草花の世話をした。侯亮平は適任ではなかった。金魚鉢の水は濁り、味噌汁みたいになった。植物も枯れて葉が黄色くなり、満ち溢れていた春の息吹も落ちぶれて秋になっている。侯亮平は金魚のエサをひとつまみ入れ、魚が食べるのを眺めた。

「何とか言ってください。華華は増援を待っているんです！」

陸亦可は焦っている。

「蔡成功が送ったカードが本当に使われたのか、確認してくれ」

侯亮平がやっと口を開いた。

「本当に使われました！張華華のチームの二人が今現場に向かって、確かな証拠を掴んでいます」

侯亮平がやっと決心した。

「じゃあ、行くぞ。華華の応援に！」

最後のひとつまみを金魚鉢に入れ、手を叩いた。てきぱきと制服に袖を通した。

「侯局長が行くんですか？」

陸亦可は少し意外に思い、目を見開いて聞いた。

「そうだ！彼女の背後には大物がいるからな！」

侯亮平は慌ただしくドアに向かった。

検察パトカーに乗り込み、市委員会の宿舎に向かった。正午近い街は、通勤ラッシュ時のように混んではいないが、スムーズには進まない。車がどんどん多くなる。まるで雨が降った後のきのこのように、たくさん増えていく。

「このこと、本当に季さんに報告しないんですか?」

陸亦可は少し心配になった。

「何て報告するんだ?もう遅い。事実確認が取れたら話そう」

陸亦可は苦笑いした。

「本当に省委員会指導者の家に逮捕しにいくんですか?」

「証拠があるんだ、逮捕してもいいだろう。俺たちはこの制服に袖を通した時に誓っただろう。国家に、人民に、憲法、法律に忠実であることを!」

侯亮平は姿勢を正した。

今重要なのは確かな証拠だ。侯亮平は陸亦可に再度状況を聞くように促した。結果はあまり良くないようだ——欧陽菁がカードを使った時の監視映像はなく、証拠は明確ではない。しかし、現場にいる二人の同僚は今も力を尽くしている。

「やられたな!」

侯亮平は呟いた。

欧陽菁はこの時、侯亮平よりもひどい心境だった。もし後悔を癒す薬があるのなら、何に変えても手に入れたいくらいだ。もともと、午後に李達康と離婚の手続きを行い、夜はお別れの夕食を食べてから中国を離れるつもりだった。午前中は時間があったから、洋服を買いにきた。海外では手も出せないような綺麗な高い洋服を買った。女性は女性なのだ。魔が差したように、馴染みのある名品商場に来ていた。

二万元する秋服があった。蔡成功がくれたカードに入っていた五千三十元を使った後、残りの一万六千元分は自分のカードを使った。欧陽菁はレシートに「張桂蘭」とサインした。この時はまだ致命的なミスをしてしまったことに気づいていなかった。エスカレーターに乗ってすぐ、昨日銀行で待っていた検察院の女性を見かけた。欧陽菁はすぐに気づいた。しまった、つけられていた。その時、「逃げろ！」この一言が脳裏をかすめた。ギリギリで逃げきった。今日の夜、絶対に高飛びしよう。

欧陽菁は無我夢中で車を走らせると同時に李達康と連絡をとった。

「家で離婚手続きをしましょう。午後手続きをして、夜ご飯を食べるつもりだったけど、今気が変わったの」

「今から会議なんだ」

李達康は困っているようだった。

欧陽菁はひどい心境だ。

「来るの？来ないの？来ないならいいわよ！」

「わかったよ、すぐ帰るから、すぐ！」

李達康は怖くなり、電話口で伝えた。

欧陽菁は家につくと、すぐに荷物をまとめた。田杏枝が手伝ってくれた。

「欧陽さん、本当に行っちゃうの？」

「うん！あ、そうだ、杏枝。この服あげる！」

「この前くれた洋服もまだ着てないのがあるのに……」

李達康が帰ってきたので、片付けを中断した。指導者はやることが入念だ。あらかじめ、民政局長と連絡を取っていたようで、二人の民政局幹部を連れて帰ってきた。そして離婚手続きを始めさせた。

欧陽菁は離婚協議書を手にすると、首を振ってため息をついた。

「ねぇ、李達康。この離婚協議書があれば、あとは部下にまかせられるのよね？早くしてちょうだい。はい、私はもうサインしたから」

李達康は離婚協議書を受け取りざっと目を通して、ペンを取り出しサインした。そして民政局幹部に渡した。

「李書記、欧陽頭取、写真はありますか？」

民政局幹部うちの一人が言った。

欧陽菁は準備していた写真を渡した。そして二人の民政局幹部がその場で離婚証書を発行した。

民政局幹部が書類に何かを記入し、印を押した時、李達康が聞いた。

「欧陽、どうしてこんな急に決めたんだ」

「安いチケットが買えたの、今日のフライトの」

欧陽菁はごまかした。

「そういうことか。じゃあ一緒にランチでも」

欧陽菁は閃いた。

「いいわよ。達康、じゃあ空港まで送ってもらってもいい？空港でランチしましょう」

「空港においしいものはないだろう。質は悪いのに値段だけはやたら高い。それに環境も良くない」

李達康はさげすんだ。

「じゃあ、やっぱりやめときましょう。達康、空港まで送ってくれるだけでいいわ」

李達康は敏感に何かを感じ取り、欧陽菁をちらっと見て言った。

「なぁ、欧陽。どうしたんだ？大丈夫か？」

「えぇ、何もないわ。大丈夫よ。娘のことを考えていたのよ……」

欧陽菁は緊張を隠した。

その後、中共H省委員会常務委員、京州市委員会書記である李達康のハイヤーは、離婚した妻を乗せて京州国際空港へと向かった。その時、検察院のパトカーが程よい距離からハイヤーを監視していることに李達康は気づいていなかった。しかし、前妻の態度に不安を感じていた。道中、欧陽菁は時折バックミラーをじっと見ていた。明らかに焦っている。李達康は欧陽菁を見ながら、何か変だと感じた。特に、欧陽菁の頼みはあんまりだ――達康、私たちは夫婦だったんだから、空港まで送ってくれるでしょう？

「欧陽、何か隠していることがあるんじゃないか？」

李達康は疑わしく思って聞いてみた。

「達康、何も無いわよ。それに、私に何かあったとしても、あなたには関係ないわよ、もう離婚したんだから……」

欧陽菁はわざとリラックスしているふりをした。

張華華からの監視報告を受け、侯亮平は高速道路の料金所で車を止めようと、即座に決めた。その時、侯亮平のパトカーは中山路を走っているところで、すぐに方向を変えて空港行きの高速道路に向かって車を走らせた。都市部と農村部の境目は、何が起こったかはわからないが、渋滞していた。侯亮平は落ち着かなかった。幸いなことに、運転手が道路の状況を熟知していたので、小さい胡同を曲がってまた車を走らせた。道をいくつか曲がると、すぐに高速道路にでた。侯亮平と陸亦可は安堵した。

「やりますね、欧陽菁は。李達康の車で空港まで送ってもらうなんて。丁義珍が逃げた時は隠密に事を運んだのに、今回はおおっぴらに悪事を働きましたね」

「それは丁義珍を逃したのは李達康ということか？」

「李達康以外に誰ができますか？」

陸亦可は肯定した。

「亦可、俺はそうは思わない。今日のこの状況とあの夜は違う」

侯亮平は首を振った。

「今なら季検察長に報告してもいいんじゃないですか？季検察長に省委員会に報告してもらいましょう」

陸亦可は提案した。

侯亮平はすぐにそれを却下した。

「今ならなおさら報告なんかできない！李達康は省委員会常務委員だ。李達康を動かすには中央の承諾が必要だ。我々の権限も、管轄範囲も超えている。今事件を調査するために、まず李達康と欧陽菁の間に何も犯罪関係がないと仮定して、犯罪容疑者の欧陽菁だけを捕まえるべきだ！」

その時、名品商場にいた同僚から、確実な証拠を掴んだという良いニュースを伝える電話が来た。レジスタッフが欧陽菁の写真をみて、カードを使ったのが欧陽菁だと認めた。一枚は張桂蘭、もう一枚は欧陽菁の二つの違う名前を使ってサインしたそうだ。欧陽菁は二万元以上もする高級な洋服を買い、蔡成功から受け取ったカードのお金だけでは足りなかったので、自分のカードで残りを支払ったそうだ。

「やったな、やっと証拠が確実になった！」

　侯亮平は喜んだ。

「李達康のハイヤーで逮捕するんですか？」

　陸亦可は聞いた。

「そうだ、だから俺自身が来たんだよ……」

　パトカーが高速道路の料金所で止まった。

「侯局長、もう一度考えましょう。これでいいのでしょうか？」

　陸亦可は再度注意を促した。

「あぁ、いいんだ。俺たちは法律に従って欧陽菁を出頭させる」

「李達康書記が阻止して、譲らなかったら？」

「そうなると思うか？李達康は政治家だ。自分の政治への影響を考えるだろう。省委員会常務委員、京州市委員会書記が喜んで対峙するとは思えない。百歩譲って、妻を助けようとしても、裏から根回しするだろう。車から降りてくることもないと思う」

　侯亮平はあらかじめ考えていたようだ。

「もし、もしですよ、李達康が局長のように手厳しかったら？」

　陸亦可は心配した。

「そっちの方がやりやすい。直接省委員会書記の沙瑞金に電話をかけて報告するまでだ」

　陸亦可はまだ何か言いたそうだったが、侯亮平は人差し指を立てて遮った。

「陸亦可、もういい。何かあったら俺が責任を取る！」

その時、李達康のハイヤーも料金所に到着した。侯亮平は車から降り、道路に出て、手を上げて車を止めた。李達康の車がゆっくり止まった。後ろから付いてきていた張華華のパトカーもその左側に止まった。李達康の運転手が車から降りて、侯亮平と陸亦可の前まで歩いてきた。

「何の用だ？これが誰の車かわかってるのか？」

「出頭すべき人間、欧陽菁が乗っているな」

「欧陽菁が誰の夫人か知らないのか」

運転手は軽蔑した表情を浮かべている。

「それは私たち検察院の捜査には何の関係もない！」

「欧陽菁副頭取を告発した者がいるんです。ご同行願いたいのですが！」

陸亦可が説明した。

「欧陽菁副頭取は李達康市委員会書記の妻だ。そしてこの車は李達康書記のハイヤーだ！」

運転手は威張った口調で言い張った。

侯亮平はすぐそばにあるハイヤーを見る。

「そうなのか？私は李書記が今この車に乗っているかは知らない。もし李書記が乗ってるなら、李書記に報告してくれないか？慣例によって行われる公務ですので、ご理解を頂きたい、と」

侯亮平は顔色ひとつ変えずに言うと、自分の身分証と勾留状を運転手に提示した。

「侯亮平、省検察院腐敗賄賂防止局長だ。これが勾留状。李達康書記と欧陽菁副頭取にこれを見せてくれ……」

李達康はハイヤーの窓をしっかりと閉めたままだった。暗い窓ガラスを隔てていても、車内にいる李達康と欧陽菁の憂鬱な顔が、侯亮平に見られている気がした。事後、陸亦可は言っていた。検察官の制服を身にまとい、身分証を持つあの日の侯局長は英雄のようで、まるで法律の神の化身のようだった、と。この姿は李達康の脳に、一生忘れることができないほど、深く刻まれたことだろう。

しかし、もう一つ見落とせない事実があった。あの時の李達康の行動は、侯亮平にとっても生涯忘れられないものになった。ハイヤーの窓がゆっくりと開いたことは、侯亮平には予想外の出来事だった。李達康はハイヤーの後部座席に座り、一言も発することなく、無表情で、侯亮平に冷ややかな視線を浴びせている。けれども、メガネの奥の眉間には、川の字が深く刻まれている。高級官僚は怒りを強くこらえていた。じっくりと侯亮平を見る。不気味な眼差しには圧迫感がある。権威は場合と対象によって、もっともふさわしい形で現れるものだ。この時の厳かな沈黙は良い方法の一つだった。

侯亮平も李達康に冷ややかな視線を送っている。二人は互いに見合っている。もう避けられない。自分からは絶対にそらせない。これは法律と権威の対決だ。少しおどおどしている侯亮平に、権力は野獣のように飛びかかってくる。法律は逃げ惑う。一秒、二秒、三秒、四秒……

この膠着状態を打ち破ったのは欧陽菁だった。ドアを開け、ゆっくり車から降りてきた。張華華と二人の女性警官が迎えた。

「欧陽頭取、行きましょうか」

張華華が険しい表情で言った。

欧陽菁は振り返り、ハイヤーに乗っている元夫に向かって最後に手をふり、検察パトカーに乗った。張華華と一人の女性警官は、欧陽菁を後部座席の真ん中にはさんで座り、料金所を離れた。

帰る途中、陸亦可は安堵した。

「侯局長の判断は間違っていませんでしたね。李達康はやはり降りてこなかった」

「だが、窓を開けるとは思わなかったな。俺への明らかな警告だった」

しばらく口を閉ざし、呟いた。

「単なる警告じゃないかもしれない。もしかしたら季さんに連絡をしているかもしれない！亦可、季さんに電話をかけてくれ。報告しよう」

陸亦可が携帯で季昌明のオフィスに電話をかけた。通話中だった。李達康と通話しているのだろう。実際そうだった。この時、李達康は業を煮やし、電話口で季昌明を問い詰めていた。季昌明は事情がさっぱりつかめず、いったいどういうことかと聞いた。

「あなたの部下が私の目の前で、ハイヤーから欧陽菁を連れて行ったんだ。パトカーが二台空港までついてきて、アメリカの映画みたいだった！」

李達康が告げた。

季昌明は予想外の出来事に驚いた。腐敗賄賂防止局の今日の行動については何も知らないと説明した。欧陽菁の事件について今まで腐敗賄賂防止局からの報告はなかった。だからこの突然起こった事件の性質を判断するすべがない。

その後、侯亮平と陸亦可は考えた。季昌明がそう言ったのは、李達康の前で自分の疑いを晴らすためだろう。後になり知ったことだが、季さんのこの日の行動はやはり見事だった。すぐに話の矛先を変え、強硬な態度をとった。

「しかし、李書記。侯亮平が空港に向かう道路まで追ってきたと言ったが、欧陽菁は海外に出ようとしていたんですよね？もしそうなら、私も阻止するように命令していましたよ。告発があった以上調べなければいけませんから！」

「欧陽菁に問題があったとしても、政治的な影響も気にかけてほしいものだ。私と欧陽菁の関係はご存知の通りだが、今日欧陽菁と離婚したんだ。離婚手続きを済ませた後、彼女に空港まで送るよう頼まれたのに、断れるわけがないだろう」

「李書記、欧陽菁はあなたとあなたの車を使ったんですよ！」

「ここまで言っても、私のせいだと言うのか？ならばもういい。法律に基づいて仕事をしてくれ。政法派や他の者からの影響など無しに、元妻の欧陽菁に公正な道理を与えてやってください」

「侯亮平のことを心配しているんですか？それについて私から説明しておきましょう。侯亮平は高育良の教え子ですが、高書記が検察院に赴任させたわけではありませんので、欧陽菁への先入観はないと言っていいでしょう」

季昌明はきっぱりと言い切った。

「ならよかった。少なくともあなたは政法派じゃない。信じていますよ！」

「李書記、侯亮平と腐敗賄賂防止局のことも信じてください。ここには私情にとらわれて法を曲げるたりする人間はいません。今日起こった事は、侯亮平と腐敗賄賂防止局に報告させます！」

季昌明は丁重に言った。

「その必要はありません、昌明さん。伝えたいことはすべて話しました！」

この電話が終わったあと、陸亦可から「報告がある」と電話がきた。

「今になってやっと報告か？一体何をしていたんだ」

季昌明はすぐに問い詰めた。

「欧陽菁の事件があまりにも突然だったので、報告する時間がなかったんです。みな忙しすぎてバタバタしていたので。侯局長に代わりましょうか？」

陸亦可が事情を説明した。

「まだ報告することがあるならオフィスに来い」

季昌明は容赦なく言った。

間も無く、二人が検察長のオフィスに現れた。侯亮平は内心不安で気が気でなかった。上司の知らない間にこのような大きな事件が起きたのだ。とても話しにくい。実は、最近一緒に仕事をしてきて、侯亮平は心から季昌明を尊敬していた。この検察長は物静かで、温厚だ。兄のように思っている。侯亮平を基準にすると、兄は少し保守的で、融通がきかないが、彼には孫悟空のような性格、それから唐僧のような安定感がある。だから侯亮平は腹を決め、上司に怒られる覚悟で、笑顔のまま真剣に反省した。

季昌明は皮肉を言うだけで、怒らなかった。まるでアメリカのハリウッド映画の俳優のようだ、と言った。

「欧陽菁の勾留がアメリカのハリウッド映画ですか。季検察長、大げさです」

陸亦可はこの重大な問題を軽く扱った。

「そうです、私たちは法律に従って仕事をしただけですよ！」

侯亮平は正直に頷いた。

「謙虚すぎるな。アメリカの映画じゃなかったら何だ。二台のパトカーが李達康のハイヤーを空港道路の出口まで追っかけた」

季昌明は皮肉を続け、陸亦可を問い詰める。

「亦可、これが君の言っていた小人物か？」

「陸亦可は責められません、私の独断で事を運びました」

侯亮平は自ら反省した。

「侯亮平、李達康はなんといっても現職の省委員会常務委員で、京州市委員会書記だ。パトカー二台に追われた時の、政治的影響を考えなかったのか？」

ここにきて季昌明は大激怒している。

「ちゃんと影響も考えました。だから市委員会官舎に行かなかったんです」

侯亮平は弁解した。

季昌明は侯亮平に詳しく状況を説明させた。そしてすぐに省委員会と沙瑞金書記に報告するように指示した。

侯亮平は欧陽菁が逃げようと準備していたこと、午前中の行動スケジュールを細かくもう一度説明した。欧陽菁が収賄していたという証拠は確実だ。蔡成功が欧陽菁に渡したと告発した二百万元の賄賂のうち、五十万元はすでに確実なものになった。欧陽菁が特殊な身分だったため、腐敗賄賂防止局はこの事件をとても慎重に、本人の供述無しで捜査を進めることにした、と説明した。季昌明は聞き終わると、だんだん表情が明るくなった。状況は悪くない。こんなしっかりした証拠があるなら、欧陽菁の事件は揺るぎない事実となる。

「季検察長、こういうことですので、李達康に報告してください！」

陸亦可は機に乗じて言った。

「報告する必要はない」

季昌明は無愛想になり、手を振って呟いた。

「仕事に戻れ！」

二人は季検察長のオフィスを出て、腐敗賄賂防止局に戻ってからも事件について話し続けた。

陸亦可は李達康の自分の妻に関する問題に何も気づいていなかったことが信じられなかった。嗅ぎつけていなかったら、李達康はなんでこんな時期に離婚なんかしたのだろうか。

「今は説明する術がない。だが俺の捜査経験と感覚から、李達康は事情をよくわかっていなかったはずだ。もしよく知っていたら、別れた妻を空港まで送らなかったはず。李達康は理知的な政治家だからな」

「ですが、李達康はただ送り届けようとしただけじゃなく、窓を開けて威圧してきたんですよ」

陸亦可はまだ疑っている。

「やっぱり李達康は知らなかったんだろう。李達康には余裕があった。だから年老いたネズミのように洞窟の中でじっとしていなかった。李達康はこうやって気勢を見せることで、プライドも見せつけていたんだよ」

侯亮平は笑った。

「侯局長、なら気をつけてくださいね。恨まれているかもしれません」

陸亦可は注意を促した。

侯亮平は考えてから口を開いた。

「そうとはかぎらないぞ。もしかしたら逆に感謝されるかもな。言えないだけで！」

「え、どうしてですか？」

陸亦可は理解できなかった。

侯亮平は微笑む。

「悟れ……」

二十二

李達康のハイヤーが止められたのと時を同じくして、高育良は沙瑞金省委員会書記に李達康に関する報告をしていた。高育良は同僚が教え子から致命的な一撃を受けたことを知らないが、客観的に時機を見て石を投げ、素直に自分の意見を伝えた。

沙瑞金のオフィスで、二人は別々のソファに腰をおろした。話はいつも建前から始まる。高育良はハハっと笑い、切り出した。

「瑞金書記は先週林城に行かれたそうですね。収穫がたくさんあったとか」

「達康さんは総合的に採掘陥没地域を利用して開発した。とても先進的な考え方だ」

沙瑞金は林城開発区の評価を包み隠さず、李達康を称賛した。

「林城開発区を手がけた李達康の功績は大きいです！」

高育良はそれに呼応するしかなかった。

当時、李達康が早いうちに呂州から別の都市へと異動にしていなかったら、高育良と李達康はそれぞれ呂州内で転属となり、対立が続き、後に悪い影響を及ぼすことになっていただろう、と沙瑞金は前省委員会書記の趙立春を称賛した。

「育良さん、一足す一が二にならない時もあるんだな」

沙瑞金は身にしみて感じた。

「そうですね。マイナスになる時もありますから」

「だから、幹部人事は芸術なんだ」

沙瑞金は笑った。ここで話題を変え、不意をついた質問をした。

「そういえば、育良さんは教え子である祁同偉を推薦しているそうだが」

「あぁ、いえいえ。今日は、李達康の状況を報告しにきただけなので」

高育良は背中にとげが刺さって、痒いし痛いのに、掻けないような気分だった。

「達康さんのことを？わかりました、話してください……」

沙瑞金は明らかに意外に感じたようで、少し驚いている。

高育良はすぐには話し始めなかった。ちょうど白課長がお茶を持ってきた。お茶の蓋をあけ、ゆっくりと息を吹く。慎重に考える。実は、十分な準備はして来ていた。出勤すると自分のオフィスに篭り、李達康に関する問題を何度も、徹底的に分析した。有能な人間に報告するのだ。筋を通し、証拠を示し、節度を持って報告しなければならない。しかし、沙瑞金が口を開けば李達康を褒め称えていたことは想定外だった。このせいでプレッシャーが生じた。新書記の李達康への印象は悪くない。今回の報告は予想よりもはるかに難しいものになる。

けれども、省委員会書記はこの副書記の報告を重視している。まして報告対象が省委員会常務委員だ。都市部の有力な市委員会書記は一般人とは違う。

沙瑞金は高育良をじっと見つめ、我慢できずに口を開いた。

「いやぁ、育良さん。なんですか。話したいことがあるんでしょう！」

高育良はコップを置き、丁義珍が逃亡したあの夜のことを丁寧に説明し始めた。報告会でどうやって情報が漏れたのか。会議に参加した同僚一人一人を分析した結果、李達康が一番疑わしく、丁義珍に知らせた可能性があった、と。

「あの夜のことは少し聞いている。誰かが秘密を漏らしたことは確かなのか？」

沙瑞金はそう聞くと、考えがあるかのように高育良を見た。

「はい。公安庁と検察院の双方ともこの結論に達しました」

高育良の顔が険しくなった。

「双方がこの結論に達していても、調べよう。事の真相を明らかにしなければいけない」

沙瑞金はソファの肘掛をぽんと叩いた。

「達康さんの妻、欧陽菁には腐敗嫌疑がかかっています。侯亮平は就任前、告発者を保護してほしいと北京から電話をかけてきました。侯亮平は何を心配していたのか。それは京州で誰か悪巧みをしている者がいるかもしれないということです。ここに何か打算があるはずです」

高育良はさらに掘り下げて説明した。

沙瑞金はすぐには態度に示さず、お茶を味わった。蓋が飲み口に当たりかちゃんと音を立てた。

「そのことについては、省規律検査委員からも報告があった。林城でも、李達康が妻のことは関係ないと胸を叩いて直接断言してくれた」

「瑞金さん、どれくらい信用できますか？」

　高育良は沙瑞金を見ながら、首を振って苦笑いをした。

「育良さん、李達康と奥さんが長い間別居していたこと知ってるだろ」

　沙瑞金は質問には答えずに聞き返した。

「はい、長い間そうだったようですね」

「ならば、李達康が気持ちもなくなった妻のために、リスクを冒してでも不正を働き、自分の地位を考えないと思うか？李達康が感情を重視するような人に見えるか？」

　沙瑞金はコップに蓋をしてテーブルに置き、意味深長に笑いながら聞いた。

　高育良は黙りこくった。新書記は明らかに李達康の肩を持っている。意外だ。今ある選択肢は二つだ。言われるがままに考えを変え、今回の報告を途中で取りやめるか。それともこのままよくない印象を植え付けることを厭わないか。高育良はお茶を飲み、一瞬で決めた。このままやり抜く！相手の考えを探って話を進めなければいけない。しかし、いつもこの方法が使えるわけではない。共産党員は原則を守り、立場を不動なものにしたうえで、個性を見せつけるべきだ――これは長年守ってきた私の政治信念だ。効果は上々だった。教授出身の副書記は官界では、根性なしなどではない。

　高育良は切り出す。

「瑞金さん、今日は省委員会に報告に来たので、率直に話します。常識的に考えて、李達康は利害を考慮し、妻の面倒な問題に関わるような事はしないはずです。言いにくいですが、李達康は結局李達康です。考え方は普通じゃない。いつも常識に基づいて物事を進めるタイプではありません」

「そうですね、林城で奇抜な手を使ったのを目にしましたから。陥没地区を利用して開発区を作る事を思いつくのは、奇抜な一手ですよね」

沙瑞金は高育良の考えがわかっていないようで、話がそれてしまった。

高育良は首を横に振り、ため息をついた。そこで、当時林城開発区で囁かれていたスキャンダルについて切り出した。

「あの時、副市長が双規にかけられると、何十人もの商人たちが一晩にして跡形もなく姿を消しました。ですが、今回は光明湖畔の開発業者は逃げませんでした。瑞金さん、おかしいと思いませんか?」

高育良は矛先を明確に示し、深い意味合いをもたせた。これでもう逃げられない。

沙瑞金は注意深く高育良を見た。

「育良さん、今回は本当に誰も失踪していないのか?」

高育良は水を飲み、コップを置いた。気の向くままに話題を投げかけた。

「はい。それから、不審な情報もあるんです。『九・一六』の夜、李達康はあの火事の状況でも大風工場の立ち退きを試みようとしていたそうです……」

「劉省長はもうじき退職するというのは誰もが知ってる。達康さんは政治上の業績を渇望していたから、常軌を逸した行動に出てしまったのかもしれない」

書記は深く考え込んだ。この報告が役に立った。同じように政治業績を渇望しているかもしれないこの省委員会書記はリスクのことを考えているのだろう。そうだ、もし高育良が省委員書記なら、李達康のような幹部には注目する。李達康は何と言っても、敵ながら感心するほどの有能ぶりだ。しかし、今は反腐敗運動と清廉な政府への動きがすべてを圧倒している。迂闊なことができる人はいない。

しばらくして、書記が指示した。

「情報漏洩の事件を徹底的に調べる。誰が関与していても関係ない。李達康が秘密を漏らし、丁義珍を逃走させたという事実が証明できたら、すぐに北京に向かい中央政府に報告する。しかし、証拠が見つかるまでは勝手な憶測をするのは良くない。同僚を傷つけるだけでなく、混乱をも引き起こしかねない」

報告の効果は良好だった。高育良はすぐに攻撃をやめた。

「わかっています、瑞金さん。報告したのは書記だけです！」

「他の人には言わないように。育良さんは政法組織の書記だ。問題発生後に私に報告したのは良かった。責めているわけではない。誤解しないでくれ」

高育良は頷いた。新書記も自信がないのだ。これから李達康にどんな問題が起きるかわからないから心配している。

沙瑞金は話題を変え、半ば冗談気味に言った。

「あぁ、そういえば、どうして自分の教え子を疑ってないんだ？確か公安庁長もあの夜、オフィスにいたんだろ。情報をリークした可能性は十分にある」

「疑ってないとは言っていません。祁同偉のことが何度も頭をよぎりましたが、丁義珍との間に直接的な関係も、動機もありません。副省長になることしか考えていないのに、このようなリスクを冒すはずがありませんから」

高育良は背中に刺さったトゲを隠し、肩をすくめて言った。

沙瑞金は何か考えている様子だ。

「副省長に？それはとても大きな一歩だ。育良さん、副省長への昇任は、組織及び中央が考えることで、祁同偉が考えることではない。自分の仕事をちゃんとするようにと祁同偉に伝えてくれ。少なくともまず丁義珍を捕まえてからだ！」

高育良は慌てて口を開いた。

「それについてこれから報告しようと思っていたところです。丁義珍の追跡はずっと行っています。祁同偉が職務を尽くし、事態は少し進展しています。昨日、トロント総領事館から丁義珍の行方を掴んだと連絡が来ました。省公安庁の追跡チームが正式に立ち上げられ、祁同偉がそのチームの責任者になりました」

沙瑞金はしきりに頷いている。

この時、高育良は省委員会書記のオフィスを見渡した。「無欲則剛（無欲則ち剛なり、無欲故に強靭である）」と書かれた掛け軸が目に入った。これは新書記の性格を表し、また彼を教え導いている。沙瑞金が先に祁同偉の問題について言及したからには、公正な心で幹部の配属問題について自分の考えを話せば、無欲則ち剛なり、だ！新任の省委員会書記の助手として、素直に腹の内を打ち明けたい。

「私にも一つ提案があります。妥当かどうかはわかりませんが」

高育良は慎重に言った。

「同じ職場の仲間として、遠慮無く率直に言いなさい」

沙瑞金は堂々としている。

高育良は沙瑞金に体を近づけた。

「凍結されていた百二十五人の幹部への調査をなるべく早く実施したほうがいいと思います。長々と結論を先延ばしにしておくわけにはいきません。このリストに載っている幹部の中には年齢の関係上、あと半年、数ヶ月で昇任できなくなる人がたくさんいます。時間を無駄にはできません！」

「それについては私も配慮している。組織部門と規律検査部門には、まず年齢ギリギリの幹部を優先的に調査するように指示した」

「よかった。陳岩石のような悲劇はもう起こせませんからね！」

高育良は安堵している。

しかし、沙瑞金はすぐに党課を始めた。

「省委員会は官僚の政治の将来性を考慮するが、今後は人事を厳しくしていく。ここ数年、取り締まられた幹部は相当な割合で不正に登用されていた。幹部の中には十年、二十年もの間不正に職につき、幾度となく登用されていた者もいた。育良さん、これは深刻な問題だ。甘く見てはいけない」

「はい。過去の教訓は心に深く刻まれています……」

高育良はしきりに頷いた。


高育良がいとまを告げると、沙瑞金は窓の前に立ち、外を見ながら考え込んだ。

この話し合いは心の中にずっしりと残った。高副書記は容赦ない。報告に来ただけだと言っていたが、実は軽視することができない政治存在を示していた。丁義珍の逃走について、公安庁と検察院からの報告を聞いた。確かに双方とも秘密を漏らした人物がいることを認めているが、それが李達康だと言い出す者はいなかった。高育良は今日、はばかることなく彼の名前を出した。高育良は李達康を引きずり出して何をしようとしているのだろうか。公正な心からか。それとも、これを機に内部抗争を起こそうとしているのだろうか。高育良は幹部人事の話題についても触れた。良く言えば、善意からの忠告だ。悪く言えば、あれは行きすぎたお節介だ。組織の幹部のことを高育良がわかっていないわけがない。やはり祁同偉のためなのだろう。教え子の昇任を直接手助けをすれば、事を荒立てずに穏便に済ませることができなくなると心配しているのだろう……。

こんなことを考えていると、組織部長の呉春林と規律検査委員会書記の田国富がやってきた。

これは事前に予定していた重要な打ち合わせだ。議題はまさしく幹部の人事問題だ。

まずは呉春林からの報告だ。省委員会と沙瑞金の要求に基づき、組織部門と規律検査委員が綿密に連携を取り、昇任を企む幹部の調査を行った結果、多くの問題が見つかった。不正に登用された幹部が発覚し、今回は都合よく警告できたという。田国富が話を引き継ぎ、説明を続けた。調査期間中、省規律検査委員会は多くの告発を受けたそうだ。ある幹部は登用どうこうの問題ではなく、すぐに組織的措置を取り、双規を行うかどうかのレベルだった。このリストがどのように制作されたのかは知らないが、責任感がなさすぎる、と感慨深げに呟いた。

「だから私たちには責任感が必要だ。恨みを買うことを恐れてはいけない。腐敗した幹部は登用せず、組織的措置をとるんだ！派閥や仲間の恨みを買いたくないだろうが、それでは党や人民から憎まれる。党の犯罪者だ！」

沙瑞金は感情が高ぶっていた。指でデスクをこつこつ叩きながら力説する。

「私たちの党組織は梁山忠義堂[1]ではないのに、忠義堂に変えようとしている人がいる！仲間じゃない人

1　梁山は中国・山東省にある山の名。宋の政和年間に、宋江・晁蓋らが梁山泊で盗賊を糾合して立てこもった。忠義堂は『水滸伝』の中で、宋江ら豪気な男たちが席次を決める場所である。

間は使わず、空席になっても他の人には役職に就かせず、自分の息がかかった人間が昇任するのを待つ」

「双規された呂州委員会書記の劉開河にはそのような傾向があったそうです」

田国富が報告した。

「規律検査委員会でよく調べてくれ。経済的な問題以外にも、政治規律と政治規則における問題もしっかり調べる必要がある」

沙瑞金は指示すると、次は組織部長に慎重に言い聞かせた。

「春林さん、もう一度言う。今回の調査で不合格だったものは、あくまで免職だ。許しを請うものがいたら、私のところに来させるんだ！リストにいない者は、信頼して登用できる人だ。それもすぐに報告してくれ」

呉春林がすぐに報告した。

「沙書記、実は多くの人に支持されている呂州市の幹部がいます。呂州市ハイテク産業開発区委員会書記兼管理委員会主任の易学習という者です……」

沙瑞金はH省の古い政治構成を打ち破り、徐々にクリーンな政府にしようとしている。良い幹部を見つけたと聞くと、目を輝かせ、組織部長に説明させた。

呉春林がメモ帳を見ながら説明した。

「易学習は二十五年前、県委員会書記でした。かつて未開発地域だった金山県で、李達康と一緒に働いていました。この幹部は実に有能ですが、いわゆる政治資源[1]がなかったため、二十五年間ずっと課長級

1　権力中枢の人脈、後ろ盾、頼みとする人または団体をさす。

の部署を転々としていました。今は副市長級の市ハイテク産業開発区委員会書記兼管理委員会主任をしています。腐敗していた劉開河市委員会書記が慣例に従わず副市長にしなかったようです。劉開河はこの事について正直に白状しています。副市長の地位は、金銭を送ってくれていた区委員会書記のために空席にしていたそうです。その区委員会書記は在職期間が足りなかったため、あと一年と三ヶ月待つ必要があったそうです……」

「李達康は易学習に知らせたのか？」

沙瑞金は呉春林の話を遮り聞いた。

「いいえ、当時一緒に仕事をした以外は、その後交流はなかったようですので」

呉春林は首を横に振った。

「なら、対立でもしていたのか？李達康は呂州で高育良と対立していたという事情もある」

沙瑞金は少し興味がわいた。

「それはありません。易学習は権力を奪い合うような人ではありませんから。あ、そういえば、易学習と李達康が一緒に仕事をしている時、事件が起こったそうなんです。李達康と県政府は道路修繕のための資金調達を強要したようで、たった五元寄付金のために一人亡くなりました。県委員会書記の易学習は県長だった李達康を守るために自ら責任を取ったそうです」

「そんなことが？その易学習さんを調査リストに入れたほうがいいかもな。どう思う？」

呉春林と田国富はお互いを見て、同時に微笑んだ。

「沙書記、組織部と規律検査委員会も大賛成です。易学習はいい方です！」

「瑞金さん、易学習と会われてみてください。直接話を聞いてみてはいかがでしょう」

田国富が提案すると、沙瑞金は興奮した様子で答えた。

「わかった、国富さん。手配してくれ、会いに行こう！」

ところで、組織部と規律検査委員会が重点的に調査したい人物の一人に祁同偉がいる。これは避けられない。祁同偉に対する調査には二つの意見がある。一つは、祁同偉は京州検察院で副検察長を務め、林城では中級人民法院で院長、省公安庁では八年間副庁長や庁長を務め、政法関連部署の仕事はすべて経験している。豊富な経験から、将来は政法委員会書記にふさわしい人物だという意見だ。これは、高育良の意見じゃないかと沙瑞金は確信している。

もう一つの意見はとても辛辣で、祁同偉の品格に問題があるというものだ。組織に対して不誠実で、裏表のある行動をとる。ある社長たちと親しい関係にあるらしい。

沙瑞金は眉間にしわを寄せた。

「もうちょっと具体的な例を出してくれ。例えば？」

田国富たびたびメモ帳を見ながら、報告した。

「例えば、祁同偉と山水集団の高小琴社長との関係です。祁同偉はよく同僚たちと山水集団の集会所で食事をしているそうです。高育良副書記が一緒の時もあります。丁義珍や京州の一部の幹部たちもよく足を運んでいます。あの場所は幹部たちの休憩場所となっているようですね！中央が八条の規定を定めた後は慎み、公然と行く人はいなくなったようですが」

「祁同偉は政法派の幹部ですので、再度、政法関連組織の幹部である高育良副書記の聞き取りを行います。高副書記はやはり祁同偉を推薦するという本来の意見を変わらず貫くようです。高副書記は自身で祁同偉を直接育て上げたと言われていました。今回政法担当の副省長に配属させ、今後は副書記の仕事を引き継がせ、順を追って省政法委員会書記に就任させようとしています」

呉春林が補足した。

沙瑞金はニヤッと笑った。

「そうか、政法委員会書記に配属した後は、高育良に省委員会副書記を引き継ごうとしているのか。祁同偉の功徳は完全なものになる。高育良は身近な人物でも有能ならば、全力で推薦する気だな。春林さん、組織部の意見は？」

「再度検討してみたほうがいいかもしれないですね！」

呉春林は田国富を横目で見た。

「高育良と祁同偉は単なる師弟関係ではありません。高育良は祁同偉の義父によって登用されたそうです。高育良がこんなにも熱心に祁同偉を育て、引き継がせようとしているのには何か理由があるのでしょうか。不正に事を運ぼうとしているのかもしれません」

田国富は端的に状況を話した。

「国富さん、それはとても重大な問題だ！人民が私たちに授けた権力を、絶対に個人間の私欲のために利用してはならない。これは原則にかかわる問題で、政治規則だ！」

組織部長と規律検査委員会書記が去ると、沙瑞金はまだ自分の名義上にいる高育良のことを考えていた。H省の潭水（たんすい）はとても深い。幹部関係は複雑だ。人脈、経歴などすべて甘く見てはいけない。沙瑞金は赴任してきてまだ間も無い。落ち着いていて、心次第で動いているように見せているが、実際は薄氷を踏むように脆い。政法派や秘書派など認めない。冗談のようだが、本当に存在しているのだろうか。秘書派に関しては何も手がかりがないが、高育良の政法派は調べれば何かわかるかもしれない。政法派の中心人物は祁同偉だろう。なんせ省の機関幹部たちからの評判が大きい……。

田国富と呉春林が去り、沙瑞金が腰をおろしたばかりのところに、季昌明検察長が緊急で報告したいことがあるとやって来た。李達康が問題の元妻を空港まで送り届けようとしたと聞き、沙瑞金は驚いた。

「それは本当か？」

すぐ高育良の報告を思い出し、思わず聞いた。

「本当です。腐敗賄賂防止局長の侯亮平がこの想定外の事態に気づき、緊急対処を迫られましたので、空港行きの高速道路の出口で、李達康のハイヤーを止めました」

季昌明は苦笑いした。

侯亮平？あぁ、思い出した。また政法派か。高育良の教え子だ。

「最近北京から転勤してきた彼か」

表情を変えず季昌明に聞いた。

「沙書記は一度会われたことがあります」

「有能な幹部というイメージがある」

そう言ながら立ち上がり、季昌明に近づき、ソファに座らせた。

「昌明さん、李達康と欧陽菁の離婚のことは私も知っている。わざわざ報告に来たんだ。私がなるべく早く離婚するよう提案した」

水を注ぎながら話した。

「そうだったんですね。知りませんでした」

季昌明は意外に思った。

「あの夫婦の離婚は当然だ。別居して八年が経っていた。夫婦間には愛情がまったくなかったようだし、もっと早くに離婚していてもおかしくなかった！だが、李達康が自分のハイヤーで離婚した妻を空港まで送ろうとしたというのは意外だったな」

沙瑞金はコップを季昌明の前に置いた。

「はい、常識的に考えるとやはりあのような行動は控えたほうが良かったように思います！」

季昌明は水を飲んで、舌を鳴らした。

「離婚した妻、あの欧陽菁の問題は一体どれほどのものだったんだ？」

「五十万人民元の賄賂を受け取ったということは確実です。その他の問題は現在捜査中です……沙書記、李達康さんと早く話し合ったほうがいいと思います」

「何を話すんだ？彼が来るのを待つよ。私と省委員会に釈明することがあるはずだ！」

沙瑞金は首を横に振った。

「沙書記、李達康さんは政法派についても言及していました」

季昌明は落ち着かず、心配げな面持ちだ。

「噂の政法派か」

沙瑞金は笑った。

季昌明は頷いた。

「はい、祁同偉や侯亮平、陳海はかつて高育良の教え子でした」

沙瑞金はしばらく考えると、眉間にしわを寄せ、厳かに聞いた。

「昌明さんはＨ省に政法派があると思うか？本音を聞かせてくれ」

「なんとも言えません。曖昧ではっきりしない、あるようでないような。例えば、侯亮平と腐敗賄賂防止局前局長の陳海は政法派ですが、私にはそれが信じられないのです！」

季昌明は慎重に言った。

「陳海は今入院中だ。侯亮平には注意を呼びかけておいた方がいいかもしれない」

沙瑞金は自分の意見は口にしなかった。

「侯亮平が着任してからすぐに注意しました。彼も気をつけています。ですが、政法派が存在してないというのは、おそらく事実ではありません。公安庁長の祁同偉が中心人物のようです。よく政法系の同窓会を開いているそうですので！」

沙瑞金もそれは理解している。

「そうか、状況はわかった。心配せずに、欧陽菁の事件を処理してくれ！李達康の顔色を伺う必要も、高育良がどう思うかも気にするな。『事実に基づき真実を求め、法律に基づいて事件を解決する』。それから、沙瑞金と省委員会は腐敗賄賂防止局長に感謝していると侯亮平に伝えてくれ！」

「沙書記、侯亮平に何を感謝しているんですか？彼は何か立派なことでも？」

季昌明は驚いた。

「李達康の車を止め、政治の将来を救った。彼は内心そう思っているだろう。権力や勢力に恐れない若い腐敗賄賂防止局長に心から感謝している。腐敗賄賂防止局長はこの上なく大きな面倒を省内で防いでくれた」

沙瑞金は窓の外を見ながら、言葉を懸ろに心を込めて言った。

窓の外には背が高くて大きなドロノキが生い茂り、カササギが緑の葉の間で遊んでいる。カササギの黒い羽白い尾が元気いっぱいに飛び立った。沙瑞金は徐々に気分が明るくなった。

二十三

趙東来は犯人捜査の名人だ。警察にいた時は、重大な刑事事件を解決したことで公安部から表彰を受けたことがあり、業界内ではかなり有名だ。趙東来の事件捜査には独特の方針があり、自分の考えを簡単には明かさない。今、手元には告発者の録音がある。この録音は陳海の事故現場にあった壊れた携帯から出てきたもので、陳海の事故と何か関係があるにちがいない。携帯に入っていたこの声は蔡成功のもののはずだ。蔡成功も陳海に告発電話をかけたことを認めてる。だが、音声識別の結果、あの告発者は蔡成功じゃないことがわかった。音声比較分析では、蔡成功とあの告発者が残した録音の類似性は三〇%にも満たなかった。

あの告発者が蔡成功でないとすれば、いったい誰なんだ。蔡成功に録音させた時の状態を考えても、辻褄が合わない。蔡成功にもう一度録音をさせると決めた。命令をすると、すぐにオフィスのドアがノックされ、ドアが開いた。市委員会書記の李達康が沈んだ顔で入ってきた。

趙東来は驚いて立ち上がった。

「李書記、どうされたんですか？」

李達康はデスクの向かいにある椅子に腰を下ろした。

「あぁ、少し話したいことがあってな！」

「どうしたんですか？」

「元妻、欧陽菁のことだ」

趙東来はデスクを迂回し、ウォーターサーバーでお茶を淹れた。

李達康はもの哀しそうにタバコに火を点けた。ため息をつくのと同時に煙を吐き出した。

「元妻ということは、やっと離婚されたんですね？良かった！」

趙東来はお茶を李達康の前に置いた。

李達康は悩みがあり、手を振った。

「東来、欧陽菁に本当に問題があるのか知りたいんだ」

「あります！蔡成功の告発には根拠があります」

趙東来は包み隠さずに告げた。

「しかし蔡成功はなぜ、よりによって欧陽菁だけを告発したんだ？丁義珍とどんな関係にある？高小琴との関係は？北京から来たあの侯亮平と何の関係がある？」

李達康は思い巡らせた。

「私もそれを考えていました」

趙東来は椅子を引っ張ってきて、李達康の前に座り、市委員会書記に報告した。

「最近市公安局の経済犯罪捜査大隊と共同で違法資金調達の事件を捜査しているんですが、蔡成功がそれに関わっていることが偶然わかったんです。蔡成功は違法な高利貸しから、六千万元を借りていました。丁義珍と組んで、その金で鉱山を購入しています。さらに不思議なことに、丁義珍を海外で逮捕しました。今はトロントで監視下にあります」

「まさか。追跡班の班長は祁同偉で、副班長は君だろう！」

「そこが問題なんです！祁同偉は直接トロント総領事館に連絡を取り、一番に情報を得たんです。祁庁長は私たちの敵、味方どちらなんでしょうか」

李達康は残りの半分のタバコを容赦なく灰皿にすりつぶした。

「いい質問だ。東来、あいつは敵だ。丁義珍の逮捕は難しいだろうな！」

李達康は立ち上がり、オフィスを歩き回った。趙東来の前まで行くと口を開いた。

「欧陽菁の問題は欧陽菁の責任だ。だが、欧陽菁の問題がいくら大きくても、丁義珍と他の人間たちの問題まで覆い隠すことはできない。山水集団のあの山水リゾートから目を離すな！市規律検察委員会の同僚が教えてくれたんだが、丁義珍は以前よくあそこに行っていたようだ。もしかするとその敵は今も足を運んでいるかもしれないな！どういう関係だろうな。ただ食事しているだけだろうか」

「今はまだわかりません。ですが、李書記、すでに彼らには注目しています」

趙東来は正直に答えた。

李達康は目を細めて窓の外をじっと見つめている。まだ帰るつもりがないのだろう。見たところ、市委員会書記は今日、部下である公安局長としばらく話したいのだろう。

やはり李達康はまた話題を変えて、話を続ける。

「東来、規則を守り抜くという点では、北京から来た侯亮平から学ばなければいけないことがある。正直言うと、あまり良くは思っていないが、あのやる気、精神には感服するところがある。公然と俺の車を止め、怒らせた。癪にさわるが、本当に感謝してる！考えてみろ、もし侯亮平が追ってこず、欧陽菁の口車に乗せられて、空港まで、飛行機まで送り出していたら、丁義珍のように順調に海外に出ていただろうな。省委員会と中央に釈明できなかったよ。瑞金さんにちゃんと説明したほうがいいんだろうか？」

「そうですね、彼のような腐敗賄賂防止局長はめったにいません！」

趙東来は本心から言った。

李達康は振り返り、趙東来の横顔をじっと見た。今の称賛にどのくらい誠意があるかを探っているみたいだ。

しばらくして、また意外なことを聞いてきた。

「東来、もし君だったら、ここまで必死に追いかけてたか？」

趙東来は驚き、慎重に言葉を選んだ。

「はっきりと言えないですが、もしかしたらそうするかもしれないし、もしかしたらできないかもしれません……」

「もしかしたらなんて言うな。多分、君にはできないだろうな。追うだけで、車を止めることはしないはずだ。省委員会に報告しても、するのはその過程だけで、欧陽菁はその機に乗じて飛行機で逃げる！」

「私は李書記のご機嫌を取るために、欧陽が飛び立った後に報告するかもしれませんね！」

趙東来は李達康が言ったことを認めた。

「本当にそうなら、俺は火炙りになってたな」

李達康は長いため息をついた。そして、重たい足取りで趙東来のオフィスから出て行った。その時、いつもまっすぐ伸びている李達康の背中が、今は少し曲がっていることに、趙東来は気づいた。あの政治に強い人がこれまでこんな様子を見せたことなんてなかった……。

欧陽菁の事件は李達康に大きなショックを与えた。自分の考えを整理するために、話し相手が必要だったが、趙東来公安局長はふさわしい人選じゃなかったな。あいつが今捜査している事件も欧陽菁に関連している。心の内を開かせなかった。あのアホ蔡成功が欧陽菁を告発したせいで、仕事、生活、考えがすべてめちゃくちゃだ……。

王大路ならいいかもしれない。昔の同僚で、欧陽菁の大学時代の同級生だ。王大路と家で酒を飲む約束をした。田杏枝に料理を作らせ、長年大切にしまっていた茅台酒を引っ張り出した。人は不運な目に遭った時になり、ようやく友情の尊さに気づくものだ。友達が少ない李達康にとって、王大路は数少ない頼れる人だ。ここ数年、王大路の商売が自分に面倒がかかってしまうこと、王大路と欧陽菁が悪意を持つのではないかと心配し、ずっと警戒していた。元妻に問題が起きた今、旧友にでなければ腹いっぱいの言いたいことは話せないとわかった。

李達康はコップの酒をすするようにして飲み、王大路と話を始めた。

「欧陽菁が拘留された。季昌明から欧陽菁が五十万元の賄賂を受け取り、確実な証拠もあると電話があった。どう思う？」

「どう思うだって？李書記、意外だな！」

王大路はしきりにため息をついた。

「李書記って呼ぶな、友人だろ。名前で呼んでくれ」

李達康の名前を呼んで、事実を伝えた。

「城市銀行は地方銀行だ。融資には暗黙のルールがある——通常の融資利息の他に、一つか二つ定額外の出費がある。融資業務の賄賂費用で、業界ではそれをリベートと呼んでいる。もちろんこの金は欧陽菁一人のものじゃない。貸付担当から承認担当、リスク管理部門までもがいくらか受け取る」

「頭取もか？」

「もちろんだ。欧陽はお金が足りていても、受け取りたくなくても、彼女が受け取らないものは他の人も受け取りにくい、と言っていたことがある。頭取も含めてな。それに怖くなったから、辞表を出して国を出ることを決めたんだ」

「そんなこと俺に話してくれたことはない！」

李達康は腹を立てて箸を下ろした。

「彼女が話したとして、おまえは耳を傾けたか？」

李達康は驚き、その質問には答えなかった。しばらくして尋ねた。

「欧陽はおまえがここ数年、佳佳を経済的に助けてくれていたと言っていたが、これはどういうことなんだ？」

「達康、酒を飲もう。長いつきあいなのに、一度しか酒を飲んだことがなかったよな」

王大路は答えない。

李達康は酒には手を出さない。

「大路、質問に答えろ」

「この事に口出しする必要はないだろう?俺と欧陽は大学の同級生だったから、彼女を助けているだけだ。おまえとは何の関係もない。おまえは俺に何もしてくれなかったじゃないか」

「それでも、おまえは俺と易学習の昔の同僚だろ!」

「そうだ、あの時おまえと易学習が家の金を出して、創業の支援をしてくれたことは今考えても嬉しいよ!」

王大路は酒を飲みながら感心した。

李達康は箸で皿を叩いた。

「大路、これも確認したいことなんだが、俺と易学習が援助した創業資金を返した後の数年間、欧陽と易学習の奥さんに金を送っていたのか?」

「いや、そんなことは絶対してないぞ!」

王大路はコップを置いて、李達康を真剣な表情で凝視した。しばらくして、もの哀しげに口を開いた。

「達康、おまえが酒を飲もうって呼んでくれたのは、こんなことを聞くためだったのか?友人と昔話ができると思っていたんだがな!」

「これも昔話じゃないか。大路、俺の気持ちを理解してくれ。つらいんだ!特に佳佳のことを思うと……」

王大路に酒を注ぎ、二人で乾杯した。コップを置いて、李達康は首を振ってため息をついた。

「佳佳のことなんだが、大路、助けてほしい!欧陽が拘留されて、次は逮捕されるかもしれない。佳佳に何て言えばいいと思う?もともと欧陽がアメリカに行く予定だったから、今は連絡がとれない。昨日の夜、佳佳に何回も電話したけど、繋がらなかったんだ。メッセージすらも返ってこない。妻は俺に貯金残高だけを残した。どうあの子に説明すればいいか。大路、佳佳に電話してあの子の母親の現状を伝えてくれないか」

この話をしている時は、あの実力者の李達康が心の柔らかい父に変わっていた。娘は父を憎んでいた。娘の目には、母が不幸なのはすべて父のせいのように見えていた。人は、挫折を経験する中で学ぶ。酷い目に遭っている時こそ人間性が現れる。

王大路はため息をつき、本当の事を伝えた。

「達康、今日もう佳佳と二回電話したんだ。おまえのことを誤解していた。おまえがお母さんを逮捕させたと思っている。だけど、安心しろ。できることはする！やっぱり一度アメリカに行くべきか。これは俺にしかできないことだからな」

「そうか、ありがとう！」

李達康はコップを持ち、立ち上がった。

二人は乾杯し、心も一緒にぶつかった……。

この日の夜、李達康は見送るのが惜しかった。王大路を遠い、遠いところに送りだすことが。外に出ると、新鮮で澄んだ空気が真正面から顔に吹き付けた。李達康と王大路の頭がすっきりした。

「大路。俺の代わりに佳佳に伝えてくれ。短い間でいいからやっぱり帰ってきてほしい。国を悪く言うな。国は何も母さんに悪いことをしていない。母さんは自分の不注意のせいで重大な過ちを犯してしまったって」

王大路を車まで送るとき、李達康はまた念を押した。

「安心しろ、達康。すべて伝えるよ！あんまり考えすぎるな、ゆっくり休め！」

「休んで何になる? 休みたくても、考えてしまう」

王大路を見送ってからも、李達康は落ち着かなかった。まるで強迫神経症を患ったかのように、何度も繰り返し欧陽菁と丁義珍のことを考えた。どうしてこんなことになった? なぜこんな大失敗をした。自分が許せなくなった。仕事だけが充実させてくれると思った。

田杏枝は目の前で動き回り、忙しくテーブルを拭いている。李達康は田杏枝が以前光明区の陳情窓口が低すぎると言っていたことを、ふと思い出した。次の日、孫連城に改善するよう伝えたが、どうなったんだろう。

「区陳情窓口は改善されていたか?」

李達康は田杏枝に聞いた。

「まったく。もとのままですよ! 窓口は低くて、立っても、跪いてもいられませんよ。長い間話していたら足がいたくなって立ち上がれなくなるんで……」

田杏枝の話が終わらないうちに、李達康は怒り出した。足早に書斎へと向かい、孫連城に電話をかけ、一言だけ伝えた。

「明日、陳情窓口で会おう!」

二十四

孫連城は天体が好きだ。市委員会書記からの電話を受けたとき、ちょうどベランダで天体望遠鏡を使って金星を見ていた。何のことかさっぱり見当がつかぬまま、翌日出勤してすぐに陳情フロアに向かった。あたりを見渡すが、フロアには人が溢れかえっていて、市委員会書記の姿が見当たらない。うろうろしていると、五番窓口から聞き慣れた声が聞こえた。

「連城さん、ここだ！」

近づいてみると、職員が座る位置に李達康が座っていた。李達康は小さい窓口から大きな手を伸ばして招いた。

「来なさい、話したいことがある！」

孫連城はそれに応じ、小さい窓口の前に中腰で立ち、市委員会書記の指示に耳を傾けた。

市委員書記は臆せず堂々と語った。

「連城、ずっと君たちに言ってるよな。民衆の利益は小さい事ではない。解決できるのであれば必ず迅速に解決しなさい、先延ばしにするなと。先延ばしにすれば、問題も先延ばしにされるだけだ。例えば、もし企業が社会を運営していたら、この市はとくに消えてなくなっている。そうならないために企業が造る学校、病院、幼稚園はすべて政府に任され、公的機関の所属になる。そうだろ？」

孫連城は頑張って頭を下げていたが、だんだん体が痛くなってきた。縮こまった麻花（マーホア）のようだ。中で報告させてほしいと書記に頼んだ。

「報告？報告してもらう必要はない。私が話したいだけだ！」

書記は和やかに談笑を続ける。

孫連城は心の中で弱音を吐いた。周りには陳情に来た民衆がいる。地方長官は今醜態をさらしているのではないかと気が気でない。

「企業は社会問題をどう解決する？光明区は怠業的行為をしてないか？市が把握している状況では、少なくとも三百人以上の事業待遇が実行されていない！連城さん、あなたが実行しなければ、みな陳情に来る。みずから面倒を引き起こしているということにならないか。省にも市にも公文書があるのに、どうして執行しない？権力の自由をもっと主張するべきじゃないか？」

孫連城はひざまずいていられなくなり、片方の足を床につけ、頭をもっと低くすると、一息ついて告げた。

「いいえ、それは経費の問題です。改正後、一部の経費は区が出すことになりましたので……方法を考えます！」

孫連城を知っている人たちが、何事かと様子を見ている。

片膝をついても、小さい窓口からは李達康の顔半分しか見えない。上から見下ろしている市委員会書記の憐れみを誘うように見上げた。この苦痛に気づいてもらいたかった。

---

1 麻花（マーホア）はかりんとうに似た、小麦粉をこね、油で揚げて作る中国華北の菓子。

上司はまったく気にとめていない。気にしないと決めているのだろうか。上司にはこの苦痛はわからない。もしくはわざと孫連城を痛めつけようとしているのか。引き続き話し込んだ。

「何百人もの人々に関わる事をささいな事だと思うな。それにささいな事柄一つろくに処理できないなら、そのマイナスの影響が今までやってきた多くの良い事をぶち壊すぞ。政府のイメージにも影響するだろう……」

孫連城は痛む方の片足も床につけた。大勢の人の中で両足をついて跪くのは良くない。まるで謝罪しているみたいじゃないか。女性が数人、笑いをこらえている。またすぐに跪く姿勢に変えた。

李達康がまた問題を思いついた。

「それから、区長秘書の応接日にあんなにたくさんの警察を呼ぶなんてどういうつもりだ。民衆が怖がるだろう。君たちはここに来るのに気取って体裁を取り繕うとしているのか。国民を敵だと思って身を守ろうとするな。人民政府のイメージを悪くするだろう！」

「これは丁義珍が決めたものです。騒ぎを起こす人民がいるかもしれないと……」

孫連城はどもりながら説明した。

李達康が窓台を叩いた。

「民衆がここに来ているのは陳情をするため、問題を解決するためだ。どこに騒ぎを起こそうと企む民衆がいるんだ！」

上司の口調が突然厳しくなった。

「この窓口で、人民はどれだけの苦しみを味わえば胸の内を伝えることができるんだ。孫連城、話にならないぞ。共産党の区長としての職責を果たしているか？窓口を改善するよう頼んだのに上の空で聞いてたのか？今日苦しみを味わっただろ？官僚をひどく憎んだんじゃないか？」

「李書記、か……改善します。す……すぐに改善します！」

孫連城は力なく倒れこんだ。

「改善するかしないか見ているからな！今日これだけ言ったんだ。連城、しっかりやれよ！」

李達康はふんっと言った。そして、秘書と接待室から出てきて、大手を振って立ち去った。

孫連城は李達康が出て行くのを待ち、苦しそうに立ち上がった。膝をさすりながら、しばらく呆然とその場に立ち尽くしていた。そして、陳情局長オフィスに行って、ハゲ頭の陳局長を指差し、大声で怒鳴った。

「あの窓口を設計したのはどこの馬鹿だ？あんなに小さくて、低くて、わざと酷い目に遭わそうとしているのか？！」

「孫区長、ご存知ないのですか？あれは丁義珍が当時自ら設計されたものです！」

陳局長は慎重に言った。

「なんであんな設計に？あの腐敗官僚は心も腐ってるのか？」

「孫区長はご存知ないかと思いますが、陳情にくる民衆の中には、窓口で筋が通らない話を永遠とする方がいるので、丁義珍が見取り図を書いて、このような窓口になりました。陳情に来た者が立つことも跪くこともできず、何言かで話を終わらせるようにするのが目的なのです」

「丁さんの動機は立派だ」

「効果はありましたよ、効率が上がりました！」

陳局長は曖昧な笑顔で付け加えた。

「意地が悪い。跪きすぎて膝が痛い」

「では、人のためになることをしますか？経費を都合していただければすぐに改善します！」

陳局長は発言を変えた。

孫連城は歯が痛むのか、眉間にしわを寄せた。

「また経費だよ！俺が金を作ってるんじゃないのに！どうにか工面しよう。どのみち李書記はやることがたくさんあるから、数日経てば忘れるだろ！やめだやめだ！妥当じゃない。陳さん、市財政に改修費用として七、八十万、いや、ちょうど百万元を申請してくれ！李書記には財政から費用の承認が下りたら窓口を改善すると報告する。無理なら別の方法を考えよう！」

陳局長は頷いた。

「わかりました。では今日中に報告します。承認されなければ変えなければいいんですよ！」

孫連城は陳局長のハゲ頭を指差した。

「ブタ共め。俺の足を引っ張ったり、ブーブー言うな！私は意見しているんじゃない。陳さん、考えろ。予算が承認されなければ改善しないだと？。あのな、金がなければ何もできないのか？怠業だな！窓口は六箇所だ。たった六脚の小さい腰掛けも買えないのか？銀行みたいに飴を置いたりできないのか？金を使わなくても、できることがあるだろう！」

「わかりました、孫局長……」

陳局長はハゲ頭の汗を拭いた。

「当たり前だ。飴をたくさん置けないなら、窓口ごとにいくつか置いておけ。その気持ちが大事なんだ。置き過ぎたら陳情に来る人が増えたり、誰かに全部持って行かれるかもしれないしな。中国の、特に京州の民衆は救いようがないほど根性が腐っているからな！」

孫連城は言い聞かせた。

「はい、孫局長。中国の民衆は救いようがありません……」

陳局長は同感した。

実は、孫連城の心の内を理解している人はとても少ない。この区長は一見穏やかで従順そうだが、心の中にはどこにも発散できないストレスが溜まっている。若い頃は仕事が順調に進み、孫連城は若くして課長級になったものの、それから二十年間足踏みしている。徐々に意気消沈していった。特にここ数年、天文学に夢中になり、宇宙の果てしなさと時空の無限さを知った。人類とは何だ。アリ？ホコリ？宇宙人は存在するのだろうか。孫連城は存在していると思っている。宇宙には地球に似た惑星が一億万個存在している。人類よりも優れた生命が生まれないわけがない。いつか彼らがやってきて、地球は支配されるんだ。李達康が何だっていうんだ。高育良も、沙瑞金も。ただのアリ、ホコリだ。孫連城は悟りを開いたことで、心が落ち着いた。それからは、事なかれ主義の姿勢をとり、悩むことなどなくなった。何に対しても「わかりました」、「はいはい」言うようになった。実行しないからといって、俺をどうにかすることなんてできない。個人的に昇任なんかどうでもいい。

故に、孫連城は本当に李達康のことなど恐れていない。無私である者は恐れを知らない。孫連城は汚職も収賄もしていなければ、登用すらも望んでいない。何の罪がある。胸の内には宇宙がある！有力な李達康書記でもわからない。永遠にわからないだろう。

オフィスに戻ると、なんと鄭西坡に出くわした。

「孫区長、何度も探しましたよ。返事もありませんでしたし。工場を建てる土地以外に要求はありません。

古い工場はまもなく取り壊されます。新しい工場が必要なんです。緊急です！」

　鄭西坡は孫連城の手を掴んだ。

「鄭さん、気持ちはわかるが、そう簡単じゃないんだ！」

　孫連城は適当にお茶を濁した。

「どうしてですか？二十畝（ムー）の工業用土地が必要なだけなんです……」

「鄭さん、光明区は今やもう市の中心地だ。どこにそんな土地がある。事実、区にはもう土地がないんだ。あの古い工場が最後の工業用の土地だ。取り壊された後は不動産用の土地になる！」

　孫連城はもうごまかしきれなくなった。

「ならばどうして早く教えてくれなかったんですか？何度も会いに来たのに。あなたは何度も冗談ばかり言って！孫区長、もし新しい工場を建てる土地がないなら、光明湖の古い工場は取り壊させません！」

　鄭西坡は苛立った。

「いやぁ、鄭さん。蔡成功を真似て工場を占拠したりしないでくださいね！大混乱を引き起こした張本人はすでに拘留され、懲役八年から十年の判決が下る……」

　孫連城はすぐ警告した。

「人民のために仕事をしない官僚なら、帰ってさつまいもでも売れ！」

　鄭西坡は腹を立てた。

　孫連城は苛立ちもせず、笑って言った。

「それでもいいでしょう。さつまいも売りも生きる方法の一つです。あぁ、もう退勤の時間だ。さぁ、私は帰ってさつまいもを売ります。あなたはご飯を食べに帰ってください！」

二十五

事態は予想していた方向に進展している。欧陽菁が突破口だ。これでやっと、大風工場の株の謎を解明することができる。さらには、芋づる式に山水集団の内部が明らかになっていくだろう。欧陽菁が五十万元の賄賂を受け取った事実はすでに調査により明らかになっている。収賄はもう重要ではなくなった。今明らかにしなければいけないことは、融資を担当していたこの銀行副頭取が融資を取りやめたことにより、大風工場の株式の譲渡と「九・一六」事件がどのように起こったかだ。今日は欧陽菁と蔡成功を同時に取調べし、高小琴と接触する。このために入念な準備をした。

自信は十分にある。季昌明が状況を尋ねに来た時、侯亮平は告げた。

「今日は三チームで緊密に連携し合い、鮮やかな闘いをして突破しましょう」

季昌明は半信半疑で侯亮平を見た。

「突破?これで突破できるのか?」

「こうやって突破するんですよ!」

侯亮平は認めた。

季昌明は意思表示をせず、向かいの指揮ポジションに腰をおろした。欧陽菁への取り調べは慎重に、上司が必ず参加し、指揮監督をとらなければならない。侯亮平には成算があった。上司が腰を下ろすと、持ってきた水筒を机の上に置いてから、まず状況を説明した。

「沙書記が褒めていたぞ。腐敗賄賂防止局長に感謝しているそうだ。よく李達康の車を止め、李達康の将来を救ってくれた、と言っていた」

侯亮平はそれを聞いても意外には思わなかった。すぐに、沙瑞金は李達康と欧陽菁を切り離すつもりだなと思った。

「李達康を救えるのは彼自身だけです。彼が腐敗してしまえば、誰も助けることはできません！」

何気ないその発言に、李達康は驚きを見せた。

「亮平、無責任なことを口にするな。俺たちは事実そのものについて論じるんだ！」

欧陽菁が到着したのを確認すると、季昌明が机を叩いた。始まりの合図だ。侯亮平はデスクに置いてあるマイクに向かって指令を出した。指揮センターの通信設備は最新で、大きなスクリーンには取調室の画面が映し出された。係員たちは随時画面を切り替え、異なる取調場所を同時にスクリーン上に映し出すことができる。幹部は映画を見るように、いつでも取調室の進行を把握できるというものだ。

欧陽菁の尋問を担当するのは、張華華と一人の女性検察官だ。欧陽菁は少し興奮気味で、融資に問題があったことを認めない。

「城市銀行と大風の融資業務のやりとりはすべて合法で正常なものでした」

欧陽菁は自分の主張を通すつもりのようだ。

「二〇一二年の初めに、蔡成功への正常な融資が不正に打ち切られたことで、大風工場の株が山水集団のものになりましたよね」

張華華は指摘した。

「もともと計画通りに融資の準備をしていましたが、銀行のリスク管理部門が行った融資前の調査で、蔡成功が違法な資金調達事件に関わっていることがわかったんです。蔡成功は高利息で一億五千万元を借りていたんです……」

　侯亮平と季昌明はお互いを見合った。このことは誰も知らなかった。すぐに事実確認をしなければならない。スタッフに市公安局の拘留所の映像に切り替えさせた。スクリーンに蔡成功が弁解している様子が映し出された。

「俺が高利貸しを使おうが、どれだけ借りようが、企業の流動資金融資とは関係ないだろう。俺は私人で、大風工場は企業法人だ。それに大風工場は俺一人のものじゃない。株を保有している工員たちのものでもある」

　欧陽菁は嘘をついてなかった。蔡成功は確かに違法に資金調達をしていた。スクリーンがまた取調室の映像に戻り、欧陽菁が説明を続けている。

「高利貸しに関わっている悪徳商人に融資をする銀行がありますか?」

　欧陽菁は興奮気味で続けた。

「私はあの悪徳商人の口車に乗せられないようにと注意したわよね!京州で、蔡成功のせいで被害を受けたのは大風工場の株を保有している工員たちだけじゃないわ。高利貸しでお金を貸していた人たちもよ。ここ半年ですでに二人が飛び降り自殺したそうよ!市公安局の経済犯罪捜査課に確認してみるといいわ!」

　これは意外だった。蔡成功が欧陽菁を告発した時、自分に関係しているこんなに多額の高利貸しのことは一言も言わなかったぞ!

「あの馬鹿野郎、覚悟しとけよ!」

小さな声で罵った。

季昌明は大スクリーンをじっと見ながら、ゆっくりと口を開く。

「これだけみれば、欧陽菁が融資を取りやめたことには何も問題がなさそうだな！」

ストーリーが予想していた軌道から急に外れ、未知なる方向に向かっている。間違っていたようだ。のどが渇いて、口の中が苦い。侯亮平はコップを手に取り、ごくごく水を飲んだ。

その時、陸亦可チームからの合図があり、係員がすぐに画面を切り替えた。

山水リゾートの接待室で、制服姿の高小琴が、陸亦可と憚かるところなく議論している。

「二〇一〇年、蔡成功は石炭の相場動向が良くなると見越して、高利貸しから八千万借り、林城まで錦繍炭鉱の財産権を購入しに行っていました。丁義珍が裏で斡旋して認可文書の手助けをして、三〇％の無償株を占めていたそうですよ。あの二人は前から仲間だったんです」

高小琴の口からまた新しい情報が知らされた。

季昌明は珍しく興奮気味に、スクリーンを指差して言った。

「おい、亮平。思いもしなかっただろ。おまえの幼馴染はずっと前から丁義珍と仲間だったんだよ。予想外だな」

「はい、本当に予想外です！」

侯亮平は困り果て、苦笑いした。

この時、侯亮平は泣きたいくらいだった。北京でのことを思い出した。蔡成功はよくも丁義珍を告発できたな。あの時あいつが何を考えていたのか本当にわからない。今思えば、高小琴が言った事は間違ってなかった。あいつは嘘をついている。

負けたら怒り出し、誰でも巻き添えにする。子供の頃はずっと人の宿題を書き写し、俺の後ろにくっついていた蔡包子は、記憶の中にいるあの無邪気でやんちゃな蔡包子はもう戻ってこない。歳月が幼馴染をこんなにもずる賢い悪徳商人に変えてしまったのか……。

スクリーンに映る高小琴が蔡成功を罵っている。

「あの人は本当に陰険よ。人前では人としての情理を尽くした言葉を使って、ずる賢く嘘をつく。本当のことなんか一言も話さない。京州ビジネス界では、誠実さのかけらもない、ずる賢い商人の一人よ。私たちはあの人の相手なんかしないわ」

「それなのにどうして蔡成功と取引を？」

陸亦可は聞いた。

「丁義珍のせいです。あの二人は炭鉱を購入し、相場がよくなるのを待っていました。失ったお金を取り戻すと、私のところにブリッジローンを五千万元、日歩四%で借りに来たんです。丁義珍が私の助けを必要としているのに無視する事はできないでしょう?それに大風工場の株は差し押さえられていて、ブリッジローンの利息利益があったから私は同意したんです」

高小琴は苦笑いした。

「もっと大きな利益があったんじゃないですか?お金になる大風の土地とか」

陸亦可は遠回しに言った。

「あれがお金になるなんて誰が言ったんです?大風工場は今もまだ取り壊されていないし、公開入札もまだ始まっていないわ。面倒ですよ。区政府はあの時丁義珍がサインした契約を認めず、また費用を払わせようとしているので、今交渉中です！」

「また払う?ということは、前にも一度払ったということですか?」

陸亦可は注意深く聞いた。

ここでまた、蔡成功のずる賢い手口が明らかになった。蔡成功は五千万元のブリッジローンと派生する高額利息を返済できず、大風工場の株は法律に基づき山水集団の名義となった。この時、仲間である丁義珍が高小琴のところに来て、蔡成功の負債が積もってしまい困っているから、立退き費用も山水集団が払わなければいけないと言ったそうだ。

高小琴は陸亦可が座っているソファを指差して言った。

「丁義珍はそこに座って言ったんです。光明湖事業の総指揮の頼みを聞かないわけにはいかないでしょう?私は蔡成功と話し合って、補足契約書にサインし、三千五百万元の立ち退き費用を出したので、財産権が私のものになったんです」

「蔡成功はそのお金をどうしたんです?」

「その日のうちに民生銀行が持って行ったわ。蔡成功が振り込みをさせた時、自分の普通口座が法院に差し押さえられてたことを知らなかったの」

高小琴は空中に丸を書いた。

「ですが、蔡成功はどこの大手銀行も融資を行ってくれなかったと言っていましたが」

「彼は、本当のことは何一つ言いませんよ。京州のほとんどの銀行がローン詐欺に遭っていた。私が知っているだけでも、民生、招商、工農交建の四つの銀行への未返済額は五、六億元にものぼる。彼と丁義珍は山水集団を陥れようとしていたんです……」

欧陽菁は、取調室で一層自信を持って話している。

「幸い、私たちはその時融資を停止していたから、京州城市銀行に面倒な事にはならなかった。数日前、わざわざ銀行の信用調査システムを調べました。そしたら、蔡成功と傘下にある企業の延滞利息は五億六千万元もあった。加えて、返済できていない高利貸しの利子は十億元近くよ！」

欧陽菁は顔をあげて、わざと侯亮平に話しかけるように言った。

「蔡成功の告発動機を調べて欲しい。あの悪徳商人がどうして突然私を告発したのか。赴任してきた腐敗賄賂防止局長に、ただ自分を守らせたかったのかもしれない。今の彼にとって、外はとても危険な場所よ。借金取りから命を狙われている。彼はすでに一度拉致され、三日三晩犬カゴで監禁されて、気がおかしくなりそうだったそうよ」

高小琴も蔡成功と犬カゴについて言及していた。

「犬カゴの中で過ごすのは、どんな罰を受けるよりも耐えられなかったそう。犬かごの高さ、広さは〇・五メートルもなく、長さは一メートルにも満たない。蔡成功はその中に閉じ込められ、座ることも横たわることもできなかった。不屈の勇敢な地下党員でも二十四時間過ごせるかもわからないくらいなのに、蔡成功はそこで三日三晩耐えたって……」

欧陽菁と高小琴の言うことは事実だ。今は、全く新しい視点から蔡成功を観察することができる。幼馴染がすべての事件における元凶だった。欧陽菁は怒りに満ち、実際、高小琴の話にも根拠がある。特に高小琴は潔白で、泥から出ても染まらない蓮の花のようだ。今までの事件についての考え方はすべて間違っていた。蔡成功は袋小路に入り込んだ。悪いのはこの幼馴染か、それとも自分なのかわからない。しかし、理性の声が心の底から湧きあがってきた。早まるな、早まるな……。

留置所内で、蔡成功はごね始めた。もう手に負えない。頭の傷が良くなったので、市公安局は蔡成功を留置所に拘束していた。侯亮平に会いたい、会って話したいことがあると申し出た。

侯亮平はスクリーンに映る蔡成功を見て、顔色を変え、蔡成功と話を始めた。

「蔡成功、今話しているのは俺だ。おまえには見えてないけど、俺は見えている。聞け！おまえが嘘ばかりついて、でたらめばかり言うから、守勢に立たされている。この辺で、いい加減事実に基づいて問題を説明してくれ！おまえは民生銀行と他の銀行にいったいどれだけのローンがある？それから高利貸しにはどれくらい借金がある？」

「侯局長、全部知ってるんだろ。聞いてどうする？ここ数年たくさん借金した。一生かかっても返せないくらいだ。借金取りは俺を許さない。だから留置所に入りたかったんだ。サル、お……俺は外にいたら命が危ない。見殺しになんかしないよな……」

大きなスクリーンで、蔡成功がうなだれている。

捜査が思わぬ方向に進んでいる。蔡成功と丁義珍が作った多額の借金は、見事に蔡成功自身を被害者にした。侯亮平は今思い返してやっとわかった。北京の家で、蔡成功はまず丁義珍を告発し、次に欧陽菁を告発したのには、すべて目的があったということか。丁義珍は副市長で、欧陽菁は李達康の妻だ。蔡成功は告発して注目を浴びることで、侯亮平と腐敗賄賂防止局に行動を起こさせたのだ。負債が積もりに積もった幼馴染は、怖くなり、留置所に入って休もうとしていた。

真相は一応明らかになった。蔡成功にはもう書類送検も保護も必要ない。取り調べが終わると、侯亮平はこういう事情ならば、蔡成功の事件は市公安局に捜査させようと主張した。

「いいだろう。すぐに逮捕状発行の手続きをしよう。もともと趙東来に催促されていたんだ」

季昌明は賛同した。

この時の侯亮平はとても辛い思いをしていた。上司に叱責されたかった。それどころか、焼肉をご馳走してくれると言ったのだ。侯亮平は同僚たちと反省したかったので、断った。

「季検察長、失望させてしまいましたよね?」

侯亮平は思い悩みながら呟いた。

「失望?希望を抱け!『九・一六』事件の背景と真相がわかっただろう。欧陽菁が五十万元の賄賂を受け取った証拠も得た。他にも意外な収穫があった。銀行組織の公職者でない者の職務犯罪事件だ!蔡成功は欧陽菁にだけ賄賂を送っていたんだろうか。都市銀行の他の職員はどうだ。それから、これだけ多くの融資銀行があって、悪徳商人はどうやって五、六億元も借りることができたのだろうか。よく調べるんだ、徹底的に調べろ!」

季昌明は侯亮平の肩を叩いて言った。

侯亮平は感動し、この兄のような上司の手を握って必死に揺らした。

夕暮れ時、侯亮平はグラウンドに一人でいた。検察ビルの後ろにある空き地は検察官たちの運動場になっている。若者たちが数人でバスケットボールをしている。侯亮平は平行棒で揺れている。これが侯亮平の一番好きな運動で、祁同偉と同じように、健康美を重視した訓練をしている。服を脱いで軽く跳ね、平行棒を掴んでぶらぶら宙に浮いた。気持ちが晴れないときは、発散するように、自虐するように、筋肉が疲れるまで体を動かす。侯亮平は深い挫折感に陥っていた。まさか蔡成功のせいでこんな惨めな目に合うなんて。すべての手がかりが突然断たれ、あのバカ蔡包子が敵の後ろ盾だったなんて、予想がすべて空振りに終わった。強大で、ずる賢い敵は忽然と姿を消し、何の痕跡も残していない。次はどうしよう。

コートでバスケをしていた若者たちが手を止め、呆然とそんな侯亮平を見ている——腐敗賄賂防止新局長は振り子のように、平行棒の上でずっと揺れ動いていた。

二十六

京州の夜は昼間よりも賑わっている。店の明かりがきらきら輝き、道をたくさんの人が行き交い、交通量も多い。もうすぐ中秋節だ。人々はとりわけ忙しそうに贈り物を買ったり、人情が行き交う。まるで平凡な日々に突然小さなブームが起きたみたいに。侯亮平は陳海のお見舞いに行き、道路の周りの様子を観察した。顔を上げて月を眺めた。満月ではないが、月の輝きは、見る人の目を釘付けにしている。陳海はもう普通病棟の個室に移っている。侯亮平はベッドの前で陳海を見ていた。いつものように、内心黙って昏睡状態の兄弟かつ戦友に心の声を語りかけた——

陳海、今日は本当についていなかったんだ！今日の取り調べで、阿慶嫂は潔白で、蔡成功が許せないほど悪質だったことがわかった。予想していなかった結果に驚いたよ。蔡成功はろくでもないやつだけど、丁義珍をカナダに逃がす手配なんかできるわけない。丁義珍が逃げて得するのは誰だと思う？阿慶嫂は潜在的な利益を得る者で、彼女が潔白だと信じきれない。季さんを失望させてしまった。季さんはいい人だ。焼肉なんか食べに行けるわけないよ。とんだ恥さらしだ。取り調べが始まる前、季さんに突破してみせるって言ったのに、こんな結果になってしまった。

病室のドアが半分開いていて、ドアの外で人影が動いた。侯亮平と陳海は心で会話していて、これに気付かなかった。ブンブンと飛んでいたハエ二匹が、思い出したように陳海の頭に止まり、侯亮平の気持ちを乱した。侯亮平は体を起こしてあたりを見渡し、ハエ叩きを探したが見つからなかったので、手でハエを追い払った。なんとこの時、ドアの外にいた二人の大男が勢いよく入ってきた。侯亮平は反応できず、抵抗する間もなく病室から掴みだされた。

パトカーまで引きずられていったところで気づいた。

「警察か?」

「いいから、乗れ!」

二人の大男が侯亮平をパトカーに押し込んだ。

パトカーが急発進し、街灯が飛ぶように後ろへ動いていく。侯亮平は間に挟まれて座り、釈然としない。これは誤解だ。この私服警官は省の公安庁所属か?それとも市公安局か?省公安庁なら祁庁長で、市公安局なら趙局長の部下だ。二人の大男は取り合わず、相手にしようとしない。

「私が誰だかわかってるのか?省検察院の腐敗賄賂防止局の新局長だぞ」

侯亮平はやむをえず身分を明かした。

二人の大男は何かに気付いたようで、探りを入れるように互いを見た。

「新局長であるあなたは、前局長を殺そうとしたんですよね?」

一人が尋ねた。

「あなたが病室に入ってから、ずっと様子を伺っていました」

もう一人も口を開いた。

「そうです、あなたが来たので監視していたんです。機会を待っていたんですよね？」

一人が言った。

「よからぬことをするために、あたりに人がいないか確認して、最後に手を出した。魔の手を伸ばした」

侯亮平はどうしていいかわからなかった。

「君たちは漫才でもしているのか？私はハエ叩きを探していただけだ。見つからなかったから、陳海のかわりにハエを追い払おうとした。何が魔の手だ！すぐに上司に報告しろ」

一人が考えてから、電話で報告した。報告が終っても、侯亮平には話をさせず、電話を切った。しばらくして、パトカーが緑の映える小さな洋風の建物の前に止まった。

侯亮平はここに来たことがない。ここは郊外にある別荘地区だ。あたりは静かで、環境は悪くないだろう。

侯亮平だけが事態を理解していない。私服警官がここまで連れてきて何をするつもりだ？

趙東来がはははっと笑いながら出迎え、侯亮平は戸惑った。

「落ち着いてください。ここは『九・二一』オフィスです。私たち市公安局の専門事件チームがここで仕事をしているんです」

趙東来は誠実な様子で、侯亮平の手を力強く握った。

「趙局長、わざと醜態を演じさせようとしたのか？」

侯亮平は腹を立て、趙東来の手を振り払った。

「あなたが疑わしいことをしたんでしょう。私の部下はあなたがよくないことをしでかそうとしたのを見て動いたんです」

「君たちもずっと陳海を保護していたのか？」

「そうです。もともとは四人配置していたんですが、検察院が警備を強化してから、二人下ろしたんです。今日は期せずして会いましたね、ちょうどいい！報告したいことがあるんです」

「九・二一」オフィスは平屋の建物だった。外観は綺麗で、簡単なインテリアが置かれている。地下の部屋はコンクリートの打ちっぱなしになっている。二階は少しマシで、板張りだ。作りが少し雑だ。ぎしぎし音をたてる箇所もある。

「この建物はもともと銀行に差し押さえられていたもので、債務者が返済できずに、銀行も売りに出せず、一時的に市公安局が捜査所として借りているんです」

オフィスに入ると、先にいた二人の警官がすぐ立ち上がった。趙東来は二人の警官を指差し、侯亮平に紹介した。

「こちらは『九・二一』事件の責任者、捜査課の黄課長です。こちらは経済捜査支組の陳組長です。最近違法な資金収集の大事件をいくつか担当しており、蔡成功が関連する違法資金収集事件も含まれています」

侯亮平は前に出て、二人の警官と握手をした。趙東来は捜査課の黄課長にまず「九・二一」事件の調査状況について説明させた。

捜査課の黄課長は頷くと、ファイルを開いた。道筋を立てて報告を始めた。

陳海は九月二十一日午前、事故に遭った。だからこの事件はその日付けをとって、「九・二一」事件と命名された。彼らは事件が起こったあの朝から、これが交通事故だとは信じられず、謀殺ではないかと疑っていたそうだ。今はすでに事実が明らかになり、事故を起こした運転手は暴力団員だったということがわかった。四年前にも一度、飲酒運転で交通事故を起こし、一人が亡くなった。そして、懲役二年の判決が言い渡された。今回も使い古した手口を再び持ち出してきた。誰かに雇われ陳海の殺害依頼を引き受けた。この運転手が事故の前に酒を大量に摂取していたことは事実だが、本人の血液中のアルコール分解酵素は普通の人よりも高く、アルコールの分解能力が高かった。取調べでは、「飲みすぎた」の一言以外何も言わなかった。飲酒運転なら三年以下の刑に罰せられるが、殺人は死刑になるとわかっているらしい。

「そいつを雇ったのは誰なんだ」

侯亮平が聞いた。

「それを今捜査しています。だから、私たちは蔡成功に注意していたんです」

趙東来はコーヒーメーカーの電源を入れ、ゆったりとコーヒーを作る。皮肉を言った。

「私たちは蔡成功を見ていて、あなたが蔡成功を助け、保護しようとしていると感じたんです。幼馴染が私たちの手に渡り、ひどい目に遭うのを恐れていたのでしょう。これに関しては無罪ではありませんね？」

「それは当然のことだ。蔡成功は欧陽菁の収賄容疑の告発者だったからな」

「欧陽菁は李達康の妻ですよ。はっきり言って、李達康が私たちに命令して蔡成功を殺害して口を塞がせようとしていると疑っていたのではないですか？」

侯亮平は、ははっと笑い、ごまかした。

「趙局長、話をでっちあげないでくれ！俺も聞きたいことがある。君たちは蔡成功に告発電話を何度も読ませたそうだが、あれは一体どういうことだ？ありもしない罪を着せて、陥れようとしたんじゃないかと、蔡成功が疑っていた。これは理解できない」

「それを今日話そうと思っていたんです。黄課長、蔡成功の二回の録音と陳海の携帯から復元したあの告発録音を侯局長に聞かせましょう。侯局長に判断してもらいます。これが果たして同一人物の音声なのか」

捜査課黄課長は返事をした。機械の電源を入れ、録音を流した。

『侯局長か？告発します！腐敗官僚を告発します！私の命を狙っている人がいるから、俺は告発するしかない！会って渡したい帳簿がある』

録音はこれだけで、三回繰り返し流された。侯亮平は真剣に録音を聞き、判断を下した。

「蔡成功じゃないな。絶対に違う。二つの録音は明らかに同一人物の声ではない」

趙東来は頷いた。

「異なる技術部門で何度も測定しましたが、いずれも同じ結論に至りました。つまり、陳海は事故に遭う直前、二つの告発電話を受けていた。一つは蔡成功からだが、その録音は残っていない。録音が残っているものは、もう一人の告発者のもの。その告発者が鍵を握っています。この人物は一体誰なんでしょう。陳海と同じように、策略に陥れられた可能性もあります。この告発者はおそらくもうこの世にはいない気がするんです」

「東来、すごいな。陳海が事故に遭ったあの日から、陳海を保護していたなんて。交通事故だと決めつけていたのも、策略だったということか」

侯亮平は身にしみて感じた。

「携帯にあった告発電話の録音を無視できないでしょう？相手を惑わせ、警戒心を解き、油断させる。必要な証拠を集める時間を勝ち取りました」

趙東来は少し得意げになった。

面白い男だ。コーヒーを淹れていても、事件の分析にはまったく影響がない。朗らかなシューベルトのセレナーデが流れている。ドアの後ろにあるゴミ箱からは弁当箱が溢れかえり、いつも簡単な食事で済ませていることを物語っている。

「コロンビアのコーヒー豆はいい香りだ。一杯どうです？」

趙東来は良い香りのするコーヒーカップを侯亮平の鼻の下に近づけた。よく徹夜するから、コーヒーを飲む習慣がついたのだと説明した。

侯亮平は一口啜ったが、あまりの苦さに口をすぼめた。

「私は時代遅れだ、こういうのは飲みなれない」

趙東来はミルクを混ぜてくれた。ミルクをたくさん入れないと侯亮平は飲めない。

「俺もよく徹夜するが、お茶で十分だ」

「警察の仕事は大変なんです。お茶じゃもちません。コーヒーの重い味でやっとなんとかなる」

趙東来は首を振った。

「腐敗賄賂防止局の職務犯罪の捜査は簡単だから、こういう洋風の習慣がないと言いたいのか？」

侯亮平は不満そうに言った。二人は言い合い、気持ちがさらに和んだ。

九月二十一日、陳海が事故に遭う前後に京州で起こった不自然な死亡と失踪状況を調べることを提案した。自動車事故や飛び降り自殺もそれに含まれる。突発性の心臓病も不自然死である可能性が高い。

「すでに調査を始めています。陳海に電話をかけた謎の告発者を重点的に探しているところです。生きていれば会えますが、死んでいれば遺体とご対面することになります。九月二十一日、二十二日、二十三日の間、京州で報告された不自然な死と失踪した人物を重点的に調べています。告発電話で帳簿のことを言っていたので、特に企業財務経理スタッフを当たっています」

趙東来には考えがあるようだ。

侯亮平は安堵した。蔡成功の事件は市局に処理を任せよう。二つのチームは意外にも遊軍に合流することができた。今後も捜査情報を共有できる。

侯亮平は自ら趙東来に欧陽菁の事件について話した。欧陽菁の五十万元の賄賂、そしてその後の告発内容は、「九・一六」事件や陳海の事故、そして丁義珍の逃走とそれほど深い関係はない。一般人が腐敗賄賂防止局長の陳海を暗殺し、多くの官僚の目をかいくぐって丁義珍の緊急逃走を手配することなどできない。この事件はとても複雑で、職務犯罪だけでなく、刑事事件、経済犯罪にも及んでいる。

「この事件は確かに複雑です。しかし、霧はもう晴れましたよ。例えば、私たちの上司は自分の妻を庇うために、丁義珍の逃走を手助けし、陳海の暗殺とも関係があるのではないかとまで検察院に疑われていましたが、今考えれば言いがかりです。私たちの上司は本当に潔白です。少なくとも今は」

趙東来は賛同し、分析した。

侯亮平はそれには答えず、高小琴の話を始めた。

「山水リゾートは面白い場所だ。丁義珍は逃亡する前よくそこを訪れていたそうだ。本省の高官も以前はあの場所を食堂にしていたようだ。そして高小琴と丁義珍は『九・一六』事件に関与している。大風工場の土地は最終的にあの阿慶嫂のものになった。もちろん、今考えれば高小琴は潔白だが、山水集団の黒幕は誰なのかわからないままだ」

趙東来は大きな決心をしたように、話し始めた。

「今後一緒に事件を捜査していくにあたり、隠し事は極力しないほうがいいですよね。一つ関連する手がかりを見つけたんです。山水集団の劉慶祝という会計に関することです。この会計は、東南アジアに旅行に行って、もう二十八日が経ちました。それに、陳海が事故に遭った日と同じ日に出国しています」

侯亮平は驚いた。

「ならそいつだろう!東南アジアに二十八日間も?もう命を狙われているかもしれないな」

「確かな証拠がないのに結論は下せませんが、もし山水集団のこの会計が本当に口を塞がれていたら、陳海に告発電話をかけた人間も、電話の中で言っていた帳簿も山水集団と関係がある可能性がとても高いです」

「必要ならば、公安局が山水集団を取り締まったらどうだ?事実確認をするために」

侯亮平は思いついた。

「実は山水集団にスパイを送り込んで、ずっと監視しているんです。今は機会が来るのを待っています」

趙東来はこの意見に賛成した。

話し合いが終わると、夜はすでに深くなっていた。小さな庭はひっそりしている。趙東来が侯亮平を見送りに出てきた。二人は互いに昔から知っているような感覚があった。特に侯亮平はすぐに季昌明の趙東来に対する評価を思い出していた。有能な新しい盟友ができたことが嬉しかった。取調べが失敗に終わり、手がかりは絶たれた。だが、趙東来は思いもよらない力強い奇兵だった。陳海が命を狙われた確かな証拠はない上に、敵はすでにあの録音の内容に狙いを定めているだろう。あの帳簿を探し出すことができれば、真相は解明され、一連の事件も明らかになるだろう。

それから三日後、もっと想定外の出来事が起きた。陳岩石が突然、腐敗賄賂防止局まで告発に来たのだった。

陳岩石は本当に面白い人だ。退職した元検察長のことを、季昌明をはじめ腐敗賄賂防止局のすべての職員が知っているのに、一般人と同じように告発フロアで手続きを行った。担当した若いスタッフが一目見て元検察長だと気付き、現在の検察長に報告の電話をかけてきた。侯亮平はそれを聞いて無視できず、仕事を中断して、自ら応対した。

陳岩石は六番の応接室に通され、ソファに座って資料を見ていた。侯亮平は部屋に入るとすぐ不満を言った。

「陳おじさん、話があるなら直接オフィスに来てくれればよかったのに。ここまで登録に来るなんて。僕が信用できないなら季さんのところにでも！」

陳岩石は老眼鏡を外した。

「侯局長、よしてくれ。私は事件の登録に来たんだ。公務だよ。陳海の時のような対応をされるのを避けたかったんだ。趙東来に言われて来た！」

「どうして趙東来が？僕を悩まそうとしているんですか？」

侯亮平は椅子に腰を下ろした。

陳岩石は手を振った。

「それは違う。陳前局長と同じことを言うな。どうして悩ませる？私は告発に来たんだ。京州公安局から直接来たんだ。趙東来には、彼らに関する資料をすべて渡してきた。おまえたちに関連するものを持ってきた。自分たちでよく調べなさい」

「陳おじさん、もしかして陳海が以前褒めていた『第二人民検察院』の業務が忙しいんですか？」

「だから目を開けて、手がかりをしっかり調べなさい」

陳岩石はいい顔をしなかった。

「陳おじさん、わかりました。必ず調べます」

侯亮平は苦笑いした。

「侯局長、ここでは陳おじさんと呼ばないほうがいい。録音も録画もされている」

陳岩石はソファをぽんと叩き、注意を促した。そして資料を一部取り出した。

侯亮平は受け取ってそれを見た。資料はコピーされたもので、表紙には大きな文字で「H省委員会前書記趙立春の十二の違法・規律違反問題に関する告発資料」と書かれている。

侯亮平は愕然とし、録画を慌てて切った。

「陳おじさん、告発にくる場所を間違っています。省の腐敗賄賂防止局に、党や国家指導者を捜査する権限はありません」

資料を陳岩石に突き返した。

陳岩石はそこでやっと資料を間違えていたことに気づいた。

「亮平、このことは秘密にしておいてくれ」

資料を再度取り出した。厳粛に言い聞かせた。

「しかし、陳おじさん、焦らないでください。買った家も差し押さえられ、老人ホームに住むことに……」

侯亮平は頷いたが、説得を試みた。

「侯局長、どうして陳局長のような言い方をするんだ。私と趙立春にはプライベートな恨みがあるわけではなく、公の仇なのだ。私はそもそも副省長級など気にしていない。しかし、趙立春のようなやつを野放しにしていたら、私たち党と国家に危険が及ぶ！」

陳岩石は腹を立てた。

「陳おじさん、僕のオフィスで話しましょう」

侯亮平は陳岩石とここで言い争いたくなかった。

「時間がない。陳海の姉の陳陽が来ていてな。ちょうど時間ができたから、明日北京に行ってくるんだよ」

陳岩石は首を横に振り、違う資料を渡した。

「侯局長、録画機能をオンにしなさい」

この資料にはある真相と手がかりが記されている。高小琴と山水集団に打撃を与えるものが。

著者紹介

周　梅森（しゅう・めいしん）現代中国の作家。1956年生まれ。江蘇省徐州市出身。「中国政治小説の第一人者」と呼ばれ、『人間正道』、『絶対権力』、『国家公訴』などのベストセラーを生み出してきた。

人民の名のもとに【上巻】

（原著名：『人民的名義』）　　**定価2980円+税**

発行日　2018年10月15日　初版第1刷発行

著者　周　梅森

訳者　岩切沙樹

監訳・出版人　劉　偉

発行所　グローバル科学文化出版株式会社

〒140-0001 東京都品川区北品川1-9-7 トップルーム品川1015号

印刷・製本　株式会社シナノ

ISBN 978-4-86516-023-9　C0097